# 屋根の上のソフィー

キャサリン・ランデル 作
佐藤志敦《さとうしのぶ》 訳

岩波書店

兄さんへ、愛をこめて

ROOFTOPPERS
by Katherine Rundell

First published 2013 by Faber and Faber Limited, London.

This Japanese edition published 2025
by Iwanami Shoten, Publishers, Tokyo
by arrangement with the author c/o Rogers,
Coleridge and White Ltd., London
through Tuttle-Mori Agency, Inc., Tokyo.

# はじめに

『屋根の上のソフィー』のアイデアは、いきなり降《ふ》ってきました。屋根の上にいるときに。わたしは、二十一歳《さい》でオックスフォード大学のオール・ソウルズ・カレッジの研究員《フェロー》になったのですが、一四三八年設立《せつりつ》のこのカレッジの建物《たてもの》には、高い塔《とう》と怖《こわ》い顔をしたガーゴイル〔悪魔や怪物をかたどった雨どい〕がいくつもあります。子どものころから登ることが――木や岩山や、ときにはかべの排水管《はいすいかん》も――大好《だいす》きだったわたしは、ここに来たばかりのときに、秘密《ひみつ》の仕かけ扉《とびら》――そこから跳《と》んで、ちょっとよじ登れば、屋根の上に出られる扉を発見したのです。そしてある夜、ガーゴイルのあいだを登って屋根に上がると（きっと暗かったはずです。見つかれば大目玉ですから）、胸壁《きょうへき》〔屋根にそった低いかべ〕の片《かた》すみに、ほこりまみれの古いビールびんを見つけました。そこで思ったのです。もし、ずっとむかしに、こんなに空の近くで暮《く》らしていた人がいて、だれもそれに気づかなかったとしたら？

こうして、この物語は「もし」からはじまりました。「もし」が、根っこになっている物語は、とてもたくさんあります。もし、自分の額《ひたい》に傷《きず》があって、世界を邪悪《じゃあく》な魔法使《まほうつか》いから救《すく》わねばならないとしたら？　もし、衣装《いしょう》だんすを通って向こう側《がわ》にぬけると、不思議《ふしぎ》な美しさをたたえた雪が降《ふ》りつもり、魔女《まじょ》とライオンがいる場所だったら？　それから？　次になにが起こる？　もし、古いカレッジの屋根で暮《く》らす人たちが本当にいたら？　もし、屋根の上でこっそり暮らす人たちが世界じゅうにいたら？　もし、本当にそうだったら？
むかしから高いところがお気に入りです。飛行機《ひこうき》や、山や、空中ブランコに乗るのも。ずっとはずかしがり屋だったので、だれにも気づかれずに世界をながめられることに惹《ひ》かれるのです。若《わか》いころに独学《どくがく》で綱渡《つなわた》りをおぼえ、高いところで集中してバランスをとる感覚《かんかく》が、奇跡《きせき》のように素晴《すば》らしいことを知りました。何年も練習して(そのあいだに折《お》った足の指はたったの二本です)、いまではワイヤーの上を自由自在《じゆうじざい》に歩くことができますし、かかとの高い靴《くつ》をはいていたって歩けます(でも悲しいかな、ふだんの暮《く》らしでは、ほとんど役には立ちませんが)。だから、『屋根の上のソフィー』には、綱渡りをする男の子を、絶対《ぜったい》に登場させたいと思いました。重力なんてどこ吹《ふ》く風、という感じの子を。

　そしてなによりこの本を、向こう見ずなくらい自由で勇敢《ゆうかん》な人たちの物語にしたいと思いました。そういう人たちとの出会いが、現実でも物語のなかでも、わたしたちを力づけてくれると思うからです。自由で勇敢な人たちは、前向きで希望《きぼう》に満《み》ちていて、それをまわりにどんどん広げてくれます。だから、聡明《そうめい》で、なにものにも屈《くっ》しない勇《いさ》ましい子どもたち――パリの屋根をかけめぐり、跳《と》び、宙返《ちゅうがえ》りし、なにかを探《さが》し求《もと》め、狩《か》りをする子どもたちが出てくる本を書きたいと思いました。読んだ人が、自分も冒険《ぼうけん》に出たくなるような冒険物語を書きたかったのです。どんな可能性《かのうせい》も絶対《ぜったい》に無視《むし》してはいけないと、教えてくれる物語を。

キャサリン・ランデル

# 目次



装画・カット　山口洋佑

# 屋根の上のソフィー

# 1

はじめての誕生日《たんじょうび》の朝、赤《あか》ん坊《ぼう》は、チェロのケースに乗ってイギリス海峡《かいきょう》に浮《う》かんでいるところを見つかった。

何マイルも広がる海原《うなばら》で、命あるものの姿《すがた》はその子だけ。赤《あか》ん坊《ぼう》と、ホール用の椅子《いす》がいくつか浮《う》いていて、海に沈《しず》んでいく大型客船《おおがたきゃくせん》の舳先《へさき》が見える。さっきまで船のダイニングホールに響《ひび》いていた音楽は、とてもにぎやかで、それは楽しく、床《ゆか》のじゅうたんに水があふれてきたことに、だれも気づかなかったほどだ。バイオリンは、悲鳴が上がってからも少しのあいだ鳴りつづけた。乗客の金切り声がなんどか、高いドの音でバイオリンと二重奏《にじゅうそう》を奏《かな》でた。

見つかったとき、赤《あか》ん坊《ぼう》は、寒くないようベートーベンの交響曲《こうきょうきょく》の楽譜《がくふ》にくるまれていた。船からずいぶん遠くまで流されていて、救助《きゅうじょ》された最後《さいご》の一人だった。その子を抱《だ》きあげて救《きゅう》命《めい》ボートに乗せたのは、同じ船に乗っていた学者だ。学者の仕事は、ものごとによく気づくこと。学者は、その子が稲妻色《いなずまいろ》の髪《かみ》をした女の子で、人見知りらしい、はにかむようなほほ笑《え》みを浮《う》かべることに気づいた。

夜に声があると想像《そうぞう》してみよう。あるいは、月の光が話すとしたら。それか、インク――もし、インクに声帯《せいたい》があったら、どんなふうに話すだろう。その声に、きゅっと上がったまゆ毛の、品のいい面長顔《おもながかお》と長い手足をつけてみる。それがまさに、チェロのケースから無事《ぶじ》に助けだされた赤《あか》ん坊《ぼう》が見たものだった。学者の名はチャールズ・マキシムといった。チャールズは、大きな手で赤ん坊を抱《だ》きあげたとき――水もれのする植木鉢《うえきばち》でも持つようにうでをぴんとのばして――この子をそばにおこうと心に決めた。

その子が一歳《さい》であることは、ほぼまちがいなかった。赤いバラのかざりが胸《むね》のところにピンでとめてあって、「1!」と書いてあったからだ。

「いや、厳密《げんみつ》には」とチャールズ・マキシムは言った。「この子は一歳《さい》かもしれないし、なにかの試合《しあい》で一位になったのかもしれない。でも、わたしが思うに、競技《きょうぎ》スポーツに出たがる赤《あか》ん坊《ぼう》はまずいないだろう。よって、前者だということにしてはどうかな?」女の子が、ぽっちゃりした人さし指と親指でチャールズの耳たぶをぎゅっとつかんだ。「お誕生日《たんじょうび》おめでとう、赤ちゃん」

チャールズが赤《あか》ん坊《ぼう》にあげたものは誕生日《たんじょうび》だけではなかった。名前もだ。出会ったその日に選《えら》んだ名前は〈ソフィー〉で、そのことに異議《いぎ》をとなえる人などいるはずもなかった。「今日は本当にドラマチックで信《しん》じられないような一日だったね、赤ちゃん。だから、とてもありふれた名前がいいかもしれない。メアリーとか、ベティーとか、ソフィーとか。まあ、せいぜいミルドレッドあたりかな。好《す》きなのを選んでごらん」ソフィーは、チャールズが「ソフィー」と言ったときににっこりしたので、それが名前になった。それから、チャールズはコートを手にとってソフィーをしっかりとくるみ、馬車で家へ連《つ》れかえった。少し雨が降《ふ》っていたけれど、二人とも気にもしなかった。チャールズはもともと天気には無頓着《むとんちゃく》なほうだったし、ソフィーも、その日、もっとすごい水のなかを生きのびてきたところだったのだから。

チャールズは、それまで子どものことはなにひとつ知らなかった。家に着くまでのあいだ、いかにもそんなようすでソフィーに話しかけた。「わたしは、なんというか、人間より本のほうがずっとよく理解《りかい》できるんだよ。本はとてもつきあいやすいからね」馬車の旅は四時間かかった。チャールズは、ソフィーを長い足のひざの先に座《すわ》らせてむきあい、お茶会で知りあった人と話すように自己紹介《じこしょうかい》をした。年は三十六歳《さい》で、身長は六フィート三インチ〔約一九〇センチメートル〕。人には英語《えいご》で話しかけるけれど、相手が猫《ねこ》ならフランス語、小鳥ならラテン語でしゃべる。一度、馬に乗ったまま本を読もうとして、命を落としそうになったことがある。「でも、これからは気をつけよう。だって、きみがいるんだから、かわいいチェロベイビー」チャールズの家は素敵《すてき》だけれど、安全とはいえなかった。階段《かいだん》や、すべりやすい床板《ゆかいた》や、でっぱりだらけだった。「子ども用の椅子《いす》を買うからね。それに、ふかふかの赤いじゅうたんも！　でも、じゅうたんなんて、どこで手に入るのやら。きみも知らないだろうね、ソフィー？」
当然《とうぜん》のことながら、ソフィーは答えなかった。小さすぎてまだ話せなかったし、眠《ねむ》ってしまっていたからだ。

目をさましたのは、街路樹《がいろじゅ》と馬ふんのにおいがする通りで馬車が止まったときだった。ソフィーは、ひとめで家が気に入った。レンガはロンドンじゅうでいちばん明るい白にぬられていて、夜の闇《やみ》のなかでも輝《かがや》いていた。地下室はあふれるほどの本や絵画の置《お》き場所《ばしょ》に、そして、いろんな種類《しゅるい》のクモのすみかになっていて、屋根は鳥たちのものだった。チャールズは、そのあいだで暮《く》らしていた。

家に着いて、ストーブの前でお風呂《ふろ》に入ったソフィーは、ひどく色が白く、いまにもこわれてしまいそうに見えた。チャールズは、赤《あか》ん坊《ぼう》がこんなにハラハラするほど小さなものだとは知らなかった。あらためてうでに抱《だ》くと本当に小さい。ドアにノックの音がしたときは、ほっとしかけたほどだ。シェイクスピア劇《げき》の本をのせて高くした椅子《いす》にソフィーをそっと座《すわ》らせて、玄関《げんかん》までの上がり段《だん》を二段飛《と》びでかけ上がった。

もどってきたときには、白髪《しらが》まじりの大きな女の人と一緒《いっしょ》だった。シェイクスピアの『ハムレット』はちょっとぬれていて、ソフィーは、なんだかばつが悪そうだった。チャールズはソフィーを抱《だ》きあげて――はじめは部屋のすみの傘立《かさた》ての上に、次はストーブの上にしようかと迷《まよ》ったあげく――流し台のなかに座《すわ》らせた。チャールズがにっこりすると、まゆ毛と目も笑《わら》った。「気にしなくていいんだよ。おもらしはだれだってするんだから」それから、女の人にむかってお辞儀《じぎ》をした。「紹介《しょうかい》します。ソフィー、こちらは国立児童保護協会《こくりつじどうほごきょうかい》からいらしたミス・エリオット。ミス・エリオット、この子が海からやってきたソフィーです」

女の人はため息をつき――ソフィーのいる流し台から、初対面《しょたいめん》のあいさつのようにぷうっと音がすると顔をしかめ、荷物から清潔《せいけつ》な肌着《はだぎ》をとりだした。「その子を渡《わた》しなさい」

チャールズは女の人から肌着をとりあげて言った。「この子を海から拾いあげたのはわたしですよ」ソフィーは大きな瞳《ひとみ》でじっと見つめていた。「守ってくれる人がいないんです。望《のぞ》むと望まざるとにかかわらず、わたしには、この子に対する責任《せきにん》があります」

「ずっと、というわけにはいきませんよ」

「どういうことでしょう?」

「その子は被養育者です。本当の娘《むすめ》ではないんですから」ミス・エリオットは、わざと難《むずか》しい言葉を使うような人なのだ。趣味《しゅみ》は、人にいろいろ指示《しじ》することだとかけてもいい。「これは一時的《いちじてき》な措置《そち》ですからね」

「同意はしかねますが」とチャールズが言った。「でも、そのことはあとで決着をつけましょう。この子がこごえてしまいます」チャールズが肌着《はだぎ》を渡《わた》すと、ソフィーはそれをちゅうちゅうしゃぶった。チャールズは肌着をとりかえし、自分で着せてやった。そして、市場で重さを量《はか》ろうとするみたいに両手でソフィーを持ちあげ、それから顔を近づけてじっくりと見つめた。

「どうです？　とってもかしこそうじゃありませんか」チャールズの目には、ソフィーの指は長く、細くて、器用《きよう》そうに映《うつ》った。「それに稲妻色《いなずまいろ》の髪《かみ》をしている。この子を手放すなんてできるわけがないでしょう？」

「ときどき、その子のようすを見にこなくてはならないわ。わたくしは暇《ひま》ではないんですけどね。こんなこと、男性が一人でできるわけがありません」

「ええ、どうぞいらしてください」チャールズは言ったが、こうつけ加《くわ》えずにはいられないようだった。「もし、どうしてもほうっておけないとおっしゃるなら、ですよ。わたしも感謝《かんしゃ》するよう努《つと》めます。けれど、この子のことは、わたしが責任《せきにん》を持ちます。よろしいですね？」

「でも赤ん坊ですよ！　あなたは男性でしょう！」

「あなたの観察力《かんさつりょく》には感服《かんぷく》いたします」チャールズが言った。「その眼鏡《めがね》を作った眼鏡屋は称《しょう》賛《さん》に値《あたい》します」

「いったいその子をどうしようというんです？」

チャールズはキツネにつままれたような顔をした。「愛《あい》するんですよ。それで十分なはずです。これまでに読んだ詩が、そう教えてくれています」チャールズは真っ赤なリンゴをソフィーの手に持たせ、それからいったんとりかえして、顔が映《うつ》るまで袖《そで》でごしごしとみがいた。

「子育てに関《かん》する秘密《ひみつ》は、きっと暗く謎《なぞ》に満《み》ちているのでしょうが、解《と》きあかせないはずはありません」

チャールズはソフィーをひざにのせ、リンゴを持たせて、『夏の夜の夢《ゆめ》』を大きな声で読み聞かせはじめた。

たしかに、理想的《りそうてき》な新生活のスタートではないかもしれない。けれど、見こみはありそうだった。

## 2

ウエストミンスター地区にある国立児童保護協会《こくりつじどうほごきょうかい》の事務室《じむしつ》には書類《しょるい》の保管庫《ほかんこ》があって、その保管庫には、「養育者人物評価《よういくしゃじんぶつひょうか》」と書かれた赤いファイルが入っていた。その赤いファイルのなかに、「チャールズ・マキシム」と名前がついた青色の薄《うす》いファイルがある。そこには、こう書かれていた。「C・P・マキシム。学者らしい本好《ず》きの人物で、見たところ思いやりがあり、世慣《よな》れておらず、勤勉《きんべん》。並《なみ》はずれて背《せ》が高いが、医師《いし》の報告《ほうこく》によればそれ以外《いがい》は健康体《けんこうたい》である。自分には、被養育者《ひよういくしゃ》(女子)に対する養育能力《よういくのうりょく》があると強固《きょうこ》に主張《しゅちょう》している」

こういう性質《せいしつ》は伝染《でんせん》しやすいのかもしれない。なぜってソフィーも、背《せ》が高く、思いやりがあって本好《ず》きで、世慣《よな》れていない女の子に成長《せいちょう》していたから。七歳《さい》になるころには、長くて細いゴルフ用の傘《かさ》のような足をして、言いだしたら聞かない、がんこなところがあった。

七歳《さい》の誕生日《たんじょうび》には、チャールズがチョコレートケーキを焼《や》いた。真ん中がへこんでいて、完《かん》璧《ぺき》な出来《でき》とはいえなかったが、ソフィーは気をきかせて、こういうケーキが好《す》きなのと言った。「だって、へこんだところはアイシングがたくさんのせられるもん。アイシングは、ぜ、い、い、く、たなのが好き」

「そう言ってもらえてうれしいよ」チャールズが言った。「でも、その単語《たんご》は、伝統的《でんとうてき》には、ぜ、い、た、く、と発音するはずだよ。たぶん七歳《さい》の誕生日《たんじょうび》おめでとう、ソフィー。さて、誕生日にシェイクスピアを少しばかりどうかね？」

ソフィーがいつもお皿を割《わ》ってしまうので、二人は、ケーキを『夏の夜の夢《ゆめ》』の表紙にのせて食べていた。チャールズは服の袖《そで》で表紙をふき、本の真ん中あたりをひらいた。「妖精《ようせい》の女王ティターニアのセリフを読んでくれるかい？」

ソフィーはしかめっ面《つら》をしてみせた。「いたずら妖精《ようせい》のパックがいい」そうして何行か読んだけれど、なかなかはかどらない。チャールズがよそ見をするのを待って床《ゆか》に本を落とし、その上で逆立《さかだ》ちをした。

チャールズが声をたてて笑《わら》った。「ブラボー！」机《つくえ》をたたいて拍手喝采《はくしゅかっさい》した。「きみは妖精《ようせい》と同じものでできているようだ」

ソフィーはひっくり返ってテーブルにぶつかったが、起きあがると、ドアを支《ささ》えにもう一度挑戦《ちょうせん》した。

「素晴《すば》らしい！　うまくなったぞ。もうちょっとで完璧《かんぺき》だ」

「もうちょっと？」ソフィーはぐらぐらしながら、逆立《さかだ》ちのまま横目でチャールズを見た。目が痛《いた》くなってきたけれど、その場でぐっとこらえた。「わたしの足、まっすぐじゃない？」

「もうちょっと。左のひざが少し不安定《ふあんてい》だね。そもそも、完璧《かんぺき》な人間なんていやしない。シェイクスピアが最後《さいご》の一人だよ」

ソフィーはベッドに入ってからそのことを考えた。「完璧《かんぺき》な人間なんていやしない」とチャールズは言ったけれど、そんなことはない。チャールズは完璧だ。髪《かみ》の色は階段《かいだん》の手すりと同じだし、目には魔法《まほう》のような力がある。家と服はぜんぶチャールズのお父さんが残《のこ》してくれたもので、むかし、高級紳士《しんし》服《ふく》店が並《なら》ぶサヴィルロウで仕立てた、輝《かがや》くような一〇〇パーセントシルクのスーツは、いまでは五〇パーセントがシルクで、五〇パーセントは穴《あな》になっている。チャールズは楽器《がっき》を持っていなかったけれど、ソフィーに歌を聞かせてくれた。そして、ソフィーがそばにいないときには小鳥たちに歌いかけ、たまにキッチンに入ってくるワラジムシにも歌ってやった。チャールズの歌声は、一分のすきもないほど完璧だった。まるで空でも飛《と》んでいる気分になる。

ときどき、夜中に船が沈没《ちんぼつ》するときの感覚《かんかく》がよみがえることがあって、そんなときソフィーは、必死《ひっし》で高いところによじ登った。そうでもしなければ生きた心地《ここち》がしなかったから。チャールズは、ソフィーが扉《とびら》つきの衣装《いしょう》だんすの上で寝《ね》てもいいことにしてくれた。そして、自分はたんすの前の床《ゆか》で寝た。念《ねん》のために。

チャールズには、ソフィーにもよくわからないところがあった。あまりたくさん食べないし、ほとんど眠《ねむ》らず、ほかの人ほど笑《わら》わなかった。けれど、ふつうの人なら肺《はい》があるところに優《やさ》しさを持っていて、指の先まで礼儀《れいぎ》正《ただ》しさがつまっていた。もし、本を読みながら歩いていて街《がい》灯《とう》の柱にぶつかったら、きちんと謝《あやま》って、柱に傷《きず》がつかなかったか、たしかめるにちがいない。

週に一度、午前中にミス・エリオットが「問題を解決《かいけつ》するために」家にやってきた(ソフィーは「なにが問題なの?」と言ってやりたかったが、すぐにだまっていることをおぼえた)。ミス・エリオットは家のなかを見まわして、部屋のすみのめくれたかべ紙や、からっぽの食《しょく》料庫《りょうこ》にかかったクモの巣《す》を見つけては首をふるのだった。

「いったい、ふだんどんなものを食べているんです?」

たしかに、ソフィーのうちの食べ物は、友だちのうちと比《くら》べると少し変《か》わっていた。チャールズは肉を買うのを何か月も忘《わす》れることがあった。きれいなお皿はソフィーがそばを通るたびに割《わ》れてしまうようなので、フライドポテトは、地図帳のハンガリーのページをひらいて盛《も》りつけた。本当のことを言えば、チャールズはスコーンと紅茶《こうちゃ》と寝《ね》る前のウイスキーさえあれば、それで満足《まんぞく》だったのだろう。ソフィーが字の読み方をおぼえだしたころには、ウイスキーのびんに「猫《ねこ》のおしっこ」と書いたラベルをはってさわられないようにしていたけれど、ソフィーは結局《けっきょく》、コルク栓《せん》をぬいて中身をちょっぴり飲み、それから、となりの家の猫のおしりのにおいをかいだ。ちっとも似《に》ていなかったけれど、どちらも同じくらいひどいにおいだった。

「パンがあります」とソフィーが言った。「それに、魚の缶詰《かんづめ》も」

「なにがあるんですって?」とミス・エリオット。

「わたし、魚の缶詰《かんづめ》が好《す》きなんです。それにハムもあるし」

「そうかしら?　この家では、ただのひと切れも見たことがありませんけど」

「毎日食べてます!　少なくとも」とソフィーはつけ足した。正直な子だったので、てきとうにごまかしたくはなかった。「ときどき食べてるのは、まちがいありません。それに、チーズでしょ。リンゴも。わたし、朝ごはんに一パイント〔約五七〇ミリリットル〕入りの牛乳《ぎゅうにゅう》をぜんぶ飲むんです」

「でも、あなたにこんな暮《く》らしをさせるなんてどうかしています。こんなやり方が子どもにとっていいことだとは思えません。正しいことではありませんよ」

二人は実際《じっさい》、とてもうまくやっていたのだけれど、ミス・エリオットはちっともわかってくれなかった。ミス・エリオットが「正しい」というのは、「片《かた》づいている」という意味だとソフィーは考えた。ソフィーとチャールズの家はきちんと片づいてはいなかったけれど、片づいていなくたって幸せに暮《く》らせるのだ。

「きっとそれは、ミス・エリオット」とソフィーが言った。「きっと、わたしが、どうしたってきちんとして見える顔じゃないせいなんです。チャールズは、目もとの表情《ひょうじょう》がころころ変《か》わるねって言ってます。ほら、このそばかすのせいで」ソフィーの肌《はだ》はとても白くて、寒いときには赤い斑点《はんてん》が浮《う》きだすし、それに髪《かみ》の毛《け》ときたら、おぼえているかぎり、からまっていなかったことは一度もない。でも、ソフィーは気にしていなかった。だって、記憶《きおく》のなかのお母さんも同じような肌《はだ》と髪をしていた。それに、お母さんはまちがいなくきれいだったから。お母さんは、ひんやりとした空気と煙突《えんとつ》のすすのにおいがして、くるぶしのところにつぎのあたったズボンをはいていた。

このズボンがたぶん、そもそもの事の起こりだった。八歳《さい》の誕生日《たんじょうび》が近づくと、ソフィーはチャールズにズボンをねだった。

「ズボンだって？　女の人には、かなりめずらしいんじゃないのかい？」

「ううん」とソフィーが答えた。「そんなことないと思う。お母さんがはいてるもの」

「はいていた、だろう？　ソフィー」

「はいてるの。黒いやつ。でも、わたしは赤いのがいい」

「うーん、スカートのほうがよくはないかね？」チャールズは心配そうな顔つきだ。

ソフィーはしかめっ面《つら》をしてみせた。「ううん、絶対《ぜったい》にズボンがいい、お願《ねが》い」

どこの店にもソフィーに似《に》あうズボンはなく、チャールズは、男の子用の灰色《はいいろ》の半ズボンを試着《しちゃく》したソフィーを見て、「なんと！　数学の授業《じゅぎょう》のように味気ない」と言った。結局《けっきょく》、自分で縫《ぬ》ったきれいな色の綿《めん》のズボンを四枚《まい》、新聞紙に包《つつ》んでプレゼントしてくれた。そのうちの一枚は左右の丈《たけ》がちがっていた。ソフィーはズボンがとても気に入った。ミス・エリオットはぎょっとした。「女の子は、女の子はズボンなどはきません」けれどソフィーは、そんなことはないと言いはった。

「お母さんは、はいてました。ちゃんとおぼえてます。チェロを弾《ひ》くとき、ズボンをはいて楽しそうに足ぶみしてました」

「そんなはずはありません」ミス・エリオットが言った。いつも同じことのくり返しだった。

「女性《じょせい》はチェロなど弾《ひ》かないんです、ソフィー。それに、あなたは小さすぎておぼえているはずがない。もっと正直にしていらっしゃい」

「でも、はいてたんだもの。黒いズボンで、ひざのところが、すれて灰色《はいいろ》になってた。それに黒い靴《くつ》をはいてた。おぼえてるの」

「ただの思いこみです」ミス・エリオットの声は、ぴしゃりと窓《まど》でも閉《し》めるようだった。

「でも、ほんとなんです。思いこみじゃない」

「ソフィー――」

「思いこみじゃないったら！」本当は、「じゃがいも顔のわからずや！」と言ってやりたいのをぐっとこらえた。チャールズと暮《く》らしていたら、だれだってとことん礼儀《れいぎ》正《ただ》しく育ってしまう。ソフィーは、礼儀正しくしていないとよごれた下着でもつけているような気持ちになるのに、お母さんの話になると礼儀正しくしているのは難《むずか》しかった。みんなは作り話だと思いこんでいるけれど、絶対《ぜったい》にみんなのほうがまちがってる。

「足の爪《つめ》みたいにちっちゃな目のくせに！」ソフィーはこっそりつぶやいた。「わからずや！ちゃんとおぼえてるんだから」ちょっとだけ気分がよくなった。

ソフィーは本当にお母さんをおぼえていた。それも、はっきりと鮮明《せんめい》に。お父さんのことはわからない。けれど、くるくるした巻《ま》き毛《げ》も、生地《きじ》に包《つつ》まれた二本の細い足が、素敵《すてき》な音楽のリズムにあわせてタップをふんでいるところもおぼえている。スカートをはいていたなんてありえない。

ほかにも、とてもはっきりおぼえていることがあった。お母さんが、海峡《かいきょう》のまっただなかに浮《う》くドアにしがみついている姿《すがた》だ。

だれもが、「小さな赤《あか》ん坊《ぼう》がおぼえているはずはない」と言い、「そうならいいのにと思うことを信《しん》じこんでいるんだよ」と言った。耳にたこができそうだった。けれど、ソフィーは、お母さんが助けを求《もと》めて手をふる姿《すがた》をおぼえていた。口笛もおぼえている。口笛は、吹《ふ》く人によってとても特徴《とくちょう》があるのだ。だから警察《けいさつ》がなんと言っても、お母さんは船と一緒《いっしょ》に沈《しず》んでなんかいないとわかっていた。ソフィーには絶対《ぜったい》の自信《じしん》があった。

ソフィーは毎晩《まいばん》のように部屋の暗がりでそっと自分に言いきかせた。お母さんは生きている。いつかきっと、わたしを迎《むか》えにきてくれる。

「迎えにくるんだってば」ソフィーがチャールズに言った。

チャールズは、いつも首をふるのだった。「それは、ほぼありえないことだよ」

「ほぼありえないっていうのは、まだ可能性《かのうせい》があるってことでしょ」ソフィーはできるだけ背《せ》すじをのばして大人のような口ぶりで言った。背が高ければ高いほど、みんなからちゃんと信じてもらえるものだ。「チャールズはいつも言っているじゃない。どんな可能性も無視《むし》してはいけないって」

「だがね、ソフィー、それはかぎりなくありえなさそうなことだ。そういうものの上に、人生を築《きず》きあげるわけにはいかない。トンボの背中《せなか》に家を建《た》てるようなものだ」

「お母さんが迎《むか》えにくるんです」ソフィーはミス・エリオットにも言った。

ミス・エリオットはもっと単刀直入《たんとうちょくにゅう》だった。「お母さんは亡《な》くなったのよ。女性《じょせい》は一人も助からなかった。夢《ゆめ》みたいなことを考えるのはおよしなさい」

ソフィーの知っている大人たちは、「夢みたいなこと」と「信《しん》じがたいけれど絶対《ぜったい》に正しいこと」のちがいがわからないことがあるらしい。ソフィーは顔が熱《あつ》くなった。「お母さんは来ます。でなきゃ、わたしが会いにいきます」

「いいえ、ソフィー。世の中、そんなふうにうまくはいきません」ミス・エリオットは、完《かん》全《ぜん》にソフィーがまちがっていると思っていたし、そのうえ、クロスステッチ刺繍《ししゅう》は人生の最重要事項だと考えていて、チャールズのことをとんでもない人物だと考えていた。これこそ、大人がいつも正しいとはかぎらない証拠《しょうこ》だった。

ある日、赤いペンキを見つけたソフィーは、〈クイーン・メリー号〉という客船《きゃくせん》の名前と、あの嵐《あらし》の日の日付《ひづけ》を家の白いかべに書きつけた。お母さんが、ひょっこり通りかかったときのために。

その場に出くわしたときのチャールズは、なんとも言えない表情《ひょうじょう》で、ソフィーはまともに顔が見られなかった。それでも、上のほうを書くときには体をかかえ上げてくれたし、終わったあとで、はけを洗《あら》ってくれた。

「万が一」とチャールズがミス・エリオットに言った。「万が一に備《そな》えてのことですよ」

「でも、あの子は――」

「わたしが教えたとおりにしているだけです」

「ご自分の家をめちゃくちゃにしろとでも言ったのですか？」

「いいえ。人生の可《か》能性《のうせい》を無視《むし》してはならないと教えたのです」

## 3

ミス・エリオットはチャールズのことをよく思っていなかったし、ソフィーのことも同じだった。チャールズの金銭感覚《きんせんかんかく》のなさが気に入らなかったし、夕食がおそいのもきらいだった。ソフィーがじっと見つめたり、聞きいったりする顔つきが気に入らなかった。「小さな子どもらしくない！」二人が、玄関《げんかん》のかべ紙に伝言《でんごん》を書きあうのも大きらいだった。

「ふつうじゃありません！」ミス・エリオットはそう言ってクリップボードのメモ用紙にな

にか書きつけた。「健全《けんぜん》ではありません！」

「いえ、それどころか」とチャールズが言った。「言葉は、家にあふれているほどよいのです、ミス・エリオット」

ミス・エリオットは、チャールズのインクだらけの手も気に入らなければ、ふちがほつれている帽子《ぼうし》もきらいだった。ソフィーの着ているものにも難《なん》くせをつけた。

チャールズは買い物が苦手だった。丸一日、店がひしめくボンドストリートの真ん中で途方《とほう》にくれたように立ちつくしたあげく、男の子用のシャツの包《つつ》みをかかえて帰ってきた。ミス・エリオットはかんかんになった。

「そんなものは着せられません。頭がおかしいと思われてしまうわ」

ソフィーは着ているシャツを見下ろした。生地《きじ》にさわってみた。ちっとも変《へん》じゃない。たしかに、店から持ちかえったばかりで少しごわごわしているけれど、それ以外《いがい》はちゃんとしていた。「女の子用のシャツじゃないって、どうしてわかるの？」

「男の子用のシャツのボタンは左身頃《みごろ》が上になるんです。ブラウスは——いいですか、正式には、ブ、ブラウスと言うのよ——右身頃が上です。そんなことも知らないなんておどろきだわ」

チャールズが顔をかくすようにしていた新聞を下げた。「ボタンのことを知らないのが、そんなにおどろきですか？　ボタンが国際情勢《こくさいじょうせい》で大きな役割《やくわり》を担《にな》うことは、ほとんどありませんが」

「なんですって？」

「つまり、ソフィーは大切なことは知っていると言いたいのです。もちろん、なにもかもというわけではありません。まだ子どもですから。でも、多くのことを知っています」

ミス・エリオットが鼻を鳴らした。「それは失礼《しつれい》しましたわね。でも、時代おくれと思われるかもしれませんが、ボタンはとても大切です」

「ソフィーは」とチャールズが言った。「世界じゅうの国の首都をぜんぶ知っています」

戸口に立っていたソフィーは小さな声で言った。「ほとんど、だけど」

「字の読み方も知っていますし、絵のかき方もです。陸《りく》ガメと海ガメのちがいもわかります。木の見わけ方も知っていますし、木登りもできます。ついいましがた、ヒキガエルの集合名詞《めいし》がなにかを教えてくれたところでした」

「群《ノット》れよ」ソフィーが言った。「ヒキガエルのノットっていうんです」

「それに口笛が吹《ふ》ける。ソフィーの口笛の素晴《すば》らしさを理解《りかい》できない人は、信《しん》じられないほど頭がにぶいにちがいありません。信じられないほど頭がにぶいか、耳が聞こえないかです」

チャールズは口をはさむべきではなかったのだろう。ミス・エリオットが指をパチンと鳴らしてチャールズをだまらせた。「この子には新しいシャツが必要《ひつよう》です。たのみますよ、マキシムさん。女性用のシャツを。それに、ほんとになんてことかしら、そのズボン！」

ソフィーには、なにがいけないのかわからなかった。ズボンは、ちょっと余計《よけい》に縫《ぬ》ったスカートみたいなものだ。「これがいるんです。お願《ねが》いだからはかせてください。スカートじゃ木登りができない。ううん、してもいいけど、みんなからパンツが見えちゃうし、そうなったらもっとひどいでしょう？」

ミス・エリオットが顔をしかめた。パンツのことなど人前で口にする人ではなかったのだ。

「いまのところはいいでしょう。まだ子どもですからね。でも、こんなことは長くは続《つづ》きませんよ」

「え、だめなの？」ソフィーは指先で本棚《ほんだな》にふれた。幸運のおまじないだ。「どうして？　いいでしょ」

「だめに決まっています。イギリスには、礼儀作法《れいぎさほう》を知らない女性《じょせい》がいる場所はありません」

ミス・エリオットはなににもまして、チャールズが、ふと思いついたようにソフィーを外に連《つ》れだそうとするのが、がまんならなかった。ロンドンの街《まち》は不衛生《ふえいせい》なんです、と言った。ばい菌《きん》をもらったり、悪いことをおぼえたりしたらどうするんです、と。

ソフィーのたぶん九歳《さい》の誕生日《たんじょうび》に、チャールズはソフィーを椅子《いす》の上に立たせて靴《くつ》をみがいてやった。そのあいだソフィーは、片手《かたて》で本を持って読みながら、反対の手でトーストを食べた。ページは歯でめくった。パンくずとよだれでページの角がべとべとになったけれど、それをのぞけば、なかなかいいアイデアだった。

二人がコンサートホールにむかおうとしたちょうどそのとき、ミス・エリオットがすごい勢《いきお》いで家に入ってきた。

「そんなかっこうで連《つ》れてはいけませんよ、きたならしい！　それに猫背《ねこぜ》はおよしなさい、ソフィー」

チャールズは、ソフィーの頭のてっぺんをしげしげと見下ろした。「そうでしょうか？」

「マキシムさん！」ミス・エリオットがほえた。「上半身がジャムだらけじゃありませんか！」

「ええ、そうですが」チャールズは、失礼《しつれい》にならない程度《ていど》に不思議《ふしぎ》そうにミス・エリオットを見た。「それがなにか？」けれど、ミス・エリオットの手がクリップボードにのびたのに気づき、布切《ぬのき》れを手にとってソフィーのよごれを落としだした。まるで絵画にふれるように優《やさ》しく。

ミス・エリオットが鼻を鳴らした。「袖《そで》にもついていています」

「ほかは雨が洗《あら》いながしてくれるでしょう。今日は誕生日《たんじょうび》なんですよ」

「誕生日でも、きたなくしていてはいけません！　動物園に入れるんじゃあるまいし」

「ほう。動物園に連《つ》れていけと？」チャールズが小首をかしげた。チャールズったら、とソフィーは思った。ものすごくお行儀《ぎょうぎ》のいいヒョウみたい。「チケットを買いかえる時間はあるかもしれませんが」

「そういうことじゃありません！　あなたの顔に泥《どろ》をぬることになりますよ。わたくしなら、そんな子と一緒《いっしょ》のところを見られたくありませんわ」

チャールズがミス・エリオットをじっと見つめた。先に目をそらしたのは、ミス・エリオットだった。

「ソフィーは輝《かがや》く靴《くつ》をはき、輝く瞳《ひとみ》をしています」チャールズが言った。「こんなに粋《いき》なことはないでしょう」ソフィーにチケットを渡《わた》してしっかりとにぎらせた。「誕生日《たんじょうび》おめでとう、ソフィー」額《ひたい》にキスをして——年に一度の誕生日のキスだ——そして、椅子《いす》からおりるのを手伝《てつだ》ってくれた。

人を椅子《いす》から助けおろすとき、いろんなやり方があることをソフィーは知っていた。それで相手がどんな人なのかわかってしまう。ミス・エリオットなら、木のスプーンでポイっと捨《す》てる感じだろう。チャールズは、指先でそっと、まるでダンスでも踊《おど》るみたいに手をとってくれて——それから、二人で通りを歩いていくあいだじゅう、モーツァルトのオペラ『コジ・ファン・トゥッテ』の弦楽器《げんがっき》パートを口笛で吹《ふ》いていた。

「音楽だよ、ソフィー！　音楽は狂《くる》おしく、素晴《すば》らしい」

「そうよね！」チャールズが誕生日《たんじょうび》になにを計画してくれたのかはまだ秘密《ひみつ》だったけれど、興奮《こうふん》はソフィーにも伝わった。ソフィーはチャールズの横をスキップしながら歩いた。「なんのコンサートなの？」

「クラシックだよ」チャールズの顔は幸せに光《ひか》り輝《かがや》いて、指先がはずむように動いている。「洗練《せんれん》された繊細《せんさい》な音楽だ」

「まあ。そうなんだ……すごい」ソフィーは嘘《うそ》がうまくなかった。「きっと素敵《すてき》でしょうね」

本当はこう思った。動物園のほうがよかったかも。クラシック音楽なんてほとんど聞いたことがなかったけれど、聞かずにすめば、こんなに幸せなことはない。フォークソングや踊《おど》れる音楽が好《す》きだし、九歳《さい》になったばかりの子どもで、嘘のかけらもなくクラシック音楽が好きだなんて言える子は、ほとんどいないだろう。

コンサートは、ソフィーが思うに、出だしからあまり期待できそうになかった。ピアノ曲は長かった。ピアニストには口ひげがあり、おかしな顔ばかりするので、どこかがすごくかゆいのかと思ったほどだ。

「チャールズ？」ちらりと見ると、チャールズは少しひらいた口もとに笑みを浮《う》かべて、幸せそうに聞き入っていた。

「ねえ、チャールズ？」

「なんだい、ソフィー？　小さな声で話さないといけないよ」

「これ、どのくらい続《つづ》くの？　あのね、素敵《すてき》じゃないってわけじゃないんだけど」ソフィーは、嘘《うそ》をついてもばちが当たらないように、背中《せなか》にまわした中指と人さし指をからませて十字を作った。「その……どのくらいかかるのかなって」

「たったの一時間だよ、残念《ざんねん》だが。ああ、ここで暮《く》らせそうだ。この席《せき》で。きみはどうだい？」

「え、一時間？」じっとしていようとしたけれど難《むずか》しかった。お下げの先を口にくわえた。足の指を曲げたりのばしたりした。親指の爪《つめ》をかまないように気をつけたけれど、結局《けっきょく》うまくいかなかった。いつの間にかうとうとしだしたころ、バイオリンが三台と、チェロとビオラが一台ずつ、それぞれ演奏者《えんそうしゃ》と一緒《いっしょ》に舞台《ぶたい》に上がった。

演奏がはじまると音楽ががらりと変《か》わった。ずっと素敵《すてき》で荒々《あらあら》しい。ソフィーはさっと体を起こして、おしりが椅子《いす》からずり落ちそうになるほど前のめりになった。あんまり素晴《すば》らしくて息もできないほどだ。音楽が輝《かがや》くことがあるのなら、とソフィーは思った。この音楽は輝いている。街《まち》じゅうの聖歌隊《せいかたい》の歌声が、ひとつにあわさってメロディーを奏《かな》でているみたい。ソフィーは不思議《ふしぎ》なほど胸《むね》がいっぱいになった。

「小鳥が八千羽もいるみたいよ、チャールズ！　ねえ、八千羽の小鳥みたいじゃない？」

「本当だね！　でも静《しず》かに、ソフィー」

曲のテンポが速まって、ソフィーの心臓《しんぞう》もそれを追いかけた。どこかなつかしくて、でも同時に、いままで聞いたことのない音色だった。

ソフィーの足はじっとしてくれなかった。席《せき》の上でひざ立ちになった。少し待って、思いきってささやきかけた。「チャールズ、ほら、聞いて。チェロが歌ってるわ！」

曲が終わるとソフィーは拍手《はくしゅ》した。ほかの聴衆《ちょうしゅう》がやめたあとも、両手が真っ赤にほてってもたたき続《つづ》けた。とうとうみんな、稲妻色《いなずまいろ》の髪《かみ》をして、ストッキングに伝線《でんせん》のある女の子のことを見つめだした。瞳《ひとみ》と靴《くつ》の輝《かがや》きが、観客席《かんきゃくせき》の前から二列目を明るく照《て》らしだしていた。

その音楽に、ソフィーはなつかしさを感じた。「あのね」とチャールズに言った。「家にいるみたいにほっとするの。どういう意味かわかる？　さわやかな風にあたるみたい」

「ほう？　では」とチャールズが言った。「チェロを手に入れる必要《ひつよう》があるようだね」


二人が買ったチェロは小さかったけれど、それでもソフィーのせまい寝室《しんしつ》では、うまく弾《ひ》くことができなかった。チャールズが屋根裏部屋《やねうらべや》の天窓《てんまど》をこじ開け、ソフィーは、雨が降《ふ》っていない日は屋根に上がり、古い落ち葉とハトにかこまれてチェロを弾いた。

うまく弾《ひ》けたときには、いらだちと心配事がすっかり消え、世界が輝《かがや》くようだった。何時間も弾いたあとで、のびとまばたきをして弓を置《お》いたときには、自分が強く勇敢《ゆうかん》になった気がした。まるで、クリームと月明かりのごはんを食べたようだ。うまく弾《ひ》けない日の練習は、歯をみがくことのようにつまらなかった。いい日と悪い日は、ちょうど半分ずつくらいになってきた。それだけで練習するかいがあった。

屋根の上では、だれにもじゃまをされなかった。平らな屋根は灰色《はいいろ》のスレート〔粘板岩の薄板〕葺《ぶ》きで、ふちには石柱造《づく》りの手すりがめぐらされていた。手すりはソフィーのあごの高さまであった。下を通る人たちが見上げても、輝《かがや》くもじゃもじゃの髪《かみ》と弓を動かすひじが見えるだけだった。

「わたし、空が大好《だいす》き」ソフィーはある夜、夕食のときに思わず口走った。それからすぐに口をつぐんだ。そんなことを言ったら、ほかの子に笑《わら》われそうだ。

でもチャールズは、ポークパイをひと切れ聖書《せいしょ》にとりわけてうなずいただけだった。「それはよかった」マスタードをそえると聖書をソフィーに手わたした。「空がきらいなのは意気地《いくじ》なしだけだからね」

ソフィーが登ることをおぼえたのは、歩けるようになってすぐのことだった。はじめは木登りから。木登りは、空に近づくいちばんの近道だ。チャールズがつきそってくれた。チャールズは、「やめなさい」とか「しっかりつかまって」と言うようなタイプではなかった。木の下に立って大声で言った。「もっと高く、ソフィー！　そうだ、ブラボー！　ほら、小鳥を見てごらん。真下から見る小鳥は素晴《すば》らしいよ！」

# 4

ソフィーの救命《きゅうめい》ボートだったチェロのケースは、ベッドの足もとに置《お》きっぱなしになっていた。十一歳《さい》の誕生日《たんじょうび》に、チャールズが表面のカビを紙やすりで落とし、ペンキを何種類《しゅるい》か買ってきた。

「どの色がいいだろう？」

「赤がいい。赤は海と反対の色だもの」ソフィーにとって、海を好《す》きになるのは難《むずか》しいことだった。

チャールズは、いちばんあざやかな赤いペンキでケースをぬり、錠前《じょうまえ》をつけてくれた。ソフィーは、宝物《たからもの》と夜食用のおやつを山のようにつめこんだ。開けるのは、おやつをとりだすときと、暗い海の悪夢《あくむ》を見たときだけだった。

このケースが、あとでどんなに重要《じゅうよう》なものかわかると知っていたら、ソフィーはハチミツなんか入れておかなかっただろう。ハチミツはしょっちゅうもれだした。けれど、ソフィーはなにも知らなかったし、チャールズがいつも言うように、なにもかも知っているなんて不可能《ふかのう》なのだ。

チャールズは、チェロのケースのことばかり考えてはいけないよと念《ねん》をおした。「人生で大切にすべきものを誤《あやま》ってはならない。だいたい、きみが正当な持ち主かどうかわからない。ずっと持っていることもできないかもしれない。だれかが自分のものだと言ってくるかもしれないのだから」

「うん、わかってる！」ソフィーがにっこり笑《わら》った。「きっと言うわ、お母さんが。ここに来たときに」ソフィーは、手のひらにつばをかけて指で幸運の十字を作った。条件反射《じょうけんはんしゃ》みたいなものだった。ソフィーは毎晩《まいばん》、手のひらにつばをかけて幸運のおまじないを百回も結《むす》ぶのだ。

「お母さんのものでもないかもしれない。船が沈《しず》むとき、お母さんがとっさに手にとっただけかもしれないからね。女の人がチェロを弾《ひ》くことは、ほとんどないと言っていいくらいなんだよ。実のところ、わたしも聞いたことがない。女性《じょせい》はバイオリンがふつうだろう」

「ううん、チェロだった。ちゃんとわかってる。おぼえてるの。弓の持ち方がちがったもの」

チャールズは、ていねいなお辞儀《じぎ》でもするようにうなだれた。意見が合わないときに、いつもそうするように。「わたしも船のことはよくおぼえているよ。楽隊《がくたい》のことも。しかしね、ソフィー、チェロ奏者《そうしゃ》に女性《じょせい》はいなかった」

「でもわたし、おぼえてる」

「いや。楽隊《がくたい》は、口ひげがあって、髪《かみ》をぴかぴかになでつけた男性《だんせい》ばかりだった」

「おぼえてるんだったら。ほんとよ！」

「そうか」チャールズの顔は悲しげで、見るのもつらいくらいだ。ソフィーは代わりに自分のくるぶしをにらみつけた。「でも、きみは赤《あか》ん坊《ぼう》だった」

「でも、だからおぼえてないっていう理由にはならないでしょ。お母さんを見てたの、チャールズ、本当なんだったら。チェロのこともおぼえてる」言い合いは、いつも同じことのくり返しだった。どうやったら信《しん》じてもらえるの、とソフィーは思った。時間ばかりかかって、すごく難《むずか》しい。不可能《ふかのう》なように思えた。

「お母さんは海に浮《う》いてた。見たんだから！」ソフィーは両手をぐっとにぎりしめた。こんなに大好《だいす》きじゃなかったら、チャールズにつばを吐《は》きかけていたかもしれない。

「でもね、ソフィー。わたしは見なかった。わたしもそこにいたんだよ」チャールズは、カーテンがゆれるほど深いため息をもらした。「つらいだろうね、ソフィー。人生はとても厳《きび》しいものだ。ああ、この世でなにより大変なのは生きることだよ。みんな、もっと素直にそう言っていいと思う」

ほとんど毎晩《まいばん》のように、ソフィーは「お母さん」を観察《かんさつ》した。ろうそくの火を消したあと、窓台《まどだい》に腰《こし》かけて足をぶらぶらさせながら、家の前を通りかかるお母さんたちをながめるのだ。お気に入りは、ユーモアを感じさせる顔つきをした人たち。眠《ねむ》った子どもを抱《だ》いていることもあった。ぷっくりした赤ちゃんや、抱っこひもから足をぴょんとつきだしている小さな子たちを。歌を口ずさみながらソフィーの足の下を通るお母さんもいた。

けれどその夜、ソフィーはスケッチブックをとりだした。革《かわ》の表紙は、まくらの下にしまってあるのでやわらかくなっている。毎年、誕生日《たんじょうび》にはそれに絵をかいた。

鉛筆《えんぴつ》が丸くなっていたので、先をかじってとがらせた。それから目をつむって思いだしてみる。黒いズボンは、ひざのところが薄《うす》くなっていて(これを絵にするのはすごく難《むずか》しかったけれど、なんとかがんばった)、その上に女の人の体と頭をかいた。髪《かみ》の毛《け》をかき加《くわ》えた。色鉛筆は持っていなかったけれど、指のささくれをかんで、にじんだ血で赤い色をぬった。それから顔をかこうとして、ソフィーはちょっととまどった。

「ええと」小声がもれた。それから、「どうだったかな」。そして、「お願《ねが》い」とつぶやいた。

でも、記憶《きおく》がぼやけている。だいぶたってから、風にそよぐ木をかいて、それから、顔の上になびく髪《かみ》の毛《け》をかいた。

お母さんはだれにも必要《ひつよう》な、空気や水みたいなものだとソフィーは思った。絵にかいたお母さんだって、いないよりはまし。空想のお母さんでも。お母さんは、心を落ちつかせるための場所だ。そこで休んで息を整えるための。

絵の下に〈わたしのお母さん〉と書く。指からまだ血が出ていたので、耳のところに花をかき足して赤く色をつけた。

毎晩《まいばん》、眠《ねむ》りに落ちるまで頭のなかでお話を考えた。お母さんが自分を見つけにきてくれるお話を。長くて、朝になると思いだすのが難《むずか》しかったけれど、お話の最後《さいご》は、いつもダンスだった。お母さんのことを思いだすとき、いつも踊《おど》っている姿《すがた》が浮《う》かんでくる。

# 5

十二歳《さい》の誕生日《たんじょうび》が近づくころには、ソフィーがお皿を割《わ》ることもほとんどなくなっていたので、キッチンにあった本はみんなチャールズの書斎《しょさい》にもどされていた。チャールズに呼《よ》ばれて書斎にいくと、プレゼントが待っていた。机《つくえ》の上で、新聞紙に包《つつ》まれたプレゼントが、四角い塔《とう》のようにそびえている。

「これ、なあに?」洗面所《せんめんじょ》の戸《と》棚《だな》のような大きさだけれど、チャールズみたいに変《か》わった人からのプレゼントでも、そんなことはありえないだろう。

「開けてごらん」

ソフィーは新聞紙をやぶいた。「わあ!」息がのどの奥《おく》でつかえてしまった。重ねられた本には、ぜんぶちがう色の革《かわ》のカバーがかかっていた。窓《まど》の外はくもり空なのに、革はつやつやと輝《かがや》いている。

「十二冊《さつ》ある。年の数と同じだよ」

「きれい。でも……チャールズ、これってものすごく高いんじゃない?」さわったら温かいんじゃないだろうか。こういう革《かわ》は安くない。

チャールズは肩《かた》をすくめた。「十二歳《さい》は、美しいものを集めはじめるのに、ぴったりの年だからね。この物語はどれも、わたしのお気に入りなんだよ」

「ありがとう!　とってもうれしい」

「いまの年で読んだものは心に残《のこ》る。本は、きみの世界を大きく広げてくれる」

「最高《さいこう》のプレゼントだわ」ソフィーはページをめくった。においもかいでみた。紙はキイチゴとブリキのやかんのにおいがした。

「そう思ってくれてうれしいよ。おっと、ページのはしを折《お》ってはいけない。そんなことをしたら、きみを『ロビンソン・クルーソー』でたたきのめさなくてはならないからね」

ソフィーが最後《さいご》の本(『グリム童話』という題で、表紙の絵からすると、とても面白《おもしろ》そうだった)をたしかめ終わると、チャールズは窓台《まどだい》のところへ行き、箱入りのアイスクリームを持ってきた。ソフィーの頭ほどもある大きさだ。

「誕生日《たんじょうび》おめでとう、ソフィー」ソフィーはアイスクリームに指をつっこんだ。いけないことだったけれど、誕生日だから許《ゆる》してもらえるかも。とろけるようにあまい。次に定規《じょうぎ》でアイスクリームをすくうと、チャールズを見上げてにっこりした。

「もう完璧《かんぺき》。ありがとう。これこそ誕生日《たんじょうび》っていう味がする」

チャールズは、美味《おい》しいものは素敵《すてき》な場所で食べると、もっと美味しくなると信《しん》じていた。庭とか、湖の真ん中とか、船の上とか。「わたしの持論《じろん》では、アイスクリームにぴったりの場所は、雨の日の四頭立て馬車の外席《そとせき》なんだが」

ソフィーが横目でチャールズを見た。ときどき、冗談《じょうだん》を言っているのかどうかわからないことがある。「そうなの?」

「おや、わたしを信《しん》じられないと?」

「うん、信じられない」ソフィーは、すまし顔でいようとがんばった。体のなかから笑《わら》いがこみあげてくるのがわかる。くしゃみの前のように胸《むね》がふくらんだ。

「ふむ、実はわたしもよくわからない。だが可能性《かのうせい》はある」チャールズが言った。「一緒《いっしょ》に試《ため》しにいこう。可能性を無視《むし》してはいけないからね」

「うわあ、楽しそう！」四頭立て馬車は、世界でいちばん素晴《すば》らしい発明だとソフィーは思っていた。乗っていると戦《たたか》う女王様になった気がする。「全速力で走ってもらっていい？」

「いいとも。だが、まずはズボンに着がえておいで。その誕生日用《たんじょうびよう》のワンピースはうっとりするほど素敵だからね。そのかっこうでは、図書館員から服と本をうばったと思われかねない」

「わかった！　すぐにもどるから」ソフィーは本を集めてうでにかかえた。本で前が見えないほどだ。「それからどうするの？」

「馬車を見つける。幸運なことに雨になりそうだよ」

チャールズの持論《じろん》は、正しいことがわかった。大きな音をたててカーブを曲がる二人に雨が鞭《むち》のように打ちつけ、アイスクリームはとけてソフィーの手首を伝《つた》った。雨に打たれた髪《かみ》は、ぬれたヘビのように後ろになびいた。雨のなかで食べるのはなかなかの挑戦《ちょうせん》だったけれど、ソフィーは挑戦するのが好《す》きだった。

全身から雨をしたたらせ、アイスクリームでお腹《なか》をいっぱいにした二人が家に帰ると、玄関《げんかん》マットに手紙が一通落ちていた。バースデーカードでないことは、ソフィーにもひとめでわかった。体じゅうの幸せが音をたててぬけていった。

チャールズが厳《きび》しい顔つきで読んでいる。

「なんなの?」ソフィーはチャールズの肩《かた》ごしに読もうとしたが、背《せ》が届かなかった。「だれから?　なんて書いてあるの?」

「よくわからないが」チャールズの表情《ひょうじょう》はすっかり変《か》わっていた。ついさっきまでと同じ人には見えないほどに。「調査《ちょうさ》があるようだ」

「なにを調べるの?　わたしのこと?」

「二人ともだ。手紙は国立児童保護協会《こくりつじどうほごきょうかい》からだよ。わたしの保護管理能力《ほごかんりのうりょく》に疑問《ぎもん》があると言っている。きみはもう若《わか》い女性《じょせい》だからね。きちんとした女性らしい作法《さほう》は、わたしには教えられないと思っているんだ」

「なんで?　そんなのおかしいでしょ!」

「お役所は、往々《おうおう》にしておかしなものだよ」

「たった十二歳《さい》なのに!　正確《せいかく》にはまだ十一歳よ」

「どちらにしても来るつもりらしい」

「だれが来るの?　だれの指示《しじ》で?」

「政府《せいふ》の役人が二人だ。一人は、マーティン・エリオット。もう一人の名前は、にじんで読めない」

「でもどうして?　どうして知らない人が二人でわたしのことを決めるの?　会ったことも

ないのに。役人ってだけで！」

「そうだね。ああいう輩《やから》は知っている。役人なんてものじゃない。口ひげにまぬけがくっついているだけだ」

ソフィーは鼻からふきだして、出てきた涙《なみだ》をぬぐった。「それで、わたしたちどうするの？」

「掃除《そうじ》をしなくては」ソフィーもチャールズも玄関《げんかん》を見まわした。もう十分きれいだとソフィーは思った。自分がかべ紙に書き写した詩や、クモの巣《す》を別《べつ》にすれば。ソフィーはクモが好《す》きなので、掃除のときはいつもよけてほこりを落とした。

「クモはとらなきゃいけない？」

「残念《ざんねん》だが」チャールズが言った。「それにツタも切らなくてはね」去年、ツタのつるが一本窓《まど》のすきまから入りこんで、玄関《げんかん》の一方のかべに広がっていた。ツタは、チャールズのおばあさんの肖像画《しょうぞうが》の上に、お出かけ用の帽子《ぼうし》みたいにかかっている。ソフィーはそのようすが大好《だいす》きだった。

「ポーリーンおばあちゃんのところは残《のこ》しておける？　気がつかないんじゃない？」

「そうしてみるよ」けれど、チャールズは明らかに、おばあさんのことなど考えてはいなかった。「それにきみもだ、ソフィー」

「わたし？」ソフィーは顔が赤くなるのがわかった。「わたし、どこかおかしい？」

「わたしにとっては、もちろんきみは、これ以上《いじょう》ないほど完璧《かんぺき》に近い。だが思うに――まちがっているようならそう言ってくれたまえ――きみの髪《かみ》は、お墨付《すみつ》きをもらえないのではないかと。いや、前じゃなくて、ほら、その後ろのところだ」

ソフィーは頭の後ろをまさぐった。「ここがどうかした？」

「いや、どうかしたというわけではないよ。ただ、糸のかたまりに似《に》ているというだけだ。ふつう、髪《かみ》の毛《け》はカーテンのようだと表現《ひょうげん》されると思う。あるいは波のようだと」

「大変《たいへん》！」そのとおりだと思った。髪の毛がぐちゃぐちゃのヒロインが出てくるお話は読んだことがない。「なんとかするね」

その夜、ソフィーは髪《かみ》の毛《け》と格闘《かくとう》していた。はじめのうちは髪のほうが勝ちそうだった。かたくもつれたところは首のつけ根にあって、すごく手が届《とど》きにくい。髪はたいてい、そういうところがもつれるのだ。真剣《しんけん》な顔でとかし続《つづ》けると、ぬけた毛が、ひざにいくらかたまったけれど、かたまりはあいかわらず巨大《きょだい》なままだ。これでもかと引っぱると、くしが二つに折《お》れて髪からはずれなくなった。ソフィーは小声でうなった。「もう」

キッチンへかけおりていき、ハサミを見つけた。そして毛のかたまりの真ん中に差《さ》しこむと、奥歯《おくば》に力をこめて勇気《ゆうき》をふるいおこし、切りおとした。びっくりするほどうまくいった。くしとかたまりのほとんどがとれると、残《のこ》りの髪《かみ》を太いロープみたいに編《あ》んで肩《かた》にたらした。そばでよく見なければ、きっと気づかないだろう。こわごわ頭を動かしてみる。おしとやかな女性《じょせい》らしくするのは、なかなか骨《ほね》の折《お》れる仕事だ。

調査《ちょうさ》の当日、ソフィーは爪《つめ》が輝《かがや》くまでごしごしと手を洗《あら》い、指の関節《かんせつ》の皮が半分むけてしまった。チャールズは、ソフィーの靴《くつ》をろうそくのろうと石炭のかたまりでみがいてやり、アイロンはなかったので、熱《ねっ》したレンガで服のしわをのばしてやった。チャールズが床《ゆか》にモップをかけ、ソフィーは、かべ紙のもようが消えかかるまで石けんでこすった。びんいっぱいに花を活《い》けて家じゅうに置《お》いた。どこもかしこもバラの花びらと石けんのにおいがした。

「きれいになった」ソフィーはふだんから家が大好《だいす》きだったけれど、今日は特別《とくべつ》に素晴《すば》らしく思えた。「完璧《かんぺき》だと思う」

それから二人は玄関《げんかん》のそばをうろついた。じっと座《すわ》っていることができなかった。最後《さいご》の最後になって、ソフィーはあることを思いついた。

「来るまでどのくらい時間がありそう？」とチャールズにたずねた。

「三分かそこらだろう。なぜだね？」

「すぐにもどるから」四段飛《だんと》びで階段《かいだん》をかけ上がる。部屋で鼻にベビーパウダーをはたくと、ほおとくちびるに赤いペンキをぬった。鏡《かがみ》はなかった。ちゃんとぬれてますようにといのった。おりていくとチャールズが目をぱちくりさせた。ソフィーは、もしかしたらわたしのほっぺ、

「お上品な若《わか》い女性《じょせい》」じゃなくて「ピエロ」みたいに真っ赤なのかしらと思ったけれど、どちらも口をひらく間もないうちに玄関《げんかん》の呼《よ》び鈴《りん》が鳴った。

戸口に立っていた女の人はクリップボードを持っていて、ぬれた靴下《くつした》みたいなさえない顔をしていた。となりの男の人は書類《しょるい》カバンを持って、口もとに手のこんだ形のひげをたくわえていた。ソフィーは、なんとなくどこかで見たことがある顔だと思った。

チャールズがささやいた。「口ひげめ」ソフィーはふきださないようにこらえた。

二人は客を居間《いま》に通した。役人たちは、なんどもすすめられた紅茶《こうちゃ》をことわって、すぐに質《しつ》問《もん》をはじめた。ひるんだソフィーは役人たちからはなれた。集中砲火《ほうか》を浴《あ》びているみたいだった。

「どうしてこの子は学校へ行かずに家にいるんです？」女の人が言った。

ソフィーはチャールズが答えるのかと思って待ったが、答えないとわかると自分で言った。

「学校には通《かよ》っていません」

「なぜだね？」男の人が言った。

「チャールズから教わっています」

「ちゃんとした授業《じゅぎょう》なんですか？」女の人は疑《うたが》うような目つきだ。

「もちろん！」ソフィーが言った。「ちゃんと教わっています」気のきいたセリフがぱっとひらめいた。「チャールズは言っています。ちゃんとした知識《ちしき》がなければ、世界の半分しか見えないって」

「ああ、そう。それで、授業《じゅぎょう》は毎日受けているの？」

「はい」ソフィーは嘘《うそ》をついた。本当は、二人のうちどちらかが思いだしたときだけだ。ソフィーにとって勉強を忘《わす》れるのは、とても簡単《かんたん》なことだった。

「字は読める？」女の人が言った。

「もちろんです！」くだらない質問《しつもん》だ。字が読めなかったのなんて、歩けなかったときと同じくらい、ずっと前だと思う。

「算数はどう？」

「ええと、はい」ソフィーは言った。本当のことだ。だいたいは。「でも、九九の七の段《だん》はきらいです。八の段と九の段は好《す》きですけど」

「教理問答〔キリスト教信仰の教材〕は暗唱《あんしょう》できる？」

「いいえ」ソフィーは冷《ひ》やあせをかいた。「それ、なんだか知りません。詩人ですか？　シェイクスピアならたいていとなえられますけど、なにかやりますか」

「いいえ、けっこうよ。その必要《ひつよう》はありません。お料理《りょうり》は？」

ソフィーはうなずいた。

「簡単《かんたん》なもの……たとえば焼《や》き菓子《がし》や、ディナーパーティーのデザートに出すトライフルは?」

「ええと、はい、できます」嘘《うそ》なんかついてない、とソフィーは自分に言いきかせた。トライフルを作ったことはないけど、本が読めれば料理《りょうり》もできる。ちゃんとした本さえあれば。

「きちんとした食事をしていないようね。猫背《ねこぜ》だし、顔色が悪すぎます。どうしてそんなに色が白いの?」

ここではじめてチャールズがしゃべった。「色が白すぎるなんてことはありません。ソフィーは、ほんものの月から切りとられたのです」

女の人があきれたように鼻を鳴らした。男の人はほかのことに気をとられていて、部屋を見まわしていた。「授業《じゅぎょう》はここで?」とソフィーに聞いた。

「いつもだいたい――」ソフィーは「屋根の上で」と言うつもりだった。けれど、チャールズが危《あや》ぶむように目を大きく見ひらいて、見えないくらいに小さく首をふった。「はい。だいたいここで」

「では、黒板はどこにしまってあるのかね?」

これにはうまい答えが見つからなかった。本当のことを言う。「黒板はありません」

「黒板もなしでなにが勉強できるの?」女の人が聞いてきた。

「ええと、本があります。それに紙だって」ソフィーが元気よく答えた。「かべに字を書いたり、絵をかいたりしてもいいんです。応接室《おうせつしつ》のかべじゃなければどこでも。それと、玄関《げんかん》もだめなんですけど、コートかけの後ろにはやっちゃいます」

どういうわけか、女の人はこの答えには感心しなかった。立ちあがって男の人に顔をむけた。

「はじめませんか？　なにが見つかるか怖《こわ》くなってきましたわ」

二人が家のなかを歩きまわるようすは、まるでここを買おうとでもしているみたいだった。シーツの穴《あな》を調べ、カーテンのほこりを調べ、食料庫《しょくりょうこ》をのぞきこんだ。チーズやジャムのびんが並《なら》んでいるのを記録《きろく》にとった。しまいには、屋根裏《やねうら》部屋にまで上がりこみ、整理だんすの引き出しを調べた。

女の人が赤いズボンを引っぱりだし、男の人が嘆《なげ》かわしげに首をふった。緑色のズボンのすそまわりにあやしい染《し》みが広がっているのを見て、女の人がぶるっとふるえた。

「こんなこと許《ゆる》されません！　おどろきですわ、マキシムさん。ここまでほうっておくなんて」

ソフィーが言った。「チャールズはほうっておいたりしてません。だって――そのズボンはわたしのです。チャールズには関係《かんけい》ありません」

「あなたはだまっていて」

ソフィーは本気で女の人をなぐってやりたかった。チャールズがそばに来たけれど、なにも言わなかった。ほとんど口をきかず、下の階におりていくまでだまったままで、調査官《ちょうさかん》と握手《あくしゅ》をしたときにちょっとしゃべっただけだ。ソフィーは聞き耳をたてたけれど、話は聞こえなかった。二人が出ていくとドアを閉《し》めて、玄関《げんかん》マットにしゃがみこんだ。

「あの人たち、なんて言ったの？　わたし、ちゃんとできてた？」お下げのはしをかんだ。「あの人たち、大きらい。チャールズもそうでしょ？　つばを吐《は》いてやりたかった。あの男の人！　ヒヒみたいな表情《ひょうじょう》だった」

「まさにダーウィンの進化論《しんかろん》を証明《しょうめい》しようとするようだったね。それにあの女性《じょせい》！　錬鉄製《れんてつせい》の手すりのほうがずっと寛容《かんよう》だ」

「帰るとき、なにを話してたの？」

「報告書《ほうこくしょ》を提出《ていしゅつ》するのだそうだ」

「でも、それだけじゃないでしょ？　もっと長く話してたもの」

「ちょっとおしゃべりをしようか。場所はどこがいいだろう？　キッチンかね？」

ソフィーは調査官《ちょうさかん》たちが通ったところにはいたくなかった。あの人たちのせいで、家がしめってべたべたしている感じがする。「ううん、屋根の上」

「それはいい。わたしはウイスキーをとってこよう。きみはキッチンからクリームを持ってきてはどうだい？　こういう日には、クリームを食べるのが助けになるだろう」

ソフィーは走ってとりにいった。クリームは保冷箱《ほれいばこ》で冷《ひ》えていた。ジャムもあったし、焼《や》きたてのパンもあったので、それも持った。屋根に上がると、チャールズがチムニーポット〔煙突の先に取りつける赤土の素焼きの筒〕に座《すわ》っていた。

「さあ座《すわ》って。ウイスキーを少し飲みなさい」チャールズは屋根を見まわしてグラスを探《さが》し、それからボトルのまま手わたした。「さあ、飲んで」ウイスキーにむせたソフィーがせきこんで吐《は》きだしてしまうと、チャールズが言った。「薬だと思いなさい。ああ、よく飲んだね。大丈夫《だいじょうぶ》かい？」

「うん、もちろん。ねえ、どういうこと？　あの人たち、なんて言ったの？」

「ソフィー。これから話すことをどうか信《しん》じてほしい。理解《りかい》しようと努《つと》めてほしい。わたしのためにそうしてくれるかい？」

「もちろんできるわ」ソフィーは、むすっとしてチャールズを見つめた。「できるに決まってるでしょ」

「決めつけはよくない。なにかを信《しん》じられるというのは、一つの才能《さいのう》なんだよ」

「わかった。チャールズを信じる。なんなの？」

「パンにジャムをつけてお食べ。それでクリームをすくってかまわないから」

「チャールズったら、いったいなんなの？」

チャールズはパンを少しとって人さし指と親指のあいだで丸めた。「はじめに言っておきたいのだが、きみがいなくなったら、わたしは胸《むね》がはりさけてしまうだろう。きみは、わたしの人生にいきいきとした冒険《ぼうけん》をもたらしてくれた。きみがいなければ、わたしの人生に明かりが灯《とも》ることはなかった」チャールズがソフィーをちらりと見た。「わたしの気持ちをわかってくれるかい、ソフィー？　わたしの話が信《しん》じられるかね？」

ソフィーはうなずいた。顔が熱《あつ》くなる。だれかにほめられるといつも赤くなってしまう。

「うん。わかってると思う」

「だが、わたしには、あの人たちを止めるすべがない。きみは、法的《ほうてき》にはわたしの娘《むすめ》ではない。法的には、きみは国のものなのだ。このことはわかるね？」

「ううん、わかんない。そんなのおかしいわ！」

「きみの意見には全面的《ぜんめんてき》に賛成《さんせい》だ。だが、それでもどうしようもない」

「どうやったらわたしが国のものになるの？　国は人じゃないでしょ。国がだれかを愛《あい》せるはずがないじゃない？」

「そうだね。でも、あの二人はきみをうばおうとしている。たしかなことはなにひとつ言わなかったが。だが、ほのめかしはした」

ソフィーは全身が凍《こお》りついたような気がした。「できるはずない」

「いいや、できるんだよ。政府《せいふ》というものは、偉大《いだい》なことも愚《おろ》かしいこともできる」

「逃《に》げたらどうかしら？　別《べつ》の国へ。アメリカなら行けるかも」

「止められるだけだよ、ソフィー。警察《けいさつ》に、わたしがきみを誘拐《ゆうかい》したとでも言うだろう」

「どうしてわかるの？　きっとそんなことないわ！」ソフィーはぱっと立ちあがり、チャールズの手と袖《そで》を引いた。髪《かみ》も。「逃《に》げようよ。出ていけばいいだけよ、チャールズ。だれにも言う必要《ひつよう》なんかない。あの人たちが報告書《ほうこくしょ》を出す前に、お願《ねが》い！」チャールズは動かなかった。

ソフィーは袖をつかんではなさなかった。「お願いだから」

「本当に申しわけない」チャールズは朝より倍も老《ふ》けこんで見えた。首をふったときには、骨《ほね》がきしむのが聞こえそうなほどだった。「彼《かれ》らがきみをとりかえしにくるだろう。この世には、決まりをやぶったとたん、すぐさま現《あらわ》れる人たちがいる。ミス・エリオットもそういう人だ。マーティン・エリオットもね」

ソフィーが飛《と》びあがった。「エリオット！　どこかで見たことがある顔だと思った！　チャールズ、あの二人、親戚《しんせき》だと思わない？」

「なんてことだ！　きみの言うとおり、その可《か》能性《のうせい》はかなり高い。ああそうだ、ミス・エリオットから、兄上が政府《せいふ》で働《はたら》いていると聞いたことがある」

「あのろくでなし！」きっと、ミス・エリオットの差《さ》し金《がね》だ。怒《いか》りは、悲しみよりたやすくわきあがる。「わたし、あきらめない」怒りがソフィーを強くした。決心をかためてこう言った。「絶対《ぜったい》に、はなれないから」

けれど、口で言うのと現実《げんじつ》は別《べつ》ものだ。手紙が届《とど》いたとき、強い気持ちのままでいるのはとても難《むずか》しかった。

手紙は、どんよりとくもった月曜の朝に届《とど》いた。チャールズあてだったけれど、そっととりあげられなかったら、ソフィーは自分でひらいていただろう。チャールズの顔を見つめても、心配そうな緊張《きんちょう》した表情《ひょうじょう》からは、なにも読みとれなかった。

「わたしにも読ませて。いいでしょ」チャールズが読み終わるか終わらないかのうちにそう聞いた。「なんて書いてあるの？　わたし、ここにいられる？　そうだって言って。ねえ、見せて」

チャールズが口をひらきかけた。「いや……これは……」このときばかりは、チャールズも言葉を失《うしな》ったようだった。手紙をソフィーに手わたした。ソフィーはそれを明かりにかざした。

拝啓《はいけい》　マキシム殿《どの》

左記署名人《しょめいにん》は、当局が十二歳から十八歳の女子に係《かか》る保護監督方針《ほごかんとくほうしん》を変更《へんこう》したので、これを通知します。

ソフィーが顔をしかめた。「どうしてこんな書き方をしなきゃならないの？」お役所の文書はきらいだ。なんだか緊張《きんちょう》してしまう。これを書いた人は、心臓《しんぞう》があるはずの場所に書類《しょるい》ケースがあるんじゃないだろうか。

「続《つづ》けて、ソフィー」チャールズの声はいつもより暗い。

委員会は全会一致《ぜんかいいっち》で、若《わか》い女性《じょせい》は特例《とくれい》を除《のぞ》き、血縁関係《けつえんかんけい》のない未婚男性《みこんだんせい》によって養育《よういく》されるべきでないと決定しました。貴殿《きでん》の被養育者《ひよういくしゃ》ソフィア・マキシムの例《れい》では、女子には到底《とうてい》あるまじき養育法《よういくほう》を受けたと思われる所見《しょけん》が散見《さんけん》されます。

「『所見が散見される』ってどういうこと？」ソフィーはその場所を指でぐっとおさえた。

「意味がわかんない！」

「わたしもだ。だが、想像《そうぞう》はできる」

「ズボンのことを言ってるのね。おかしいじゃない！　ひどい人たち！」

「続《つづ》けて」チャールズが言った。

これにより、当該被養育者《とうがいひよういくしゃ》は貴殿《きでん》の保護管理《ほごかんり》をはなれ、レスターシャー州北部のセントキャサリン児童養護施設《じどうようごしせつ》に入所するものとします。従《したが》わない場合、裁判所《さいばんしょ》の命令《めいれい》により、最長《さいちょう》十五年の懲役《ちょうえき》が科《か》されます。これは委員会の最終決定《さいしゅうけってい》であり、ただちに発効《はっこう》します。

「懲役《ちょうえき》？　どういう意味？」

「刑務所《けいむしょ》に入ることだよ」

貴殿《きでん》の行政区《ぎょうせいく》の児童保護員《じどうほごいん》ミス・スーザン・エリオットが、六月五日水曜日に当該被養育者《とうがいひよういくしゃ》を引き取りに行きます。

敬具《けいぐ》

マーティン・エリオット

ソフィーは急にむなしくなってしまった。なにか言わないと、と思って口をひらいた。「わたしの名前をまちがってる」

「そうだね」

「わたしをがっかりさせたいんなら、せめて名前くらいはちゃんと書かなきゃ」ソフィーはチャールズを見つめた。チャールズはなにも答えてくれそうになかった。

「チャールズ?」ソフィーのほおに一粒《つぶ》の涙《なみだ》が伝《つた》った。ソフィーはおこったように涙をなめとった。「お願《ねが》い。なんとか言って」

「では、書いてあることはわかったね?」

「チャールズからわたしをとりあげるんでしょ。そして、わたしからチャールズをとりあげる」

「そうしようとしている。明らかに」

ソフィーは手紙にふれたくなかった。手紙を床《ゆか》に落とすと、ふみつけた。それから拾いあげて、もう一度読んだ。「到底《とうてい》あるまじき」のところがたえられなかった。「わたしがスカートをはいてたらどうかしら? 猫背《ねこぜ》じゃなかったら、もっとかわいかったらどう? それか、わかんないけど、もっと優《やさ》しかったら。あの人たち、わたしをここにおいてくれる?」

チャールズは首をふった。チャールズが声をたてずに泣《な》いているのを見て、ソフィーはぼう然《ぜん》とした。

「どうしよう?」チャールズのポケットからハンカチを引っぱりだして、その手におしこんだ。「ほら。チャールズ、なにか言って。わたしたち、どうしたらいいの?」

「すまない、ソフィー」男の人がこんなに青ざめるのを見たのははじめてだった。「残念《ざんねん》だが、できることはなにもない」

急に、もうこらえきれなくなった。階段《かいだん》につまずきながら、ばたばたと自分の部屋へ上がった。流れる涙《なみだ》のせいで世界がにじんで見える。考えるより前に、火かき棒《ぼう》をつかんでチェロのケースにふりおろしていた。ケースはガシャンと音をたてて割《わ》れた。次にベッドわきの水差《みずさ》しにむかってふると、水差しは粉々《こなごな》になって毛布《もうふ》とまくらの上に散《ち》らばった。下の階でさけび声が上がり、足音が階段をかけ上がってくるのが聞こえた。ソフィーは地団太《じだんだ》をふんだ。ケースはばらばらになって、ペンキをぬった木片《もくへん》が部屋じゅうに飛《と》びちった。

もし、火かき棒《ぼう》で木箱をこわしたことがなければ、試《ため》してみる価値《かち》はある。だんだん、ソフィーの息は落ちついてきた。

「絶対《ぜったい》に行かない」たたくたびにそうつぶやいた。「絶対」

しばらくすると、涙《なみだ》と鼻水はまだ顔を伝《つた》っているのに、息苦しさは消えていた。リズムがつかめてきたようだ——たたいて息をつき、くだいて息をつく。

「絶対《ぜったい》に行かない」とつぶやく。「絶対」バリン。「絶対」ガシャン。「絶対」

チャールズが戸口に立っていることには、しばらく気づかなかった。

「無事《ぶじ》かね、ソフィー？」

「うわ！　わたし、その――」

「いいんだよ。当然《とうぜん》のことだ」チャールズは部屋を見まわして、それから、ソフィーの手をとってお風呂場《ふろば》へ連《つ》れていった。「温かいお風呂がいるね」

チャールズはそれ以上《いじょう》言うつもりはなかった。そしてソフィーは、タオルの山の上に背中《せなか》を丸めて座《すわ》っていることしかできなかった。ソフィーが泣《な》きじゃくっているあいだに、チャールズは家じゅうのなべを集めてストーブでお湯をわかし、かわいたレモンの皮とミントを加《くわ》えて、湯気の上がるお風呂《ふろ》を用意した。「三十分、お湯につかっていなさい。わたしは少しやることがあるから」

ソフィーには、おとなしくお湯につかっているなんてたえられなかった。代わりに足をふみ鳴らして窓《まど》まで行き、もどってきてはかべをたたいた。そのうちに階段《かいだん》の下からチャールズの声が聞こえてきた。「湯船に入るんだよ、ソフィー。そして、お湯をたたいてしぶきを作ってごらん。千差万別《せんさばんべつ》のしぶきに目を見張《みは》るはずだ」

ソフィーは、お風呂場《ふろば》の床《ゆか》がキッチンの真上だったことをすっかり忘《わす》れていた。ため息をついて服をぬぐと、ブーツに八つ当たりでもするように力まかせにぬぎすてた。「わかってる！」と言いかえした。「いま入るところ」

そう言ったからには入らないと嘘《うそ》になる。お湯はお腹《なか》のところまであって、レモンの皮が足に優《やさ》しくあたった。体がお湯に包《つつ》まれると、怒《いか》りがすっかりとけだしてしまったようだった。ソフィーはバスタブにぐったりとよりかかった。気持ちもぐったりとした。なにも考えられなかった。

しばらくして、はい出るようにやっとお湯から上がったけれど、寝室《しんしつ》のラグマットにたどりついたとたん足がもつれ、バスタオルを体に巻《ま》いたまま床《ゆか》にたおれこんでしまった。そのまま横たわって、ぼうっと宙《ちゅう》を見つめていた。

そのうち、宙だと思ったものがなにかに変《か》わった。小さな光の点がかべに映《うつ》っているのだ。それを見るともなく、しばらくぼんやり見つめていた。

さっきまでチェロのケースだった木くずの山のほうへごろりとむきを変《か》え、なにが反射《はんしゃ》しているのかたしかめようとした。そのとたん、体じゅうに血がもどってきてとび起きた。それは、細長い木切れだった。ケースの内側《うちがわ》に張《は》った緑色のベーズ生地《きじ》がはがれかけている。つかむと親指に棘《とげ》がささった。「あいたっ！ もう」

生地《きじ》にかくれていたところに、真鍮《しんちゅう》のプレートがとめられていた。そこに明かりが斜《なな》めにあたって、部屋のかべに小さな太陽のような光を投げていたのだ。

プレートには住所が書いてあった。英語《えいご》ではない。

ソフィーは、それを読むために木切れをテーブルに置《お》かなくてはいけなかった。手がひどくふるえてちゃんと持っていられない。

製造《せいぞう》

弦楽器工房《げんがっきこうぼう》

パリ　マレ地区

シャルルマーニュ通り 16 番地

291054

ソフィーは、チャールズが書斎《しょさい》にいるところを見つけた。窓《まど》のそばで新聞を手に座《すわ》っていたけれど、その目にはなにも映《うつ》っていないようだ。雨が吹《ふ》きこんで一面の記事がにじんでいるし、自分がぬれているのもほったらかしだった。

ソフィーがかけよってもふりむきもしなかった。まばたきをしただけで、深い色の目は空っぽだ。怖《こわ》くなったソフィーは、椅子《いす》のひじかけに乗って袖《そで》を引いた。気づいてもらうためなら、まゆ毛にかみつきすらしただろう。

「見て！　チャールズ、ほら」

ゆっくりと、目に生気がもどってきた。ほんの少し笑《わら》ってくれた。「いったいなんだね」

「これよ」

チャールズは眼鏡《めがね》を探《さが》したけれど、見つからないとわかるとプレートを鼻先まで持ちあげた。

「パリ、マレ地区。これはなんだい、ソフィー？」

「フランス製《せい》だったの。お母さんのチェロはフランス製なの！」

「どこで見つけたんだい？」

「フランスへ行かなきゃ！　すぐに」息もできないほど胸《むね》がつまっていた。「今日にでも」

「座《すわ》って、ソフィー。きちんと説明《せつめい》してくれたまえ」

ソフィーは、足の上に座ってチャールズが立てないようにした。口がからからだったので、ちゃんとしゃべれるようになるまで舌《した》を吸《す》ってつばを出さなければならなかった。それから、できるだけ落ちついて説明《せつめい》した。

チャールズは一瞬《いっしゅん》でソフィーの話を理解《りかい》した。ぱっと立ちあがったので、ソフィーは暖炉《だんろ》の敷物《しきもの》の上にころげ落ちた。

「おお、なんと！　炎《ほのお》のなかから不死鳥《ふしちょう》がよみがえったようだ。なんて素晴《すば》らしいんだ。きみのお母さんがフランス人かもしれないと、どうしていままで思いつかなかったのだろう。ウイスキーが必要《ひつよう》だ。ああ、なんということだ」

ソフィーは後ろにでんぐり返りをしてチャールズのそばまでもどった。「もし、お母さんがパリに住んでたら？」

「そのとおりだ！　可能性《かのうせい》はある。期待できるとは言わないが――チェロのケースはお母さんのものではないかもしれないからね。しかし、たしかに可能性はある。フランスとは、なんということだろう」

「それに、可能性《かのうせい》は無視《むし》しちゃだめなんでしょ！」

「そのとおり！　本当にきみはなんというものを見つけたんだ」チャールズは、机《つくえ》の上にのったままの手紙に目をやった。「ともかく、ここをはなれなくては」

「パリへ行くの？」ソフィーは手も足も、持っている指ぜんぶで十字のおまじないを結《むす》んだ。

「もちろんだとも。ほかにどこへ行く？　パリだよ、ソフィー！　さあ、早く荷物をまとめなさい。いちばんいいパンツといちばん白い靴下《くつした》を持って！」

集合ラッパのようだった。ソフィーはすっくと立ちあがった。それから言った。「パンツも靴下も、きれいなやつなんか、もうないと思う」

「では、むこうに着いたら新しいのを買おう」

「パリのパンツね！　ええ、お願《ねが》い」ソフィーは声をたてて笑《わら》ったが、マーティン・エリオットからの手紙がまだ机《つくえ》の上にある。まるでソフィーを見張《みは》っているようだ。「あの人たち、追いかけてくる？」

「たぶん。そうだね。十分に考えられる。だから明日にはここを発《た》とう」

「え、ほんとに？」

「ああ」

「本気で？」

「こんなことで冗談《じょうだん》は言わない」チャールズは新聞を広げ、貿易情報《ぼうえきじょうほう》や天気予報《よほう》や船の出航《しゅっこう》時刻《じこく》がのっているページをひらいた。「それに、わたしたちを追うつもりなら——あるいは、こちらのほうがありそうだが、パリ警察《けいさつ》に通報《つうほう》するなら——せいぜい二、三日あればいいほうだろう」

「二、三日？」ソフィーは、何週間もかかってほしいといのった。きっと何週間もかかるはず。

「ああ、二、三日だ。用心しなければいけないよ。だが、こちらが有利《ゆうり》だ」チャールズは、船の時刻表《じこくひょう》と潮汐表《ちょうせきひょう》の横に×印《じるし》をつけて新聞をたたんだ。その目は興奮《こうふん》のあまりきらきらと輝《かがや》いて、炎《ほのお》のようにソフィーを温めた。「組織《そしき》というものはね、ソフィー。人ほどかしこくはないのだよ。とくにきみのような人に比《くら》べたら。おぼえておきなさい」

# 6

簡単《かんたん》な旅じゃない。簡単な旅なんてめったにない、とソフィーは思った。そのうえ、真っ昼間に大急ぎで国外に逃亡《とうぼう》しようとしているのだから、なおさらだ。

「荷物は小さく」チャールズが言った。「出かけるところをだれかに見られても、歯医者に行くように見えるくらいに」

「歯医者？　歯医者なんて絶対《ぜったい》に行かないでしょ」

「では、コンサートにしよう。荷物は一つだけ、ほかには持たないこと」

だからソフィーはチェロだけ持った。セーターやズボンをできるだけ小さく丸めて、ケースのすきまにおしこんだ。つめ終わると、もう一つだけなにか入りそうだった。ノートを持ったほうがいいだろうか。それとも、万が一のときのためにワンピース？「ワンピースがあれば、ごまかせるかもよ」と自分に言いきかせた。「いつ変装《へんそう》が必要《ひつよう》になるかわからないもの」気が進まなかったけれどワンピースを入れて、ケースをバタンととじた。

チャールズは書類《しょるい》カバンしか持たなかった。辻馬車《つじばしゃ》に持ちこむようすからすると、かなり重いらしい。出発するとき、ソフィーは、となりの家のドアのカーテンが引かれて、人影《ひとかげ》がさっと奥《おく》に引っこむのが見えた気がした。はっと息をのんでまっすぐに前を見た。馬車ががたがたと音をたてて通りを走るあいだ、十字に結《むす》んだ指の上に座《すわ》って幸運をいのった。

ソフィーがチェロをかかえて鉄道の駅に入ると、そこは大声を上げる人たちと蒸気《じょうき》であふれかえっていた。「そんな」ソフィーが言った。「ああ、どうしよう」声はできるだけ小さくした。人ごみはとても苦手だ。沈《しず》む船に似《に》すぎている。「お願《ねが》い、助けて」大急ぎでかべをよじ登って、駅の大きな時計のかげにかくれてしまいたい。

でも、チャールズは平気なようだった。目がとても輝《かがや》いていた。「おお、壮観《そうかん》だと思わないかい？　このにおいをかいでごらん！　エンジンオイルだよ、ソフィー！」それから、ソフィーの張《は》りつめた表情《ひょうじょう》と、胸《むね》の前でぎゅっと組んだうでに気づいた。

「万事快調《ばんじかいちょう》かね？」

「もちろんよ！　たぶん。ただちょっと」ソフィーは、さわがしい男の子たちが、おしあいへしあいしながらそばを通ると顔をしかめた。「ううん、あんまり」

「知っているかい？　駅でいちばんの楽しみは、大好《だいす》きな食べ物を少し買って、座《すわ》れる場所を見つけ、天井《てんじょう》を見上げることだと」

「天井を？　どうして？」

「鉄道の駅は、とほうもなく美しい天井を持つところが多いからね」ソフィーが顔を上にむけると帽子《ぼうし》が落ちた。本当だった。天井は、ガラスと輝《かがや》く鉄の迷路《めいろ》のようだ。まるでピアノが百台も並《なら》んでいるみたい。

チャールズがポケットのなかをさぐった。糸くずや紙切れやあめ玉のあいだから、小銭《こぜに》をいくつかとりだした。「ほら――幸運の六ペンス銀貨《ぎんか》がある。いや、待てよ――一シリング硬貨《こうか》もあった。これで紅茶《こうちゃ》も買えるだろう。のどが火傷《やけど》するほど熱《あつ》くしてもらいなさい。そうしないと飲めたものじゃない」

「うん――ありがとう、そうするね――ああ、待って、チャールズ！　どこへ行くの？」

「ポーターを探《さが》して、切符《きっぷ》を買ってくる」

「迷子《まいご》になっちゃったらどうしよう？」

「ちゃんと見つけてあげるさ」

「でも、見つけられなかったら？」ソフィーはチャールズのコートに手をかけた。「チャールズ、待って、行かないで！」こんな自分は大きらいだったけれど、不安《ふあん》で胃《い》がキリキリ痛《いた》む。

「ソフィー、きみは稲妻色《いなずまいろ》の髪《かみ》をしているんだよ」チャールズが笑《わら》った。今日の笑顔《えがお》はとても素敵《すてき》だった。「そう簡単《かんたん》に見失《みうしな》えるわけがない」

ソフィーは屋台の前で、巨大《きょだい》なチェルシーバンズ〔レーズン入りの菓子パン〕と真ん中に赤いジャムがのった丸いビスケットのどちらにしようか迷《まよ》っていた。ビスケットは、ミス・エリオットが、ふつうの子はこういうのを食べると言っていたものだ。ソフィーは一度も食べたことがなかったけれど、ルビーのように輝《かがや》いている。

売り台のむこうの女の人が親切に声をかけてくれた。ほおが赤い、優《やさ》しい目をした人だった。

「チェルシーバンズかい？　エクレア？　それともイチゴのビスケット？」

ミス・エリオットがなんと言うだろうと思うと、ソフィーの負けん気がもどってきた。「ビスケットを六個《こ》ください」

「はいよ、お嬢《じょう》ちゃん。一度に食べちゃだめだよ。じゃないとトイレにしょっちゅう通わないといけなくなるからね」

ソフィーは神妙《しんみょう》な顔つきでうなずいた。一つかじってみると、素晴《すば》らしく歯にくっついた。イチゴとは似《に》ても似つかないけれど、冒険《ぼうけん》にふさわしい味がする。

「わくわくするところに行くんだね？」女の人がエプロンをちゃらちゃら鳴らしながらおつりを数えた。

ソフィーは「パ、パリです」と言ったつもりだったけれど、口のなかがジャムでねばついていた。駅の時計を見上げた。「あと三十分で汽車が出るの」

「狩りだって？　そりゃあ楽しそうだね」

口はすっかりくっついてしまっていた。無理《むり》やり口を曲げ、笑顔《えがお》でうなずいた。ある意味、本当のことだもの。お母さんをつかまえにいくんだから、これは狩《か》りだ。

「じゃあ、幸運をいのってるよ」女の人がチェルシーバンズを一つ新聞紙にくるんで差《さ》しだした。「幸運のおまじない。幸運っていうのはたいていい、お腹《なか》がいっぱいのときにやってくるもんだからね」

列車は、ソフィーが想像《そうぞう》したより倍も大きくて緑色だった。エメラルドやドラゴンのような色で、ソフィーは幸運の印《しるし》だと思った。

「六号車を探《さが》すんだよ、ソフィー。きみの個室《こしつ》はA号室だ。ふだんはケント公爵《こうしゃく》のお子さんが使うそうだが、今年の夏はスコットランドで狩《か》りを楽しんでいるらしい。きみの貸《か》し切《き》りだ」

二人は、姿勢《しせい》のいい、えりに糊《のり》をきかせたポーターたちの横をすりぬけて、先頭客車と機関《きかん》車《しゃ》のほうへむかった。列車のなかには細い廊下《ろうか》がずうっと続《つづ》いていて、そこの引き戸から個室《こしつ》に入るようになっている。ソフィーはほかの人のじゃまにならないよう、そして、はしゃいでいると思われないように気をつけた。それに、違法《いほう》な逃避行《とうひこう》らしく見えないようにも。三つとも、とても難《むずか》しかった。

「ここだ！」チャールズが、チェロをドアからおしこんでふり返った。顔じゅうが光《ひか》り輝《かがや》いている。「ここしか空《あ》いていなかったんだよ、ソフィー。気に入るといいんだが」

ソフィーがチャールズの横からなかをのぞきこんだ。そして目を見張《みは》った。「気に入るといい、ですって？　まるでおとぎの国みたい！」廊下《ろうか》の人が後ろを無理《むり》やり通ったけれど、そんなことはどうでもよかった。「すごい……金ぴかじゃない。まるで宮殿《きゅうでん》だわ！」

チャールズが声をたてて笑《わら》い、ソフィーをなかに引きこんでドアを閉《し》めた。そこだけ別世界《べっせかい》になった。「とても小さな宮殿《きゅうでん》だけれどね。旅行サイズの宮殿とはいえるかな」

個室《こしつ》は素晴《すば》らしくきれいだった。なにもかも子どもサイズで、優美《ゆうび》で、魔法《まほう》のように繊細《せんさい》だ。ソフィーは、こんなものには慣《な》れっこよ、という顔をしようとした――少なくともポーターに見られているあいだは――でも、できるはずがなかった。こんなにぴかぴかにみがかれ、金色のふちどりだらけのものは見たことがなかったのだから。まくらはみんな丸く、ガチョウの胸《むね》のようにふっくらしていた。金色の額縁《がくぶち》に入った鏡《かがみ》は、鏡のところと金のところがおなじくらいありそうだ。ソフィーはそっとたたいてみた。コンコンとかたそうな音がした。

「ほら、おまる〔室内用の携帯トイレ〕も見てごらん」チャールズが言った。「一見の価値《かち》がある」

ソフィーはしゃがんでベッドの下をのぞきこんだ。動かないようかべに留《と》め金《がね》で固定《こてい》されていたのは、ふちにカーネーションの花がかかれた金色のおまるだった。

「どうだい？　夜用のトイレもかざりつきだ」

「でも、チャールズはどこで寝《ね》るの？　ここで一緒《いっしょ》に？」個室《こしつ》にはベッドが二台あったけれど、それも子ども用だ。チャールズはほとんどはみ出してしまうだろう。

「わたしは、ルクセンブルクから来た葬儀屋《そうぎや》と一緒《いっしょ》の寝台《しんだい》を使う。ちょっと陰気《いんき》な男だが、そんなことで死にはしないからね。それに、もっとひどいことになっていたかもしれない。通路で立ち通しでもおかしくなかった」チャールズがにっこりと笑《わら》いかけた。「この先、三週間はほかに席《せき》がなかったんだよ。じりじりして待つより、このほうがいいと思ってね」

「うん！」待つなんて考えられない、とソフィーは思った。きっと死んじゃう。「ほんとにありがとう」

「では、万事快調《ばんじかいちょう》だね？」チャールズがたずねた。ハンカチを忘《わす》れてきたので、きれいな靴下《くつした》を一枚《まい》ポケットからとりだして鼻をかんだ。ソフィーには、その音が希望《きぼう》のトランペットのように聞こえた。「必要《ひつよう》なものはそろったかな？」

「うん、そろったと思う。でも、あの――」ソフィーのお腹《なか》の虫がぐうぐう鳴った。「なにか食べるものはある？」

「もちろんだとも！　忘《わす》れるとでも思ったかい？　旅のいちばんの醍醐味《だいごみ》は食事だよ。食堂車《しょくどうしゃ》はあるが、開くまでにはまだ二、三時間ある。できるだけたくさん、こっそり持ちこんできたよ」チャールズは、かべに取りつけられた木の机《つくえ》までいくと、ポケットの中身を出しはじめた。はじめにリンゴが六個《こ》出てきた。それから、コートにパイ生地《きじ》をばらまきながら、ソーセージロールがいくつも出てきた。黄色いチーズの分厚《ぶあつ》いかたまりも。懐中時計《かいちゅうどけい》の裏《うら》からは塩《しお》の入った小さな袋《ふくろ》を引っぱりだした。最後《さいご》に、まるで手品師《てじなし》みたいに帽子《ぼうし》の下からローストチキンの半身をとりだした。油紙で包《つつ》んである。

「うわあ、すごい！　美味《おい》しそう」ソフィーが、そこにビスケットを加《くわ》えた。チェルシーバンズはあとのためにとっておいたけれど。食べ物を塔《とう》のように積《つ》みあげてみた。「見て！」鼻の高さまであった。「もう完璧《かんぺき》」

「さあ、必要《ひつよう》なものはそろったかな？」

「んん」ソフィーはチーズのかたまりをほおばったところだった。最高《さいこう》の味だ。塩気《しおけ》があってなめらかで。列車がゆれて、蒸気《じょうき》を上げながら進みだした。ソフィーにはチャールズがいて、ローストチキンがあって、これから冒険《ぼうけん》の旅に出る。口をいっぱいにしたままソフィーが言った。「うん、ぜんぶ」

ドーバーで、列車から客船《きゃくせん》に乗りかえた。波が荒《あら》かった。目の前に広がる海が、低《ひく》く鳴っている。灰色《はいいろ》の荒海《あらうみ》のにおいがする。ソフィーは海をのぞきこまないように気をつけた。海で亡《な》くなった人たちのことは、考えないようにした。

「万事快調《ばんじかいちょう》かね？」チャールズが言った。

ソフィーはうなずいたけれど、声が出ない。

もっと悪いことに、乗客のなかに警察官《けいさつかん》の姿《すがた》があった。きっと休暇《きゅうか》なのよ。そんなはずない、と自分に言いきかせる。わたしを追ってきたなんてありえない。それでも体のふるえが止まらなかった。見つからないように、少しずつ船の後ろ側《がわ》に移動《いどう》して、そのうち、屋根のないデッキにいるのはソフィー一人になった。海のことは考えないようにした。でも、海のことを考えないようにするのは、銃《じゅう》を持った警察官のことを考えないようにするのと同じで、できっこなかった。海は水平線のかなたまでずっと続《つづ》いていて、目を細めてもフランスは見えない。手すりをぎゅっとにぎって、必死《ひっし》で気持ちを落ちつけた。

デッキのなかほどにいたチャールズがソフィーの表情《ひょうじょう》に気づいた。足音もたてずにそばまで行くと、お母さんのような優《やさ》しさでソフィーの手に手を重ねた。

「ほら聞いてごらん！　あれが聞こえるかい？」

ソフィーにはただの海鳴りしか聞こえなかった。「なにが？」恐怖《きょうふ》のせいで、思っていたよりつっけんどんな言い方になる。「いったいなにを聞けっていうの？」

「ささやき合い《マーマレーション》だよ！」チャールズが言った。「縁起《えんぎ》がいい」

「なにレーション？」

「マーマレーション。海と風が一緒《いっしょ》に鳴るんだ。仲《なか》のいい友だちがこっそり笑《わら》いあうように。ほら、また聞こえた。どうだい？」

ソフィーは納得《なっとく》できなかった。「でも、ささやくのは人間だけでしょ。海はとどろくもの、風は吹《ふ》くものよ」

「いいや。海と風がささやき合うこともある。この二つは古い友だちだからね」

「そうなの」ソフィーは手すりから手を引きはがすと、チャールズの手をにぎった。チャールズのコートのにおいを深く吸《す》いこんで、背《せ》すじをぴんとのばした。

「海と風が一緒《いっしょ》に鳴るのは」チャールズが言った。「幸運の印《しるし》だよ。マーマレーションが聞けるとは。幸先《さいさき》がいい」

# 7

すぐに気がつきそうなものなのに、チェロのケースを胸《むな》もとに抱《だ》き、パリ北駅にチャールズとおり立つまで、ソフィーの頭からすっぽりぬけていたことがある。

列車のポーターが空を見上げた。「また嵐《あらし》が来そうですね。傘《かさ》をお持ちですか」

チャールズが答えた。「わたしは英国人ですよ。傘なしではどこにも出かけません。傘は体の一部ですから」

「では、降《ふ》りだす前にホテルに着きますように。この空模様《そらもよう》はいけません」

そのときになって、ソフィーははっとした。それまで考えもしなかったことに自分でもおどろいたけれど、あんまり急いでいたので、イギリスの国境《こっきょう》をこえたあとのことは想像《そうぞう》もしていなかったのだ。「チャールズ」とソフィーが言った。「わたしたち、どこで寝《ね》るの？」

「とてもいい――」

「それに」チャールズをさえぎって続《つづ》けた。「それに――これからどうするの？」

「どちらもとてもいい質問《しつもん》だね。最初《さいしょ》の答えは簡単《かんたん》だ。一緒《いっしょ》だった葬儀屋《そうぎや》が親切でね。セーヌ川近くのこぢんまりとしたいいホテルを紹介《しょうかい》してくれたんだ」チャールズが書類《しょるい》カバンを重そうに持ちあげた。「辻馬車《つじばしゃ》に乗ろう」

駅のそばには辻馬車が列になって止まっていた。見た目はさまざまで、はがれた内装《ないそう》らしきものがぶら下がっているものもあれば、ぴかぴかに輝《かがや》いて消毒用《しょうどくよう》石けんのにおいがするものもある。灰色《はいいろ》と銀色にぬられた馬車が、ソフィーはひとめで気に入った。馬も馬車によくあっていて、顔はどの馬より面長《おもなが》でかしこそうだ。ソフィーはチャールズに似《に》ている。でも、口には出さないことにした。

「これにしていい？」ソフィーは、チョコレートの最後《さいご》のひとかけらを灰色《はいいろ》の馬に差しだした。「この子、退屈《たいくつ》そうだもの」

「もちろんだとも」チャールズが御者《ぎょしゃ》にお金を渡《わた》し、御者が二人のわずかな荷物を馬車にのせはじめた。「フランスの馬は本当におしゃれだね」チャールズが言った。「パリに来ると、髪《かみ》にくしをあてなくてはという気持ちになるよ」

ソフィーがあたりを見まわすと、建物《たてもの》を見下ろすような高い木々が並《なら》び、石だたみの通りがカーブをえがいて四方八方にのびている。ドレスのデザインもロンドンとはちがって、女の人たちは、まるで水のなかにいるみたいに流れるように歩いていた。「ほんとね！　その気持ちわかるわ。ハトまでロンドンよりシックだもの」体のなかがクリスマスの前のようにぞくぞくしていた。「ホテルに着いたらそのあとは？　それからどうするの？」

「それからパン屋を探《さが》すんだよ、ソフィー。それに計画もねらなくては」

「どうしてパン屋なの？　警察署《けいさつしょ》かどこかを探すんだと思ってた。それか、郵便局《ゆうびんきょく》とか市役所じゃないの？」

「計画を立てるときにいちばん重要《じゅうよう》なのは、なにか食べることだからね。首脳会議《しゅのうかいぎ》の席でみんながドーナツを食べれば、戦争《せんそう》はもっと減《へ》ると思うのだが」

「それから？　そのあとは？」

「そのあとは」チャールズが言った。「狩《か》りに出発だ」

セーヌ川を見下ろす高さ十メートルの宙《ちゅう》の上から、茶色い二つの目が下の通りを見つめていた。一頭立ての馬車がボストホテルの前に止まり、なかから女の子がおりてきた。指先がぴくぴくしているし、肩甲骨《けんこうこつ》のあたりが興奮《こうふん》でこわばっているのがわかる。意を決したように口をぎゅっと結《むす》んで、馬車から、なにかケースを引っぱりだした。それから、あわてて飛《と》びのいて自動車が通りすぎるのをよけた。女の子は心配そうにケースをあけ、楽器《がっき》をとりだしてあちこち調べだした。そして、歩道にしゃがみこむと弦《げん》を指でつま弾《び》いた。

音は優《やさ》しく、通りの音にほとんどかき消されたけれど、でも、茶色の目はきらめいた。感心したかのように。

## *8*

ソフィーとチャールズが立てた計画は、簡単《かんたん》なものにならざるをえなかった。ソフィーは、ホテルのフロントでそれを紙に書きつけた。

1．シャルルマーニュ通りを見つける。

2.

ソフィーの手は「2」のところで止まった。それから大きなクエスチョンマークを書いた。その下に赤インクで線を引くと、紙をポケットにしまってチャールズのようすを見にいった。

チャールズの部屋はちゃんとしていたけれど、おしゃれとはいえなかった。ひょろっとした二脚《きゃく》の椅子《いす》は、たくさん人が座《すわ》ったせいでへこんでいるし、二枚《まい》のラグも経費《けいひ》をずいぶんけずったらしい。ベッドわきのろうそくまで使い古しのようだけれど、寝具《しんぐ》はラベンダーの香《かお》りがした。川から風が吹《ふ》いていて、水のにおいがする。ソフィーは、ホテルでこんなにくつろいだことはなかった。いつもなら、慣《な》れないホテル住まいは寒気がするほどいやなのに。

ホテルの建物《たてもの》はのっぽで細長く、立派《りっぱ》なアパートにはさまれていた。安宿で、室内トイレがなく、ソフィーがさっき見てきたとおり、庭に木箱のようなトイレがあるだけだが、それをのぞけば完璧《かんぺき》だった。窓《まど》からは、いくつもの細い通りとオープンカフェが、川にむかって織《お》り物《もの》のように広がっているのが見えた。

ソフィーはチャールズのベッドに座《すわ》って体をはずませた。ベッドの上には、あごひげの先をカールさせた男の人の絵がかかっていた。

「このひげ、好《す》き。自分のひげで絵がかけそう」

チャールズがおどろいたように目を上げた。「なんだって？」それからふきだした。「トイレは見つけたかね？」

「うん。クモの家族と一緒《いっしょ》に使わないといけないけどね。それに、天井《てんじょう》の梁《はり》に小鳥の巣《す》があるの。気に入ったわ」

「それはよかった。きみの部屋を探検《たんけん》しに行こうか。チェロはわたしが持とう。いいのかい？　では好《す》きなように」

ソフィーの部屋はホテルの屋根裏《やねうら》にあたる場所だった。探検《たんけん》するほどの広さはない。入り口がとてもせまかったのでチャールズは外で待ち、ソフィーだけが入った。チェロを置《お》くと立つ場所もないくらいだ。

「見て！」

どのかべにもスケッチ画がかかっていて、できるだけうまく明かりがあたるよう、高さも位置《いち》もばらばらにかざられていた。勢《いきお》いのある黒い線は、額縁《がくぶち》のなかでそわそわしているようだ。

「これ好《す》きよ。フランス語みたい」

「まるで音楽のようだね」チャールズは、首をすくめるようにして部屋に入った。それから、「窓《まど》はないのかな？」と言った。

「天井《てんじょう》に明かり取りの窓があるわ」

小さな四柱のベッドは、まわりを白い木綿《もめん》の布《ぬの》でかこまれていて、天井部分はあいていた。斜《なな》めになった天井に、窓《まど》が一つある。見上げると、どうしてチャールズがすぐに気づかなかったのかわかった。ガラスの外側《そとがわ》が鳥のふんにすっかりおおわれていて、白い天井の色にそっくりだったのだ。

「開くと思う？」

「たしかめるには、こうするしかない」チャールズはそうっと奥《おく》まで入ってくると、持っていた新聞をベッドの上に敷《し》いた。そこに足をのせ、留《と》め金《がね》をこじ開けようとした。窓《まど》は、おしても、傘《かさ》で蝶番《ちょうつがい》をつついてもとうとう開かなかった。

「蝶番がさびているね。すぐに解決《かいけつ》する。ぬりかためられているわけではないから、なんということはない」

「ホテルで油を売ってると思う？」

「それはどうかな。だが、明日、油を探《さが》してこよう」

「ありがとう」ソフィーはベッドに上がり、目を細くして白いふんのすきまから外をながめた。赤いチムニーポットと青い空が見えた。「胸《むね》がいっぱいではちきれそう。みんなすごくなつかしい感じがするの、チャールズ。なぜだかわからないんだけど、でも、そうなの。信《しん》じてくれる？」

「パリの街《まち》がかね？」

「うん、そうかな。たぶん。でもね、なつかしいのはチムニーポットのような気がする。どこかで見たことがある気がして。それに、すごくきれいな色」

チャールズは学者で、学者の仕事はものごとによく気づくことだと自分でいつも言っている。ソフィーの声を聞いて、一人っきりになりたいのだと気づいたにちがいない。すばやくドアまでもどった。「部屋をよく見ておくといい。三十分だよ、ソフィー。それから地図を買って、シャルルマーニュ通りを探《さが》そう。川のそばのようだから、ここからそう遠くないはずだ」

## 9

シャルルマーニュ通りはすぐに見つかった。徒歩《とほ》十分の距離《きょり》だった。二人は十分かけて、石だたみの通りと、赤いカーネーションでいっぱいの窓辺《まどべ》のプランターと、焼《や》きたての丸パンを道ばたでほおばる子どもたちの横を通った。十分のあいだに、ソフィーの胸《むね》は輪《わ》をかくようにぐるぐるまわってジルバを踊《おど》り、すっかりいうことをきかなくなった。「じっとしてて」とソフィーはつぶやいた。それから、もうひとこと。「いいかげんにしなさいってば」

「なにか言ったかい？」チャールズが声をかけた。

「ううん。ハトに歌いかけてたの」

ショーウィンドウの上に工房《こうぼう》の看板《かんばん》がかかっていた。ショーウィンドウのなかにはバイオリンが一台、絹《きぬ》のクッションのようなものの上に置《お》かれていて、花もかざられていた。バイオリン以外《いがい》はほこりだらけだった。

店内はものであふれかえっていて、棚《たな》の品物がいまにもこぼれ落ちてきそうだ。ソフィーはお腹《なか》にぐっと力をこめてなかに入り、心配そうにチャールズを見上げた。すごく背《せ》が高いのに、まわりに気をつけないで歩くことがあるから。

「ハロー」ソフィーが言い、チャールズが、「こんにちは」と続《つづ》けた。

だれも答えなかった。二人は身じろぎもせずに待った。ソフィーは五分間、時計の秒針《びょうしん》の音を数えつづけた。十秒ごとに声をかけた。「ハロー？　ボンジュール？　ハロー？」

「留守《るす》のようだね」チャールズが言った。「あとでまた来てみようか？」

「ううん！　ここで待ってる」

「ハロー？」チャールズがもう一度声をかけた。「チェロ弾《ひ》きの子どもを連《つ》れているんです。教えていただきたいことがあるのですが」

馬のくしゃみのような音がして、カウンターの奥《おく》のドアから、男の人が目をこすりながら出てきた。腰《こし》が曲がっていて、お腹《なか》がベルトの上にのっているようすは、シャツの下に大きなボウルをかかえているみたいだった。

「ジュメクスキューズ《すみません》！」その人が早口のフランス語でなにか続《つづ》けた。

ソフィーは失礼《しつれい》のないようにほほ笑《え》んだが、意味がわからずぽかんとした。「ええと」

「パデュトゥ《いいえいいえ》」とチャールズが言った。

「あの人、なんて言ったの？」ソフィーがそっと聞いた。

「ああ！」店の人が笑顔《えがお》になった。「昼寝《ひるね》をしていたと言ったんですよ。イギリスの方ですかな？」フランス語なまりが強かったけれど、英語《えいご》もすらすら話した。「なにかエード《お手伝い》しますかな？」

「ええ、お願《ねが》いします！　知りたいことがあるんです」ソフィーは真鍮《しんちゅう》プレートを机《つくえ》に置《お》いた。幸運のおまじないに、手の指のうち八本をぜんぶ十字にした。「これです」

「チェロのケースのふたに、ねじでとめてありました」チャールズが言った。「これについてなにかご存《ぞん》じありませんか？」

店の人はおどろいたそぶりもなかった。「ビヤンシュール。もちろんですとも」指先でプレートにふれた。「これを作ったのはわしじゃよ。自分で彫《ほ》った。ケースの内側《うちがわ》に取りつけるんだ。緑色のベーズ生地《きじ》の下に」

「ええ、そうなの！」ソフィーは指をひらいて、また十字に結《むす》びなおした。「そこにあったんです！」

「では古いものにちがいない。真鍮《しんちゅう》は十年前に使うのをやめたから。生地《きじ》の下でさびるとわかったんでな」

「なぜ生地《きじ》の下に？」チャールズが言った。「それではあまり意味がないのではありませんか？」

「そんなことはない。チェロに傷《きず》をつける心配がないし、必要《ひつよう》なときにはここの住所がわかる」

「それなら――」ソフィーは息をつめた。それから、しゃべるために息をつきなおさなければならなかった。「どのチェロについていたかわかりますか？　買った人をおぼえていますか？」

「もちろんじゃよ。チェロは値《ね》の張《は》る楽器《がっき》だからね、お嬢《じょう》さん。一人の人間が一生のうちに作れるのは二十台がいいところだろう。製造番号《せいぞうばんごう》を見てごらん――二九一〇五四――二九ではじまるのは、二十九インチだということだ。過去《かこ》三十年のあいだに、このサイズのチェロは三台しか作っておらん。お嬢さんも知っていると思うが、ふつうはもう少し大きいからね」

「じゃあ、こ、こ、こ、このチェロを買った人は？」ソフィーは真鍮《しんちゅう》プレートを店の人のほうへ少しおした。「このチェロのことさえわかれば、それでいいんです」

「そのチェロを買ったのは、たしか女性《じょせい》だったな」

「女の人?」ソフィーの胃《い》がひっくり返った。でも、じっとこらえてこう言った。「どんな感じの人ですか」

「きれいな人だったと思う」

チャールズが声をかけた。「もう少し具体的《ぐたいてき》に教えていただけますか。どのくらい前のことでしょう?」

「たしか……十五年ほど前だ。もっと前かもしれんし、そうでないかもしれん。美人によくある感じの人でな。美人はたいていちょっと変《か》わったところがあるものだ」

「ほかはどんな感じですか?」ソフィーが言った。「お願《ねが》いです。もっと教えて」

「背《せ》が高かった」

「ほかには? ほかにないですか」ソフィーは、セーターのえりを引っぱりあげてかじった。

「ほかにかね、どうもよくおぼえていない」

「お願《ねが》いします」ソフィーの耳はがんがん鳴っていた。「すごく重要《じゅうよう》なことなんです。ものすごく!」

「そうそう、演奏家《えんそうか》らしい指をしていた。とても白くて、まるで木の根のような」

「それから? ほかには?」

「髪《かみ》が短くて、目の表情《ひょうじょう》がくるくる変《か》わった」

「髪は何色ですか？　目は？」

「明るい色だったな。黄色い髪だ。いや、オレンジかな。ジュヌセパ《わかららんな》」

「お願《ねが》いします！　思いだしてみてください！　大切なことなんです」

「助けたいのはやまやまじゃが、人の顔をおぼえるのが苦手でのう。楽器《がっき》のことなら得意《とくい》なんだが」店の人は、薄暗《うすぐら》い店に並《なら》んで立っているソフィーたちにむかって目を細めた。「だが、あんたによく似《に》ている。いやいや、そちらの方じゃなくて。お嬢《じょう》さんのほうに」

「ほんとですか？」ソフィーが聞いた。「作り話じゃないって誓《ちか》います？　自分の名にかけてほんとう？」

「お嬢《じょう》さんや、このくらいの年になると、なにもはっきりおぼえておらんものだ。決めてかかるのは悪い習慣《しゅうかん》じゃよ」店の人がほほ笑《え》むと、顔にしわがいっぱい寄《よ》った。「ちょっと待ってくれるかね」腰《こし》をかがめて椅子《いす》に座《すわ》った。「うちには助手がいてね。あのチェロを売ったときも店にいた。きっとわしよりよくおぼえているだろう。このところは音楽しかおぼえていられない」

助手はがっしりした体格《たいかく》の人だった。店主が優《やさ》しげで、お腹《なか》のほかはほっそりしているのとは正反対だ。二人はフランス語でなにか話し、それから若《わか》いほうがチャールズをふり返った。

「ええ」と助手が言った。「おぼえていますよ。名前はヴィヴィエンヌです」

名前がいきなり飛《と》びだしたのは、なぐられたような衝撃《しょうげき》だった。ソフィーの体から息がぬけた。ただ相手を見つめることしかできなかった。

チャールズが言った。「苗字《みょうじ》はどうです？」

助手は肩《かた》をすくめた。「おぼえてませんね。色の名前だったかな。ルージュ《あか》とか。ヴェール《みどり》だったかも。ああそうだ、ヴェールですよ」

「ヴィヴィエンヌ！」ソフィーの体のなかは、つま先立ちでくるくるまわっているようだ。

ヴィヴィエンヌ。すごく大切な言葉だ。

チャールズが言った。「ありがとうございます。ほかになにか記《き》憶《おく》にありませんか？　結婚《けっこん》していたでしょうか？　子どもはいましたか？」

「いいえ、結婚《けっこん》もしていないし、子どももいませんでした」助手はきつい目つきをして、口もとにあざけるような笑《え》みを浮《う》かべた。「でも、貧乏《びんぼう》でしたね——着ているものがひどかった。まあ、子どもが何人いたとしてもおどろきませんよ。そのうち警察《けいさつ》の厄介《やっかい》になるような人間に見えましたね」

「なんですって？」ソフィーが言った。

助手がふんと鼻を鳴らした。「ならず者っぽい口もとをしていました」

チャールズがソフィーの顔を見て、口をはさんだ。「で、プロの演奏家《えんそうか》だったのでしょうか」

助手は肩《かた》をすくめた。「フランスにプロの女性《じょせい》演奏家なんていませんよ、だんな。ありがたいことです。ただ、たしかに、ヴィヴィエンヌはこの店でチェロを弾《ひ》きました。わたしがやめさせるまではね」

ソフィーが声を上げた。「やめさせた？」

「お嬢《じょう》さん、そんなに責《せ》めるような言い方をしないでくださいよ。ほかのお客の迷惑《めいわく》だったんですから」

「チェロはうまかった？」この人は、それがどんなに大切なことかわかっていない。なのに、どうしたらわかってもらえるか見当もつかない。ソフィーは両こぶしで机《つくえ》をたたいた。「素晴《すば》らしかったでしょ？」

助手はまた肩《かた》をすくめた。「でも女ですよ。女にはあまり才能《さいのう》がないでしょう」ソフィーは、力まかせになぐってやりたかった。かべに並《なら》んだバイオリンでぶちのめしてやりたい。助手が言った。「ちょっと変《か》わっていましたね」

せきばらいが聞こえた。いつの間にか、年をとった店主が机《つくえ》をまわって前にきて、体格《たいかく》のいい助手のひじの横に立っていた。チェロの弓を馬の鞭《むち》のように構《かま》えている。「もうちょっとじっくり思いだしてやれんか、ミスター・リール」

ミスター・リールはさっと赤くなった。「つまりその、音楽的観点《おんがくてきかんてん》から言うと変《か》わっていたということです。葬送曲《そうそうきょく》を二拍子《びょうし》で弾《ひ》くんですよ。フォーレの『レクイエム』なんて、曲に必要な品格《ひんかく》を無視《むし》して」

「そうなの？」ソフィーが言った。

「そうだった！」店の主人がほほ笑《え》んだ。「思いだしたぞ！　そうだ、そうだ、ヴィヴィエンヌは葬送曲《そうそうきょく》しか知らんと言っていた。教会のそばに住んでいるからと」

「教会って？」ソフィーが言った。「どこの教会か言ってましたか？」

「ノン。でも、こう言っとったよ。音楽は人が踊《おど》れるものじゃなきゃならんと。だから教会音楽を聞きおぼえて、二拍子《びょうし》で弾《ひ》いたのだ」

ソフィーはこの話がとても気に入った。自分でもやりそうなことだと思った。「それに、上手だったんですよね？　絶対《ぜったい》そうに決まってます」指先がうずうずした。

「うまいだなんてありえない。下品だった」助手が言った。「荘重《そうちょう》な音楽を面白《おもしろ》半分に弾《ひ》くなんて、ほめられたものじゃない」

「ちょっと演奏《えんそう》してみていただけませんか？」チャールズが言った。

「いいえ、弾《ひ》けませんよ」

店主が背《せ》すじをのばした。背中《せなか》が回転式の連発拳銃《れんぱつけんじゅう》でも撃《う》ったみたいな音をたて、ソフィーは顔をしかめた。「わしなら弾《ひ》ける」

助手はぼう然《ぜん》とした。「ムッシュー！　医者から言われているじゃありませんか」

「お嬢《じょう》さんのためだ」主人はケースからチェロをとりだした。「聞いとるんじゃよ」

曲はゆっくりとはじまった。ソフィーはふるえた。いままで、フォーレの『レクイエム』を好《す》きだと思ったことはない。店主は口をぎゅっと結《むす》んでテンポを上げた。曲はどんどん速くなり、行進からかけ足になり、ついには、大はしゃぎしながら泣《な》いているような調べになった。ソフィーは曲にあわせて手をたたきたかったが、リズムが速すぎてついていけない。足を高く上げ、くるくるまわって踊《おど》っているような曲だ。「嵐《あらし》の雨みたい」ソフィーがチャールズにささやいた。「嵐の雨が弾《ひ》く曲だわ」

「そうだね」チャールズが答え、主人がそれを聞きつけて、弾きながら声を上げた。「ああ、そのとおりだ。まさにそれだ！」

それから間もなく――ソフィーにはあっという間に思えた――店主が弓を置《お》いた。「まあ、こんな感じじゃよ。ヴィヴィエンヌはわしより速く弾《ひ》いたと思う」

「でも」助手が口をはさんだ。「ムッシュー・エストウールほど優雅《ゆうが》じゃなかった。弓を大急ぎで動かしていただけだ。若《わか》いやつらは浅《あさ》はかで、速ければいいと思っている」

チャールズがまゆを上げた。まゆ毛が物言うときもある。助手はおとなしくなった。「まあ」と続《つづ》けた。「あの娘《むすめ》ほど速く弾《ひ》く人には会ったことがない」

「ヴィヴィエンヌ」ソフィーはそっと口に出してみた。「ヴィヴィエンヌっていうんだ」

「そう、ヴィヴィエンヌだ」ムッシュー・エストウールが言った。「やっとはっきり思いだした。信《しん》じられないような人じゃやった。モンデュー《あぁ》、あのスピードといったら！　あんなことができるとは思わなんだ」

「でも、きちんとした弾《ひ》き方じゃありませんよ」助手が言った。

「わしは感心した」ムッシュー・エストウールが言った。「わしはな。「感心しません」それにわしは、めったなことでは感心せん」

ソフィーは、お礼とお別《わか》れのあいさつをチャールズにまかせた。声は出せない。頭のなかにあの曲をとじこめておかなくてはいけないもの。頭のなかの、音楽をしまっておくところ――ちょうどおでこの左側《ひだりがわ》のあたりだ――そこに、あの曲を大切にしまった。

# 10

名前がわかってすべてが変《か》わった。チャールズは、警察《けいさつ》の公文書係《こうぶんしょがかり》に翌日《よくじつ》の予約《よやく》を入れた。きっちりした字で書類《しょるい》の必要事項《ひつようじこう》をうめていった。

「ノムデュディスパリュ。ふむ、ここに行方不明者《ゆくえふめいしゃ》の名前を書くのだな。ヴィヴィエンヌ・ヴェール、と」それからちょっと迷《まよ》った。「ここは申請者《しんせいしゃ》の名前だ」

「わたしたちのこと？　なんて書くの？」ソフィーが聞いた。「嘘《うそ》の名前？　ほんとの名前は教えないでしょ」

「そのとおりだよ。だが、それでもかなり危険《きけん》だ。理屈《りくつ》の上では、わたしたちは逃亡中《とうぼうちゅう》だからね。実を言えば、きみはホテルで待っていたほうがいいんじゃないかと思う」

「でも、偽名《ぎめい》を使えばすむんじゃないの？」

「そうだね。だがすでにロンドンから、近くの港に電報《でんぽう》が届《とど》いているかもしれない。人相《にんそう》の特徴《とくちょう》などについての」

「でも、二、三日はかかるって言ったでしょ」

「二、三日あればいいほうだと言ったんだよ。ホテルで待っていてもらえると、ずっと安心なんだが」

「どうしてチャールズはいいのに、わたしはだめなの？」

「わたしにはこれといって特徴《とくちょう》がない。きみはとても印象的《いんしょうてき》だ。こんなことを言ったら気を悪くするかもしれないが、きみの特徴はとんでもなく説明《せつめい》しやすい。その髪《かみ》だよ」

ソフィーはちょっと考えた。チャールズが出かけているあいだ、ホテルの屋根裏部屋《やねうらべや》で待っているところを。ぐあいが悪くなった。「ううん。わたしも行かなきゃ」

「どうしてもかね？」

「わたし、しゃべらないから。でも、一緒《いっしょ》に行く」

チャールズは迷《まよ》った。「スカートはあるかね？」

「うん。スカートじゃないけど、ワンピースがある」

「帽子《ぼうし》はどうだい？　髪《かみ》をかくせるものは？」

「あるよ。ほら、ミス・エリオットがくれたやつ。かぶるとプードルみたいに見えちゃうけど」

「それはいい。人相書《にんそうが》きにはプードルのことは書かれていないだろう。それをかぶりなさい」

翌朝《よくあさ》、ソフィーは早くに目がさめた。ワンピースを手早く着て、というか、なんとか手早く着ようとした。その朝は息をするのさえ大変《たいへん》だった。胸《むね》に希望《きぼう》があふれすぎて、空気が入るすきまがどこにもない。

警察《けいさつ》本部は大きな建物《たてもの》だった。あんまり大きすぎるし、とても寒々しいとソフィーは思った。でも、かわいらしい顔をした受付《うけつけ》の女の人がいて、チャールズが、待ち時間のあいだに持っていた箱入りのミントキャンディをすすめた。その人はちょっとおどろいた顔をしたけれど、それからにっこり笑《わら》ってキャンディを三つとった。ソフィーはもらわなかった。とてもじゃないけれど、のどを通らない。チャールズと受付の人はフランス語で楽しそうにおしゃべりを続《つづ》け、笑い声が大理石のホールにすごく響《ひび》いた。笑わないでいてほしい。まわりの人が見てるから。ソフィーは少しはなれて、かべにはってあるフランス語の掲示物《けいじぶつ》を読んでいるふりをした。受付《うけつけ》の人がこっちを見ている。チャールズのスーツのえりを下から引っぱると、チャールズは礼儀《れいぎ》正《ただ》しく首をかしげ、受付の人がその耳になにかささやいた。ソフィーを見て、また笑《わら》った。ソフィーははずかしくなって顔をしかめた。事務官《じむかん》が現《あらわ》れたのは、ちょうど笑い声が消えかかったときだった。受付の人はさっと首を引っこめて書類《しょるい》をそろえだした。

「こちらへ、急いでください」事務官《じむかん》が言った。少しもくせのない英語《えいご》だった。「十分しか時間がないのです。それにきみ、ブリジット、勤務《きんむ》時間中は大声で笑《わら》っちゃいかん」

事務官《じむかん》は、しゃべる前に舌《した》で歯をなめるおかしなくせがあった。ヒキガエルがハエを食べているみたい、とソフィーは思った。緊張《きんちょう》していると思われないようにしなくちゃ。鼻の下にあせが浮《う》いてきた。チャールズの後ろにさっとかくれて、あせをなめとった。

建物《たてもの》の床《ゆか》は大理石で、事務官《じむかん》について廊下《ろうか》を歩いていくとソフィーのブーツのかかとがカツン、カツンと鳴った。つま先立ちで歩くようにしたけれど、そのせいで廊下の半分ほどもおくれてしまった。事務官がふり返って、まとわりつくようないやなため息をついた。

ソフィーは赤くなった。「すみません、わざとじゃないんです！　ただ……靴《くつ》が新しいので」チャールズもくるりとむきを変え、廊下《ろうか》をもどってきてソフィーの手をとった。「謝《あやま》る必要《ひつよう》はないさ。きみの靴《くつ》は素晴《すば》らしい。タップダンサーのようだよ」

事務官《じむかん》がまた前をむいた。ソフィーは、こっそり話せるようにチャールズの手を引いてかがませた。「受付《うけつけ》の人、なんて言ってたの？」

「いろいろ話してくれたが、なにより、きみをとても美人だと言っていた。きみのことを少し話したんだよ。戦士《せんし》のような顔をしていると感心していた」

「そうなの！　じゃあどうして笑《わら》ってたの？」

「きみのことを笑っていたのではないよ。いずれにしても、ここには少し笑いが足りないと思わないかね？」

「ほんと！　刑務所《けいむしょ》みたい」ソフィーはチャールズの手をぎゅっとにぎった。「みんな、大切なことを忘《わす》れちゃったみたいじゃない？　この世には、猫《ねこ》やダンスみたいに素敵《すてき》なものがあるってこと」

「ああ、そのとおりだね。それじゃあ、ちょっと廊下《ろうか》に音を響《ひび》かせてみようか。靴《くつ》を鳴らしてダンスはどうかな」

「うん！」ソフィーは答え、勇気《ゆうき》を出して、と心のなかでつぶやいた。戦士のような顔をしているんだもの。

背《せ》すじをぴんとのばし、足をふみ鳴らして廊下《ろうか》を歩いた。チャールズはひょろ長い足でツーステップダンスを踊《おど》ろうとした。まるで、馬がはしごをのぼろうとしているようだ。それで気持ちがぱっと明るくなり、ソフィーは高く飛《と》びあがってかかとを打ちあわせた。チャールズは、あいているほうの手で太ももをたたいて拍手《はくしゅ》した。事務官《じむかん》がわざとらしくため息をつくと、前髪《まえがみ》が上がって海藻《かいそう》のようにゆれた。ソフィーは事務官の背中《せなか》にむかって舌《した》をつきだした。

事務官は、大きな茶色の机《つくえ》がある部屋の前で立ち止まった。

「ここが面談室です。改装《かいそう》したばかりですから、お嬢《じょう》さんには、なにもさわらせないようお願《ねが》いします」かべには、ずいぶんきゅうくつそうな服を着た男の人たちの肖像画《しょうぞうが》がかかっていた。そのうちの一人は、オナラでもしているような顔つきだ。

「とても……きれいですね」ソフィーは念《ねん》のために帽子《ぼうし》を深くかぶりなおした。まるで、わざと暗い色ばかり使ったみたい。シャンデリアまでも悲しげだった。

「お入りください、ミスター・スミス」事務官《じむかん》が言った。「お嬢《じょう》さんは――」廊下《ろうか》に並《なら》んだ椅《い》子《す》のほうへ手をふった。「お嬢さんは外で待っていただきます」

「そんな」ソフィーが言った。「いやよ！　チャールズ、お願《ねが》い！　お願いよ」

「ありがとうございます」チャールズは、とてもうまく表情《ひょうじょう》を消していた。「しかし、この子が一緒《いっしょ》に来たいと言うのなら、同席《どうせき》させていただきます」

「絶対《ぜったい》に一緒じゃなくちゃ」ソフィーはそう言ってから、ここでは口をきかない約束《やくそく》だったと思いだして、口をぎゅっと結《むす》んで事務官《じむかん》をにらみつけた。

「では、どうぞおかけください」事務官は背《せ》が低《ひく》く、座《すわ》ると鼻がチャールズの鎖骨《さこつ》にやっと届《とど》くくらいだ。今度はチャールズのネクタイがゆれるほど大きなため息をついた。「そんなに時間はかかりません」

ソフィーはちらっとチャールズを見た。「どうして？」とささやいた。「そんなの変《へん》じゃない？」

チャールズは小さく首をふった。くちびるが、「静《しず》かに」と動いた。ソフィーはまたおとなしくした。

事務官《じむかん》が言った。「はじめる前にお伝《つた》えしておきますが、このような申請《しんせい》は歓迎《かんげい》できたものではないのです」

「おや？」チャールズが言った。ソフィーはじっとチャールズを見つめていた。レンガのかべのように無表情《むひょうじょう》だ。「こういった件《けん》もそちらの仕事だと思いますが？」

「まあ、ささいな仕事の一つではあります。でも、行方不明者《ゆくえふめいしゃ》に関《かん》する申請《しんせい》、それも会ったことも見たこともない行方不明者とは、ばかげていますよ」

「そうでしょうか？　それは興味深《きょうみぶか》い」

「このような調査《ちょうさ》は時間をむだにするだけで、がっかりされると思いますがね。十ちゅう八、九、まちがいありません」

「そうですか」チャールズが言った。「だが十に一つはいかがです？」

「いや、千ちゅう九百九十九と申し上げるべきでした」

「なるほど。では、千に一つは？」

「あなただけ例外《れいがい》というわけにはいかないのです。このような女性《じょせい》が存在《そんざい》するとは思えませんよ」

「この世には、だれも信《しん》じなかったことが真実だとわかった例《れい》が数かぎりなくあります」チャールズが言った。「どんなに小さくわずかな可能性《かのうせい》でも、無視《むし》するべきではありません」

「しかし、こんなことは不可能です。おたずねの人物は、出生地《しゅっせいち》も誕生日《たんじょうび》も職業《しょくぎょう》もわからないじゃありませんか」

ソフィーが口をひらいた。「その人は演奏家《えんそうか》です。チャールズ、書類《しょるい》に書いたんでしょ？」

「ミス・スミス、申しわけないが、演奏家に女性《じょせい》はいませんよ。たしかに、ヴィヴィエンヌ・ヴェールという女性《じょせい》の記録《きろく》はありますが――」

「記録があるの？」ソフィーは矢のようにぴんと背《せ》すじをのばした。「どこにいるんですか？」事務官《じむかん》はソフィーを無視《むし》した。「なんて書いてあるの？」

チャールズがソフィーの質問《しつもん》をくり返した。「記録《きろく》には、なんと書いてあるのです？」

「同一人物ではありえませんね、そちらのおっしゃっていることが正しければ。演奏家《えんそうか》ではありません。警察《けいさつ》とちょっともめたことがあるようです」

「どんなことで？」ソフィーが言った。

「そうですね、不法侵入《ふほうしんにゅう》、定職《ていしょく》につかない、宿なしや、やくざ者とつきあうなどです。どちらにしても、この人物は十三年前にこつぜんと姿《すがた》を消しました。医師《いし》の診断書《しんだんしょ》も銀行の記録《きろく》も残《のこ》さずに、ふいに。こういうたぐいの女はよく姿を消すんです。子どもの記録はありません。それに、もちろん、この人物がクイーン・メリー号に乗船していた記録も」

「では、クイーン・メリー号の記録は見せていただけますか？」チャールズが言った。

なにげない質問《しつもん》だったのに、事務官《じむかん》の表情《ひょうじょう》が凍《こお》りついた。口のはしがぐっと下がった。「そこまでされる理由でも？」

「もちろんです！」ソフィーが大声を上げた。「わたし――」そこで口をとじた。

「なにか？」

ソフィーが言った。「なんでもないです」だってわたしはミス・スミスで、ソフィー・マキシムじゃないんだから。「すみません」小声で言った。「いいんです」

事務官《じむかん》は、またソフィーを無視《むし》することにしたようだ。チャールズが言った。「好奇心《こうきしん》はたいていのことの理由になると思います。見せていただけない理由が、なにかおありですか？」

「ええ」事務官《じむかん》がさっと書類《しょるい》の保管庫《ほかんこ》に目を走らせ、また視線《しせん》をもどしたことにソフィーは気づいた。「いや、そういうわけでは……しかしですね、そういった記録《きろく》は船と一緒《いっしょ》に海に沈《しず》んだのではないかと。そのような調査《ちょうさ》はこちらの管轄《かんかつ》ではありませんし」声がかん高くなってきた。「書類仕事はですね、複雑《ふくざつ》な業務《ぎょうむ》なんですよ！　残念《ざんねん》ですが、わたしには、これ以上《いじょう》お手伝《てつだ》いできません。すみませんが」

「それでは、ほかの方をご紹介《しょうかい》――」

「コーヒーを！」事務官《じむかん》は急にそう言って呼《よ》び鈴《りん》を鳴らした。「お帰りになる前にコーヒーをいかがです？」

「ありがとうございます」チャールズが答えた。「ですが、遠慮《えんりょ》します。それより話し合いたいことが――」

「ぜひ召《め》し上《あ》がってください！」事務官《じむかん》の目がうろたえていた。「フランス式のエスプレッソコーヒーは世界一ですよ」受付《うけつけ》の人が、銀の台車をおして入ってきた。ソフィーにむかってウインクをした。「そこに置《お》いて出ていきたまえ、ブリジット」事務官が言った。「さて、なんのお話だったでしょう？」

ソフィーは口いっぱいにコーヒーをふくみ、飲みこもうとしたけれど、のどがいうことをきかなかった。コーヒーを吐《は》きだした。カップのなかにそっと。小さなしぶきが白いワンピースの胸《むね》にはねると事務官《じむかん》がのけぞった。

「ごめんなさい」ソフィーは小声で言った。「熱《あつ》すぎて」

事務官《じむかん》は、座《すわ》ったままのかっこうで、できるだけソフィーに背《せ》をむけた。とてもつらそうな姿勢《しせい》だ。「さて、なんのお話だったでしょう?」同じことをまた言った。

「あなたは」チャールズが言った。「クイーン・メリー号の記録《きろく》を探《さが》す手伝《てつだ》いはできないとおっしゃいました。わたしは、あなたとはちがう意見をお持ちの方を紹介《しょうかい》いただきたいとお願《ねが》いするところでした」

事務官《じむかん》は、コーヒーを用意するあいだに考えをめぐらせていたようだ。カエルのようなくちびるをなめてしめらせた。「申しわけありませんが、わたしにはできません。絶対《ぜったい》に不可能《ふかのう》です。そういう決まりなのです」

チャールズはうなずいた。「そうですか」徹底的《てっていてき》に礼儀正《れいぎただ》しかった。「ソフィー、少しのあいだ席《せき》をはずしてくれるかね」

「えっ、どうして? コーヒーを出しちゃったから? お願《ねが》い、わたしを――」

「いいや」チャールズは優《やさ》しく言った。「コーヒーのせいではないよ。でも、どうかそうしてほしい」

その顔を見たソフィーは、なにも言わずに立ちあがった。

「ドアのすぐ外にいます」そう言ってドアを閉《し》めた。

部屋の外に出るとぺたんと床《ゆか》に座《すわ》りこみ、両手で足首をにぎった。廊下《ろうか》は、さっきより寒く感じた。さっきより暗く。手にぎゅっと力をこめて天井《てんじょう》をあおいだ。それからひざにむかってささやいた。「どうか、お願《ねが》い。お母さんが必要《ひつよう》なの」胸《むね》が痛《いた》いほど激《はげ》しく打っていた。「ほしいのはそれだけ。お母さんだけ」

部屋のなかから声が聞こえてきた。ソフィーは、はっと体をふるわせて、鍵穴《かぎあな》に耳をあてた。金属《きんぞく》の冷《つめ》たさに思わず顔をしかめたけれど、鍵穴が大きいおかげで声がはっきり聞こえる。事務官《じむかん》がしゃべっていた。「……ばかばかしい。子どもの空想ですよ。小さな女の子の――」するとチャールズの声が言った。「あなたは子どもというものを過小評価《かしょうひょうか》しています。女の子を見くびっていらっしゃる。わたしは警察庁長官《けいさつちょうちょうかん》にお会いしたい」

「そしてあなたは、ご自分を過大評価《かだいひょうか》されているようですね。長官になど会わせませんよ」

「そうですか」ちょっと間があった。ソフィーは息をつめた。「受付《うけつけ》の女性《じょせい》はとても魅力的《みりょくてき》な方ですね。非常《ひじょう》に協力的《きょうりょくてき》でした」

「それとこれがどう関係《かんけい》するのかわかりませんが」

「聞くところによると、あなたの会計処理《しょり》は非常《ひじょう》に革新的《かくしんてき》だそうですね。数字のとらえ方がずいぶんと……ユニークなのだとか。それに、あなたの銀行の個人口座《こじんこうざ》は、通常《つうじょう》よりずいぶん頻繁《ひんぱん》に動きがあるのでは？」

つばを吐《は》くような音がした。ソフィーは、事務官《じむかん》の口からコーヒーが飛《と》びだしたのだろうと思った。

チャールズの声が言った。「きたないことに関《かか》わりたいとは少しも思っていません。けれど、長官《ちょうかん》との面会は、わたしにもあなたにも興味《きょうみ》があるところだと思うのですが」

「これは恐喝《きょうかつ》だ」

「いかにも」

「恐喝は重罪《じゅうざい》だぞ」

チャールズが答えた。「そのとおりです」

事務官《じむかん》の声は、死体のように冷《つめ》たくこわばっていた。「あの娘《むすめ》にそれだけの価値《かち》があると？重罪《じゅうざい》を犯《おか》すだけの価値が？」

「あの子の」チャールズは落ちついて答えた。「あの子の輝《かがや》きは、森に火がつくほどです」

「ごくふつうのお子さんに見えますがね」事務官《じむかん》が言った。外でしゃがんでいたソフィーはむっとした。

「人は、よく知らないうちはそう見えるものです」チャールズが言った。「ソフィーは、たぐいまれな知性《ちせい》と気概《きがい》に恵《めぐ》まれています。それに、こうしているあいだにも服のコーヒーが染《し》みになる。正直に申し上げるなら、このコーヒーは――」椅子《いす》を引きずる音がして、ソフィーがさっと二歩下がったところでドアが開いた。

「お入り、ソフィー。この方がいい話をしてくれる」

事務官《じむかん》は青ざめていた。鼻がゆがんでいる。「面会予約《よやく》を取りつけましょう。長官《ちょうかん》との。長官がお手伝《てつだ》いできるかもしれません」

「ありがとうございます」とチャールズが言った。「ご親切に感謝《かんしゃ》します。明日ですね？」

「明日はとても無理《むり》です。だいたい今週はとてもいそがしくて――長官《ちょうかん》にお時間があるとは――」

チャールズは仁王立《におうだ》ちだ。背《せ》すじをぐっとのばして、事務官《じむかん》を圧倒《あっとう》するように見下ろした。まゆ毛がこれ以上《いじょう》ないほど険《けわ》しい。「それでは、明後日に。ありがとうございます。正午にうかがいます。おいで、ソフィー」

ソフィーは、チャールズを引っぱって耳打ちをした。今日そうしたのはこれで二度目だ。

「コーヒーを飲みおわってないの。飲まなきゃだめ？」

「いいや」チャールズが言った。「わたしも自分のを残《のこ》すよ。じゅうたんをしぼったような味がする」

「よかった」ソフィーが言った。「こげた髪《かみ》の毛《け》みたいな味だと思った」そう言って、口に残《のこ》っていたコーヒーをカップに吐《は》いた。これも二度目だった。

# *11*

パリの夜は、ロンドンの夜よりひっそりとしていた。ソフィーは眠《ねむ》れずにいた。ベッドに入ってみると、月明かりで本が読めるほど明るかったけれど、本を見つめるソフィーの目に文字は映《うつ》っていない。

ソフィーはおびえていた。怖《こわ》がる必要《ひつよう》なんてないと胸《むね》のなかでつぶやいたけれど、脈《みゃく》がどんどん速くなり、しまいには息が苦しくなってきた。チャールズのことを考えようとした。すごく優《やさ》しくて、とっても足の長いチャールズ。それから、お母さんのことも。もしかしたら、通りをいくつか渡《わた》った先にいるかもしれない。どちらも効《き》き目《め》がなかった。思いうかぶのは、つかまることだけだ。どんなにおそろしいだろう。それに、ミス・エリオットのうれしさにゆがんだ顔も。

ホテルのほかの人たちはすっかり寝《ね》静《しず》まっていた。ソフィーは寝《ね》返《がえ》りを打ちつづけ、シーツと毛布《もうふ》が床《ゆか》に落ちて山になってしまっても、まだ眠《ねむ》れなかった。

とうとうベッドの上に立ちあがって天窓《てんまど》を近くで調べはじめた。油を買うのを忘《わす》れてしまっていたし、留《と》め金《がね》を力いっぱい引いてみても、びくともしなかった。蝶番《ちょうつがい》にさびが浮《う》いていた。

ふと、あることを思いついた。思わずささやいた。「そうだわ！」

二段飛《だんと》びで階段《かいだん》をかけおりる。食堂《しょくどう》の前に立ってドアに耳をそばだてた。人の気配はない。ぱっと飛《と》びこんで、いちばん近いテーブルからオリーブオイルのびんをとると、食堂のすみにいたネズミがまばたきする間もないうちにそこを出た。

部屋にもどり、オリーブオイルを染《し》みこませた新聞紙を蝶番《ちょうつがい》におしあてた。何分かすると、蝶番はなにも変《か》わらないのに、新聞紙はぼろぼろになって手にへばりついてしまった。もっと丈夫《じょうぶ》なものが必要《ひつよう》だ。

「布《ぬの》だわ。布がいる」ソフィーはつぶやいた。まくらカバーはどうだろう？　でも、ホテルの人が猛反対《もうはんたい》するに決まっている。そこでぱっとひらめいた。毛糸の長靴下《ながくつした》を片方《かたほう》ぬいで手袋《てぶくろ》のように手にはめ、そこに、びんの中身を半分たらした。

奥歯《おくば》に力をこめ蝶番《ちょうつがい》をこすった。さびのかけらがはがれだし、その下に輝《かがや》く真鍮《しんちゅう》が見えてきた。なぜだか心臓《しんぞう》がドキドキしはじめた。すっかりきれいになると、今度は留《と》め金《がね》をおしてみた——かたかったけれど、油まみれの指のおかげで動いた——それから、窓《まど》を思いっきり強くおした。なにも起こらない。もっと強くおす。窓はおこったようにきしんだけれど開かなかった。

ソフィーはうなった。床《ゆか》におりてしゃがみこんだ。そんなに腹《はら》を立てる理由なんかないでしょ、と自分をしかりつける。ただの窓《まど》じゃない。もともと開くようには作られていないのかもしれない。気がつくと、わけもなく涙《なみだ》がこみあげてくる前の、鼻の奥《おく》がつんとする感じと戦《たたか》っていた。

「落ちついてよ。ばかみたい」と声に出した。「どうしたらいいの」立ちあがったひょうしに、ベッドわきのテーブルからなにか落としてしまった。駅の屋台の人がくれたチェルシーバンズだった。「まあ！」ソフィーはささやいた。

ふちはかたくなっていたけれど、真ん中はまだやわらかくてしっとりしている。一分もかからずに食べきった。

ソフィーは指をなめ(そのとたん、やめておけばよかったと思った。砂糖《さとう》とオリーブオイルは一緒《いっしょ》になめるものじゃない)、すっくと立った。両手につばをかけ、窓枠《まどわく》の角を力のかぎりおしだした。ぐっと力をこめる。すると、天窓が急にギイっと音をたててひらき、ソフィーは思わず小さく飛《と》びのいた。

「やった！」考える間もなく、ベッドのフレームによじ登った。片《かた》ひざを窓枠《まどわく》にかけ、反対の足はフレームにかけた。それから、後ろの足ではずみをつけるのと同時に、両手で窓の外につかめる場所を探《さが》した。次の瞬間《しゅんかん》、痛《いた》みに声を上げながら屋根の上に転がりでた。

四つんばいのまま息が落ちつくのを待った。ひざからひどく血が出ていたので、ふるえが止まるまで傷《きず》をなめ、それから、もう片方《かたほう》の長靴下《ながくつした》できっちりとしばった。

屋根は広々として、平らで、灰色《はいいろ》で、なめらかで、あちこちに鳥のふんが落ちていた。一列になった煙突《えんとつ》をまとめて、かべのようにした集合煙突があり、上にはチムニーポットが並《なら》んでいる。風向計もあって、どこもかしこも黒いすすにおおわれていた。どこまでも続《つづ》く屋根のなかでも、ここはまちがいなくいちばん高いほうだ。一羽のハトがソフィーを見つめていた。ハトにむかってしかめっ面《つら》をしてみせる。ハトはえらそうにふんぞり返って、それからソフィーに背《せ》をむけた。

ソフィーは屋根のはしまではっていって街《まち》を見わたした。眼下《がんか》に広がるパリの街は、青い夜の色に染《そ》まっている。道路や広場が、斜《なな》めに広がるチェック模様《もよう》のようだ。月明かりに、色あざやかなお店の日よけ――上から見ると、びっくりするほどよごれていた――と、下を行くおしゃれな二人の紳士《しんし》の帽子《ぼうし》が見えた。クラウンとつばが同心円をえがいている。シルクハットは、屋根の上からのほうが、ずっとまともに見えるとソフィーは思った。それにここからだと、通りが川のように見える。セーヌ川の流れは、月明かりを反射《はんしゃ》して水銀のようだ。風が吹《ふ》いて、馬小屋のしめった干《ほ》し草《くさ》のにおいが鼻をついた。

さらに体をのりだして真下を見た。これがいけなかった。おし殺《ころ》した悲鳴がもれ、ぞっとして胃《い》が縮《ちぢ》みあがった。あわてて後ろにさがり、集合煙突《えんとつ》のレンガにしがみついて息をついた。こんなに高いところには登ったことがない。月が、小石を投げれば届《とど》きそうなほど近くに見えた。

ソフィーは寝間着《ねまき》をぬぎすて、パンツと肌着《はだぎ》だけになった。その場でくるりとまわるとパリの空が一緒《いっしょ》にまわった。強い風が吹《ふ》くと、大きな泡《あわ》のような幸福感が胸《むね》から鼻へとのぼってきた。ソフィーは両うでをふり上げて戦《たたか》いの踊《おど》りを舞《ま》い、煙突《えんとつ》のまわりをまわった。小さな声で歓声《かんせい》を上げながら。

ひと晩《ばん》じゅうでもそこにいたかったけれど、二時の鐘《かね》の音が聞こえてしばらくすると寒くなり、ひざの傷《きず》からまた血が出はじめた。いちばんひどいところは木の葉でふきとって、長靴下《ながくつした》でしっかりとしばりなおし、それから天窓《てんまど》を通って部屋へもどった。

頭が窓《まど》の下に引っこみかけたとき、屋根のむこうを横切るものが見えた気がした。ううん、きっと夜の暗がりのせいで、なにか見えた気がしただけよ。それか、ただの大きな鳥かもしれない。夜風が舞《ま》っただけかも。

# 12

ソフィーは、あまり長くは寝《ね》ていなかった。夢《ゆめ》のなかに落ちていきかけたとき、ガチャガチャどすんと音がして、びくんと目がさめた。うつぶせに寝ていて、まくらのおかげで悲鳴はくぐもったけれど、それでも暗闇《くらやみ》にはっきりと響《ひび》いた。

「そんな声出すな。ホテルじゅうが目をさますだろ」

化粧鏡《けしょうかがみ》が床《ゆか》に落ち、その横でマグカップが割《わ》れている。泥《どろ》とすすがじゅうたんの上に散《ち》らばっていた。そして、ベッドの足もとに男の子が立っていた。

男の子が言った。「やめろ。アレット《やめろったら》！　泣《な》くな！　ほら、ソフィー」

ソフィーは泣いているつもりなんかなかった。息がつまっていただけで、この状況《じょうきょう》ならしょうがない。目に入った髪《かみ》をはらった。

「あなただれ？」本をぱっと手にとって、胸《むね》のところに構《かま》える。むこうが刺《さ》そうとしてきたら役に立つかもしれない。「大声を出すわよ」

「だめだ。声をたてるな」

「どうして？」暗くて相手がよく見えなかった。「いまからさけぶわ」そんなに年上じゃない。

足が長くて、張《は》りつめた油断《ゆだん》のない顔をしている。まるで動物みたい。殺人鬼《さつじんき》には見えなかった。息が少し楽になった。

「悲鳴を上げられるのは好《す》きじゃない」

「なにが望《のぞ》み?」

「おまえと話がしたいんだ、ソフィー」

「どうしてわたしの名前を知っているの? それに、ここでなにをしてるのよ?」

「通りで、あいつが呼《よ》んでるのを聞いた。あの背《せ》の高いやつ。おまえがチャールズって呼んでるやつだよ。おれの名前はマテオだ」男の子は思いついたように名乗った。

「わたしたちを見張《みは》ってたの?」

男の子が鼻をほじった。「ああ。おまえたちだけじゃない。みんなを見張ってる」

「わたし、警察《けいさつ》を呼《よ》んでってさけぶかもよ。そしたらどうする?」

男の子が肩《かた》をすくめた。「そんなことしないさ。それに、もしさけんでも、おれはすぐ逃《に》げられる……」天窓《てんまど》を見上げ、落ちついて計算した。「六秒で」

「わたしが止めたら、そうはいかないわ」

また肩《かた》をすくめた。「試《ため》してみりゃいい」

「それで、ここでなにをしてるのよ?」ソフィーはベッドの上に座《すわ》りなおした。落ちついて、と心のなかでつぶやく。部屋がせまくてよかった。もしおそってこようとしても、三歩でドアの外に逃《に》げられる。

「屋根から入ってきたんだ」

「ええ、見ればわかるわ！」ソフィーが少しだけ開けておいた窓《まど》は、すっかりひらいていたし、男の子のまわりには、ハトのふんが二十個《こ》以上《いじょう》散《ち》らばっている。「でもどうして？　どうしてドアから入らなかったの？」

「鍵《かぎ》をかけてないのか？　それは危《あぶ》ないな。ドアには鍵をかけたほうがいい」

「ちゃんとかけたわ――だれも入ってこられないようにね」

男の子はまた肩《かた》をすくめた。暗くてよく見えなかったけれど、わたしのことを笑《わら》っているのかもしれない。感じのいい笑い方じゃない。

ソフィーが言った。「だいたいどうやって屋根に登ったの？　ここの天窓《てんまど》しか上がれる場所はないのに」

「屋根に登る方法《ほうほう》が一つしかないって思ってんのか？　ヴレマン《本気で》？　まさか」

「どうして笑《わら》うの？」

「屋根に登る方法なんて百もある。かべの排水管《はいすいかん》を伝《つた》ったっていい」

「排水管を伝ったの？　それなら音がしたんじゃない？」

「かもな」

「じゃあ、どうやって？」

「跳《と》んだんだ。となりの屋根から」

「跳んだ？」ソフィーは、おどろきが顔に出ないように気をつけた。「危《あぶ》なくないの？」すました顔がこわばる。

「知るかよ。まあ、平気だろ。危ないことは、ほかにもいろいろあるから。おまえ、顔が引きつってるぞ」

「え、そう？」無理《むり》なすまし顔はやめた。「もう」

「ウイ。とにかく」男の子がソフィーをじっと見た。黒くて厳《きび》しい目だ。「おれの屋根に登るなって言いにきた」

ソフィーは声も出なかった。きっと、金を出せと言われるとか、チェロをぬすもうとするんじゃないかと思っていた。あんまりびっくりしすぎて怖《こわ》さがふきとんだ。「あなたの屋根じゃないでしょ！　どうしてあなたのだって言えるのよ？」

「セーヌ川とパリ北駅のあいだの屋根は、ぜんぶおれのものだ。おまえに上がる許可《きょか》は与《あた》えない」

「でも……屋根ってだれかのものじゃないでしょ。空気や、水みたいなものよ。だれかの土地みたいなものじゃない」

「いいや。おれのものだ」

「どうして？　どうしてあなたのものなの？」

「理由なんかあるか。おれがいちばんよく知ってるんだ」

本当かしらという気持ちが、ソフィーの顔に出たにちがいない。男の子が顔をしかめた。

「知ってんだよ！　どのチムニーポットが次の秋に落ちるかも、雨どいに生えるキノコで、どれが食っても大丈夫《だいじょうぶ》なやつかも。おまえ、雨どいに食えるキノコが生えるなんて知らないだろ」そんなキノコがあるとは知らなかったので、ソフィーはだまっていた。

「それに」男の子が続《つづ》けた。「街《まち》のこっち側《がわ》にある鳥の巣《す》はぜんぶ知ってる」

「でも、だからって自分の屋根だっていう理由にはならない」

「ほかのだれより、おれのものさ。屋根の上で暮《く》らしてるんだから」

「そんなはずない。できっこないでしょ。屋根の上で暮らす人なんかいない。みんな屋根の下で暮らすのよ」

「おまえはなにもわかってない」男の子がソフィーをにらみつけた。かべをたたくと、すすのあとがついた。右手の人さし指の先がなかった。「ほら、ちゃんと聞けよ。痛《いた》い目にあわせたくないんだ。でも、どうしても屋根に登るって言うんなら、そのときは――」

「そのときはなによ？」

「痛《いた》めつけてやる」まるで、パン屋がパンはいかがと言うような、平然《へいぜん》とした口ぶりだ。

「どうして？　なにが言いたいの」

「おまえ、ちゃんとまわりに気を配れないだろ。きっと、おまえのせいでおれのことがばれる。おまえたちには下の通りがあるんだから、そこを使えよ」

月にかかっていた雲が晴れ、部屋のなかが一瞬《いっしゅん》、輝《かがや》く月明かりに満《み》たされた。男の子の顔は真っ黒に日焼《ひや》けして――それとも、よごれだろうか？――きつい表情《ひょうじょう》と刺《さ》すような目だけでできているようだった。

「屋根に登らないなんて無理」ソフィーが言った。「屋根が必要《ひつよう》なの」

「なんでだよ？」

「わたし……。説明《せつめい》するのが難《むずか》しいけど、ほっとするの」そう言いながら、顔が赤くなるのがわかった。男の子が鼻を鳴らした。「その、すごく大切な場所だと感じるの」

「それで？　エアロール？」《だからなんだよ》

「前に来たことがある気がする。手がかりになるかもしれない」ソフィーは、男の子が、仕方がないと思ってくれるかもと期待した。きっと聞き入れてくれる。人の話を聞き入れるのは礼儀正《れいぎただ》しいことだもの。

けれど、男の子はにこりともせずにソフィーを見つめていた。「ノン。屋根は手がかりなんかじゃない、おれのものだ。きっとおまえのせいでばれる。のろまで、ぐずぐずしてるうちに、だれかに見つかる」

「のろまなんかじゃない！」

男の子はソフィーの手や足を見た。「すぐケガするじゃないか。やわなんだよ」

「やわなんかじゃないわ！　見てよ！　待って、行かないで——見てったら」ソフィーは左の手のひらを上げてみせた。指先は、チェロの弦《げん》をおさえるので皮が厚《あつ》くなっている。「これがやわに見える？」

「ああ。見える」

ソフィーは、さけびだしたい気分だった。

「それに、大きな音をたてるに決まってる」

「どうしてわかるのよ？　わたしのこと、知りもしないくせに」この子にはがまんがならない。月の夜に部屋におし入ったうえに、わたしがうるさくすると決めつけるなんて。

「地上のやつらはみんなうるさいんだよ。おまえのせいでばれるだろ。でなきゃ、おまえが落っこちて、あいつらがおれたちを探《さが》しにきて、みんな——いや、おれが見つかっちまう。やっぱだめだ。もう二度と来るな」

「わたしのこと、止められないわよ」

男の子がため息をついた。堪忍袋《かんにんぶくろ》の緒《お》が切れそうな勢《いきお》いでしゃべった。「勝手にしろ！　でも、ここの屋根だけにするんだな。はしには近づくな。姿勢《しせい》は低《ひく》くしろ。日が昇《のぼ》るまでいるんじゃない。でなきゃ、だれかに見つかる。音をたてるな。もしなにか聞こえたら、寝《ね》てるあいだにおまえの髪《かみ》をぜんぶ燃《も》やしてやるからな」

「ここだけなんて無理《むり》！　ほんとに無理よ。あちこち見てまわらなきゃ。もっと調べたいことがあるの。あの、もしかして――」ソフィーは言いよどんだ。「あなたについて行っちゃだめ？」

男の子が氷のような視線《しせん》を投げた。ひりつくような冷《つめ》たさだ。「やってみろよ！　ついてこられるならな」

さっき六秒で逃《に》げられると言ったのは嘘《うそ》ではなかった。窓枠《まどわく》をぐっとつかむと、ソフィーが五つ数え終わる前に体をひねって外に出た。まるで、ばねとしなやかな革《かわ》でできているようだった。

ソフィーはあとを追った。そんなに手間どらなかったし、血もほとんど出なかった。長い足ですばやく動いた。けれど、ソフィーがスレートの上によじ登ったときには、男の子はもう、道ぞいに四つも先の屋根にいた。きびきびとした不思議《ふしぎ》な走り方だ。ソフィーはあの子だと思ったが、やっと見える黒い影《かげ》は、月の前を流れる雲が落とす影にまぎれている。ソフィーは追いかけた。夜はじっとりとしめっていて、スレートは思いがけないところですべった。走る勇気《ゆうき》がなかったので、できるかぎりの急ぎ足でホテルの屋根のはしまで行き、次の屋根に跳《と》びうつった。

屋根の上を走るのは、ほかの場所を走るのとはわけがちがった。頭は低《ひく》く、背中《せなか》は丸めたままにした。石柱の手すりや煙突《えんとつ》のかげから、いつ奈落《ならく》の底《そこ》が現《あらわ》れるかわからない。うでや指が、いつもより長く感じられてじゃまだった。

息が荒《あら》くなってソフィーは立ち止まった。風が強くなって煙突《えんとつ》にしがみついた。足もとから時計が四時を打つ音が聞こえ、パリが目ざめようとしていた。まるで百もの秘密《ひみつ》がささやくようだとソフィーは思った。たくさんの預言者《よげんしゃ》がつぶやいているよう。

けれど、男の子はどこにも見えなかった。姿《すがた》を消していた。

## *13*

次の夜、ソフィーはトレーニングを開始した。

こんなにがんばったのは生まれてはじめてだった。腹筋運動《ふっきんうんどう》もしたし、ドアの枠《わく》につかまって懸垂《けんすい》もした。目をつぶって片足《かたあし》立ちする練習も、くり返しした。一回目は七秒しか続《つづ》かなかった。百回目には一分四十二秒までいった。はだしでホテルの屋根の上を走りまわり、痛《いた》みをごまかすために小さく歌を口ずさんだ。

夜中の一時ごろになって、ふいに、マテオの走り方がどうしてあんなに不思議《ふしぎ》だったのかわかった。かかとより先に指をつくと、重心がひざのあたりに移《うつ》るのだ。体がさっと暖《あたた》かくなる。まるで算数の問題が解《と》けたときのようだった。

二時になると、マテオが現《あらわ》れた。二つはなれた屋根の上で、煙突《えんとつ》のかげにしゃがんでいる。ソフィーには見えたが、むこうは見られていることに気づいていないようだ。

ソフィーはさけんだ。「見えてるわよ！　わたし、あきらめないから！」側転《そくてん》をしてみせた。パリの屋根の上で、こんなに大胆不敵《だいたんふてき》な側転をした人がいままでいただろうか。

ソフィーは、その場でくるりとまわった。武者《むしゃ》ぶるいがして、不屈《ふくつ》の闘志《とうし》がわき上がる。不思議《ふしぎ》なほど、筋肉《きんにく》が強くなっていた。何か月も訓練《くんれん》したみたい。いまや筋肉は、ソフィーが必要《ひつよう》とする以上《いじょう》に目ざめていた。まるで猫《ねこ》の筋肉のよう。常《つね》に張《は》りつめて、いつでも動けるようになっている。筋肉があるって素晴《すば》らしいわ。世界に手が届《とど》きそう。

風が強く吹《ふ》き、煙突《えんとつ》のすすが目に入った。髪《かみ》を後ろでまとめて、拾った小枝《こえだ》でとめた。

屋根の上の闇《やみ》は深い。黒々として、しんと静《しず》まりかえっている。地上の通りの暗がりは、なんだかぼやけて、どこにでもある黒板のように思えた。ここは、目に見えない鳥と街《まち》のささやきにうめつくされているみたい。においもまるでちがう。通りでは、ほんの数メートル先のにおいしかわからないだろう。ここでは、パリじゅうのパン屋とペットショップのにおいが混《ま》じりあっている。おかげで、とても濃厚《のうこう》で不思議《ふしぎ》で美味《おい》しそうなにおいがしていた。

屋根からは、月が二倍も大きく、三倍も美しく見える。屋根の上で見る月は、ながめてすごすだけの価値《かち》がある。

お母さんがここに、星空のなかにいるところを思いうかべた。お母さんって、屋根の上がぴったりくる。

ソフィーはとなりの屋根のそばまで歩き、一メートル近くある空間を跳《と》びこえ、それから三つの屋根をかけぬけた。そしてさけんだ。「マテオ！　聞こえてるんでしょ。わたし、あきらめないから。歩きまわるわよ！」それから、ためらいがちに、こんなことを言うのはおかしいかなと思いながら夜にむかって呼《よ》びかけた。「ちょっと休憩《きゅうけい》していい？　ねえ」

どこか下のほうで、馬が小さくいなないた。まるで笑《わら》っているみたいだった。

帰りは走った。ちゃんとした走り方で、おそるおそるではなかった。心臓《しんぞう》が激《はげ》しく鳴って、あばら骨《ぼね》にぶつかっているよう。服や髪《かみ》が風になびいたけれど、体はびくともしなかった。ソフィーは思った。天国って、きっとこういう気持ちがするんだわ。ソフィーはカラスのように自信《じしん》に満《み》ちていた。人がどう言おうが、カラスたちは、自分がやっていることに自信を持っているように見える。

## 14

ソフィーは、まるで戦《いくさ》にそなえる人のように、警察庁長官《けいさつちょうちょうかん》に会う準備《じゅんび》をした。冷《つめ》たい水で顔を洗《あら》い、つばをつけた指でまゆ毛を整えた。ラベンダーを手首と首にこすりつけた。なんにも知りませんという表情《ひょうじょう》を鏡《かがみ》に映《うつ》して練習した。つばで靴《くつ》をみがき、長靴下《ながくつした》のオリーブオイルとハトのふんを洗《あら》い落《お》とした。

「ほう」ホテルの正面玄関《げんかん》で会うなりチャールズが言った。「教会の聖歌隊《せいかたい》で独唱《どくしょう》でもするようだね」

「そう?」ソフィーは、お下げのはしを結《むす》んで帽子《ぼうし》の下におしこんだ。「そう見えるといいなって思ってた」

「見えるとも。ポニーを少なくとも一頭は飼《か》っていそうに見える。本当にきみとは思えない。よく化けたね」

二人で通りを行くあいだ、ソフィーは、自分がパリの街《まち》をまったく新しい目で見ていることに気づいた。首をそらしたまま、気づかぬうちに屋根を値《ね》ぶみしていた。あの屋根は急すぎるわ。あっちのは低《ひく》すぎる。むこうの屋根は完璧《かんぺき》そうだけど、排水管《はいすいかん》が危《あぶ》なっかしい。警察《けいさつ》本部の建物《たてもの》が見えてくると、素晴《すば》らしく登りやすそうだと思った。屋根は平らで、排水《はいすい》管《かん》も丈夫《じょうぶ》な鉄製《てつせい》だ。緊張《きんちょう》しながら建物に足をふみ入れた。なかに入るより屋根の上にいたいくらいだ。

面会は、天井《てんじょう》が高くて、大きな家具のある部屋でおこなわれた。ソフィーに自分をちっぽけだと思わせるために造《つく》られているみたいだった。ドアの外に、警備員《けいびいん》が気をつけの姿勢《しせい》で立っていた。

これが面会などではなく、むしろ待ちぶせだったことは、すぐに明らかになった。長官《ちょうかん》は、二人が部屋に入っても立ってあいさつしなかった。並《なら》んだ二つの椅子《いす》にむかって手をふった。「ボンジュール。いい日よりですな」フランス語なまりがきつくて、まるで口ひげがしゃべっているみたいだ。

「どうぞ、おかけください。ミスター・マキシム、ミス・マキシム」

ソフィーは、長官《ちょうかん》がなんと言ったか気づく前に椅子《いす》に座《すわ》っていた。それからはっとして飛《と》びあがり、ドアへむかってダッシュした。「チャールズ！」とさけんだ。「早く！ 逃《に》げて！」

チャールズは動かなかった。部屋の真ん中に傘《かさ》を持って立っていた。厳《きび》しい表情《ひょうじょう》だ。戦士《せんし》のように。ソフィーはドアの取っ手をにぎったまま止まった。

長官《ちょうかん》がほほ笑《え》んだ。「パリへようこそと言いたいところだが、そうもいかない」

「なにがはじまるのでしょう？」チャールズが言った。「わたしを逮捕《たいほ》するつもりですか？」

「ノン。きみに選択《せんたく》の余地《よち》をやろうと思ってね。座《すわ》りたまえ」

「選択の余地と言うと？」チャールズは立ったままだ。

「まあ座《すわ》りたまえ。いい椅子《いす》がむだになる」

ソフィーはその場から動かなかった。チャールズは座った。「どんな選択肢《せんたくし》をお持ちなのでしょう？」

「簡単《かんたん》なことだ。きみが子どもじみた調査《ちょうさ》をやめてこの国を立ち去らなければ、牢屋《ろうや》にぶちこむ」鼻の穴《あな》が、その考えを楽しむようにふくらんだ。

「そうですか。これはまた、素晴《すば》らしく単刀直入《たんとうちょくにゅう》ですね。いままでそうしなかったのはなぜか、うかがってもいいでしょうか？」

「おたがい、面倒《めんどう》なことはできればさけたいだろう。ちがうかね？」

「ちがうわ」ソフィーが言った。「面倒なことになったってかまわない。お母さんを見つけなきゃいけないんだから」

「お嬢《じょう》さん」長官《ちょうかん》がソフィーのほうをむいた。部屋じゅうの豪華《ごうか》さを背中《せなか》にしょっているみたいだ。「いいかね。クイーン・メリー号は沈没《ちんぼつ》した。女性《じょせい》は一人も助からなかった。乗客名簿《めいぼ》も、住所も、乗組員の給与支払簿《きゅうよしはらいぼ》も、保険証書《ほけんしょうしょ》も、すべてが船とともに失《うしな》われたのだ。わたしは、いまさら究明《きゅうめい》になどのりだしたくはない。きみも児童養護施設《じどうようごしせつ》に入りたくはないだろう。したくない同士《どうし》のわれわれは、ふたごのようだと思わないかね？」

「あんたなんかきらい」ソフィーが声をおし殺《ころ》して言った。「大きらい」

「イギリス行きの船を予約《よやく》するのに一日やろう。ディエップの港をおすすめする。この季節《きせつ》はとても素敵《すてき》だからね」

チャールズが頭を下げた。「この子がまだ、あなたにつばを吐《は》きかけていないことがおわかりですね。その忍耐力《にんたいりょく》には頭が下がります」一瞬《いっしゅん》、立ちあがったチャールズが自分でつばを吐くんだとソフィーは思った――ぐっと頭を引いて、つばを吐くようなかっこうをしたからだ。でも、ソフィーの手をとって、部屋から連《つ》れだしただけだった。

二人は廊下《ろうか》を百メートル歩き、やっと警備員《けいびいん》の目の届《とど》かないところまでくると、チャールズが口のなかでなにか毒《どく》づいて、ぱっと走りだした。ソフィーはついて行くのがやっとだった。帽子《ぼうし》が落ちたけれど、そのままにした。二人は両開きの正面扉《とびら》を走りぬけ、おどろくドアマンの横をかけぬけて太陽の下に出た。

「あそこにあれ以上《いじょう》いるのは、たえられなかった」チャールズが言った。「あいつは嘘《うそ》をついている」

「うん！　鼻の穴《あな》が広がってたもの」

「きみも気づいたのだね。運河船《うんがせん》がすっぽり入りそうなほどだった」

「でも、わからない」ソフィーは立ち止まって、街灯《がいとう》の柱に寄《よ》りかかった。「どうしてわたしたちを邪魔《じゃま》するのかしら。なにか知っているんだと思う？　あの船のこと」

「クイーン・メリー号そのものとはおそらく関係《かんけい》ないだろう。だが、なにか隠蔽《いんぺい》している記《き》録《ろく》があるのではないかと思う」

「どうして？　どういうこと？　なぜそんなことをするの？」

「十年前にヨーロッパじゅうをさわがせたスキャンダルがあった。客船《きゃくせん》の連続沈没事故《れんぞくちんぼつじこ》だよ。保《ほ》険金詐欺《けんきんさぎ》だったんだ。とても古い船に安全だという証明書《しょうめいしょ》が交付《こうふ》され、船が沈《しず》むと船主に保《ほ》険金《けんきん》がおりる。遺族《いぞく》が受けた説明《せつめい》は矛盾《むじゅん》していて、真相はとうとうわからなかった。霧《きり》に包《つつ》まれたままだ。船に関《かん》する記録《きろく》は燃《も》やされたか、かくされたかして、証明書を出したのがだれなのかは、調査《ちょうさ》すらできなかった。そういう船がぜんぶで八隻《せき》あったが、だれ一人つかまっていない」

「でも……人が死んだんでしょ？」

「何百人も。人が死ななければあやしまれるからね」

「ひどすぎる！　人間のやることじゃないわ！」

「そのとおり。金には、人間を怪物《かいぶつ》に変《か》えてしまう力がある。金に執着《しゅうちゃく》する人には近づかないのがいちばんだよ、ソフィー。いいかげんで薄《うす》っぺらな心の持ち主だから」

「あの……クイーン・メリー号も、そうなの？」

「うん？」

「それって、あの船の記録《きろく》も燃《も》やしちゃうってこと？」そんなのひどいとソフィーは思った。絶対《ぜったい》だめ。どうしても必要《ひつよう》なんだから。

「とっておく可能性《かのうせい》が高いだろう。もし、事件《じけん》に関《かか》わった人物が複数《ふくすう》いるなら、証拠《しょうこ》を燃《も》やしてしまうのは得策《とくさく》ではない」

「どうして？　よくわからないわ。わたしなら燃《も》やしちゃう」

「逮捕《たいほ》されたときに、単独犯《たんどくはん》ではないという証拠《しょうこ》があるほうがいいからね。おたがいを信頼《しんらい》する犯罪者《はんざいしゃ》など、本のなかにしかいないものだ」チャールズが眼鏡《めがね》をふいた。かけなおした眼鏡の奥《おく》の目は厳《きび》しかった。「いま話したことが事実だとは言わないよ。だが、可能性《かのうせい》はある」

「それに、どんな可能性も無視《むし》しちゃだめなんでしょ」

「そのとおりだね」チャールズが小さくほほ笑《え》んだ。「われながら名言だ」

「そういう書類《しょるい》はどこにかくすと思う？」

「どんな場所でもありえるだろう。自宅《じたく》や職場《しょくば》の床下《ゆかした》。あるいは、警察《けいさつ》本部の最上階《さいじょうかい》にある市の公文書の保管室《ほかんしつ》とかね。四百万枚《まい》の書類《しょるい》が、百の保管庫《ほかんこ》に入っているそうだ」

「だれが教えてくれたの？」

「受付《うけつけ》にいた若《わか》い女性《じょせい》だよ。彼女《かのじょ》の観察力《かんさつりょく》は素晴《すば》らしい。あの人こそ警察庁長官《けいさつちょうちょうかん》になるべきだ」

二人は、そうぞうしいアメリカ人観光客《かんこうきゃく》の一団《いちだん》をさけて道路の反対側《はんたいがわ》に渡《わた》った。

「チャールズ」

「なんだね？」

「ううん、なんでもない」二人は歩きつづけた。それからまた、「チャールズ」と声がかかった。

「話してごらん」

「そこって、書類《しょるい》をまぎれこませてかくすのに、すごくいい場所じゃない？」

「その可能性《かのうせい》は高いね」

「じゃあ――」

「きみの言いたいことはわかる」

「それに、保管室《ほかんしつ》はいちばん上の階にあるんでしょ?」

「ソフィー――」

「さっき、そう言わなかった?」ぞくぞくするような、びくっとするような考えが浮《う》かんで鳥肌《とりはだ》が立った。「もし――」

「いけないよ」

「でも――」

「だめだ。きみを逮捕《たいほ》させるわけにはいかない。あの場所には近づかないこと。考えるのもいけない」

「でも、わたしたち、イギリスに帰る気なんてないよね」それは問いかけではなかった。「わたし、帰らない。そんなのだめ。もう少しで見つかるかもしれないのに」

「もちろんだよ。だがソフィー、どうか聞いてほしい。きみはホテルから出てはいけない」

「でも、わたしが一緒《いっしょ》じゃないと、お母さんを捜《さが》せないでしょ――」

「捜《さが》せるとも。きみなしでもやれると信頼《しんらい》してもらわなくては」

「それじゃあ、わたしはどうやって手伝《てつだ》ったらいいの? 手伝わせてくれなきゃだめよ! なにをするつもりなの?」

「弁護士《べんごし》をやとおうと思っている」

「どんな？」

「資力《しりょく》が許《ゆる》すかぎり最高《さいこう》の弁護士《べんごし》だ。素晴《すば》らしく優秀《ゆうしゅう》というわけにはいかないだろうが。それに、このあたりのバーをこっそりまわって、うわさが聞けないか試《ため》してみる」

「お母さんのこと？　ヴィヴィエンヌっていう人のこと？」

「チェロ奏者《そうしゃ》のことならなんでもだよ」

「そうなの」ソフィーは弁護士《べんごし》なんてあてにならないと思ったけれど、チャールズの決心はかたいようだし、目がとても優《やさ》しかったので、そうは言いだせなかった。代わりにこう言った。

「でも、もし保管室《ほかんしつ》にうまくもぐりこめたら――」

「だめだ。どの階にも警備員《けいびいん》がいる。長官室《ちょうかんしつ》の前にいたのを見ただろう？」

「うん。でも、保管室が――」

「サイのようにたくましい警備員だった。ああいう男たちがどの階にもいるはずだ」チャールズが太陽を見上げて目を細めた。「それにソフィー、ホテルのほかの客にも近づかないでもらいたい。部屋のドアを開けてもいけない」

「うん」ソフィーが言った。嘘《うそ》はついていない。「部屋のドアは開けないわ」

チャールズがソフィーを見つめ、ソフィーはなにくわぬ顔で見つめかえした。

「すまないね。あそこでは息がつまるだろう。なにかいい本を探《さが》してくるよ」

ソフィーは答えなかったけれど、胸《むね》のなかの小さな興奮《こうふん》は消えなかった。どんな小さな可能《かのう》性《せい》も無視《むし》しないんだから。

# *15*

その夜、ソフィーはチャールズに早めにおやすみなさいのあいさつをして、日が沈《しず》みだすと同時に屋根によじ登った。

煙突《えんとつ》に背《せ》をもたせて、真っ暗になるまでそこで待った。待っているあいだ、あごの下にひざを引きよせて、どんな選択肢《せんたくし》があるか数えあげた。

おどろいたことに、あきらめるという選択肢はなかった。ちょっと不思議《ふしぎ》だった。ソフィーは、自分を勇気《ゆうき》があるほうだとは思わない。深い水や人ごみが怖《こわ》いし、ゴキブリもきらいだった。それに、つかまってイギリスへ連《つ》れもどされるのを想像《そうぞう》すると、恐怖《きょうふ》で本当に吐《は》き気《け》がするほどだ。それでも、あきらめるのは空を飛《と》ぶのと同じくらい不可能《ふかのう》に思えた。ここでは、お母さんが、いままでにないくらいたしかなものに思える。お母さんのにおいがすると感じるほどに。お母さんはきっと、とソフィーは思った。バラと松脂《まつやに》の香《かお》りがするにちがいない。目と鼻の先にいるような気がする。

ソフィーは立ちあがった。なにか計画があったわけではない。けれど、ずっと前から決めていたかのように動きだした。靴《くつ》をぬいで口にくわえた。それから北を、あの男の子が消えた方角を目指した。

二十分後、しゃがんで靴《くつ》ひもを一本ほどいた。それをチムニーポットのまわりに結《むす》びつける。あの子に、ホテルの屋根から出るのなんか怖《こわ》くないと教えてやるのだ。別《べつ》の屋根に移《うつ》るたびにチムニーポットになにか結んだ。最初《さいしょ》はもう片方《かたほう》の靴ひも、それから長靴下《ながくつした》、髪《かみ》につけていたリボンを二本。みんな結びやすかった。そしてハンカチ。これはあまり大きくなかったので、なんどもほどけた。八番目の屋根では煙突《えんとつ》にガウンを巻《ま》きつけた。くり返し洗《あら》って灰色《はいいろ》にくすんでいたので、なくなってもおしくはなかった。

九番目の屋根の前で、ソフィーはぱっと立ち止まった。片足《かたあし》立ちになった。アイロン台ほどもある空間が、むこうの屋根とのあいだで口を開けている。そんなに遠くないわ、とソフィーは自分に言いきかせた。ちゃんと渡《わた》れるはずだと思った。けれど、どうしたわけか足が動いてくれない。

ソフィーはためらった。それから寝間着《ねまき》をぬいでむこうの屋根にむかってほうり投げた。一瞬《いっしゅん》、それは大きな煙突《えんとつ》のなかをまっすぐに落ちていきそうに見えた。けれど、そうはならずに煙突のはしに引っかかって、そこで止まった。風にゆれる袖《そで》が闇《やみ》に敬礼《けいれい》しているみたいだ。

それから、ソフィーはふり返って走りだした。できるかぎりのスピードで、パンツ一枚《まい》で靴《くつ》を口にくわえ、バランスをとるためにうでを広げて、スレートの上を、街《まち》のてっぺんを、眠《ねむ》っている百人ものフランス人の頭の上をかけもどって、自分のベッドに入った。

次の夜、マテオがソフィーの寝間着《ねまき》と長靴下《ながくつした》を持って現《あらわ》れた。真夜中の鐘《かね》の音にまぎれて。ソフィーは、マテオが顔から十センチに近づくまで目をさまさなかった。

「うわっ！　びっくりするじゃない」

「だろうな」マテオは持っていたものをベッドの上に投げだした。「ガウンはもらった。ほしかったんだ」ベッドのはしに腰《こし》かけた。「話を聞いてやってもいいぞ」

「だれにも言わないって誓《ちか》える？」

「いいや」

いいやなんて答えは聞いたことがない。ソフィーは相手を穴《あな》があくほど見つめた。「誓わないの？」

「おれは誓いなんかたてない。でも話せ」

ソフィーはくちびるをかんだ。でも、この子は怖《こわ》いもの知らずに見える。怖いもの知らずの人は、ふつう告《つ》げ口《ぐち》はしないものだ。

「もしだれかにしゃべったら、追いかけてやるわ。おぼえておいて。屋根の上なんか怖《こわ》くなんだから」

ソフィーは、マテオにあらいざらい話した。クイーン・メリー号のことからはじめて、ミス・エリオットとチャールズのこと、それから自分のチェロのことを話し、そしてとうとうパリの屋根の上にたどりついたことを。「それにね、わたし、前にここにいたことがある気がするの」としめくくった。

「パリにか?」

「パリに。それに、屋根の上にも。でも、いろいろ大変《たいへん》なの。チャールズががんばってくれてるけど、たった一人でしょ。ほかにわたしを助けてくれる人はいないし」

「それって、おれにたのんでるのか?」

ソフィーは相手を見つめた。マテオは半ズボンを二本重ねてはいているようだ。赤いズボンは左の足が半分なくて、青いズボンが下から見えている。二本で一本の半ズボンになっているのだ。セーターはみすぼらしいけれど、顔はそんなことないとソフィーは思った。するどくてかしこそうな顔をしている。

ソフィーが答えた。「そうよ」

「計画でもあるのか?」

「当然《とうぜん》でしょ。ポスターを作るつもり。それに弁護士《べんごし》だって探《さが》してるし」

マテオが鼻を鳴らした。「あいつらは役に立たない」

「立つわよ！　どうしてそんなこと言うの？」

「ま、一人くらいは使えるのもいるかもな。でも、警察庁長官《けいさつちょうちょうかん》と争《あらそ》うやつなんかいないぞ。パリの弁護士《べんごし》はみんなくさってる。それに、たいていの警察官も」

「どうしてわかるの？」ソフィーは急に気が重くなった。「やってみないとわからないでしょ！　きっとだれかが手伝《てつだ》ってくれるはず。死ぬほど重要《じゅうよう》なことなんだから」

「一日じゅう人の話を聞いてるんだぜ。裁判所《さいばんしょ》の上に住んでるから知ってるのさ」

「でも、屋根の上にいたら人の話なんか聞こえないでしょ」

「聞こえるさ。おれの暮《く》らしてる場所じゃ、パリの街《まち》の音の半分は聞こえる。トンネルのなかを吹《ふ》くみたいに空気が流れるから、パリじゅうの音楽とか馬の声とか、やばいことをやってる音も、ぜんぶ風にのって運ばれてくる」

ソフィーがはっと息をのんだ。「パリじゅうの音楽が聞こえるの？」

「ああ、そうだよ」

「どんな音楽？」

「なんでもさ。だいたいは女の歌声かな。それと男が弾《ひ》くギターだろ、軍《ぐん》の音楽隊《おんがくたい》も」

「チェロの音は聞こえる？　フォーレの『レクイエム』は？」

「レクイエムなんか知るか」マテオが言った。「なんだそれ？　皮膚病《ひふびょう》の名前みたいだな」

「わたしが弾《ひ》いてあげる」ソフィーは、チェロを手にとろうと勢《いきお》いよく立った。それからためらった。「ここで弾いたらみんなに聞こえるわ。だれか来たら、あなたが見つかっちゃう」

「じゃあ、外に行こう。おれが先に上がるから、おまえのその……チェロって言うのか？　そいつを渡《わた》せ」

外に出るとソフィーはチムニーポットに座《すわ》り、チェロを両足のあいだに置《お》いた。『レクイエム』は聞きおぼえていたけれど、二拍子《びょうし》で弾《ひ》いたことはない。

「完璧《かんぺき》じゃないけど、いい？　でも、たぶんこんな感じなの。よく聞いて。そして、聞いたことがあるかどうか教えて」指使いはもたついていたけれど、それでもなんとなく、ムッシュー・エストウールが弾《ひ》いた魔法《まほう》のようなあの曲にちょっとは似《に》ていると思った。弾きおわるとマテオが肩《かた》をすくめた。

「もしかしたら」

「もしかしたら、なに？」

「もしかしたらだけど、聞いたことがあるかも。ん、なんか言ったか？」

「ううん」本当は、「どんな可能性《かのうせい》も無視《むし》しない」とささやいたのだ。でも、マテオに聞かせようとしたわけじゃない。

マテオが言った。「音楽は得意《とくい》じゃないんだ。鳥の声以外《いがい》は。自分で来て聞けよ」

「いいの？　ほんと？　いつ？」

マテオがまた鼻を鳴らした。「いつでも好《す》きなときに。おれはいそがしくないから」

「明日は？」

「ダコール」

「フランス語はわからないの」でも、マテオの顔は、いいぞと言っているようだ。

「わかった、って言ったんだ。迎《むか》えにくる」

「夜中の十二時はどう？」ソフィーがたずねる。雨が降《ふ》りはじめていたが、マテオは気にしなかった。

「ノン。この時季《じき》は日暮《ひぐ》れがおそいから、十二時じゃ、街《まち》のやつらが寝静《ねしず》まってない。二時半だ。眠《ねむ》りこけるなよ。それから、なにかあったかいものを着てこい。高いところは風が強くなるから」

「うん、わかった！」雨が激《はげ》しくなった。「ちょっと待って。雨で木がいたんじゃう」ソフィーはチェロを部屋のなかにおろした。ふり返ったときにはマテオの姿《すがた》はなかった。

部屋にもどったソフィーは、窓《まど》を閉《し》めてベッドのぬくもりのなかで丸くなったけれど、夜明け近くまで眠《ねむ》れなかった。窓ガラスにたたきつける雨の音を聞いていた。心臓《しんぞう》が二拍子《びょうし》で踊《おど》っていた。

# 16

もしチャールズの言いつけどおり、昼も夜もホテルの部屋にとじこもっていたら、気がすっかりおかしくなっただろうとソフィーは思った。約束《やくそく》をやぶるわけじゃないから大丈夫《だいじょうぶ》。部屋のドアを開けるわけじゃない。屋根の上でのことを考えると、日中も落ちついて過《す》ごせた。日《にち》没《ぼつ》までの時間を数えるようにして待った。

夜になると冷《ひ》えてきたので、寝間着《ねまき》の下に長靴下《ながくつした》を二枚重《まいかさ》ねてはいた。暖《あたた》かい服はあまりつめてこなかったから、まくらカバーをぜんぶはずして結《むす》び、スカーフを作った。だらりと下がるし、着け心地《ごこち》もばっちりとはいえなかったけれど、なにもないよりはましだ。それからベッドに入り、ヘアブラシを首の下に置《お》いて、眠《ねむ》ってしまわないようにして待った。

マテオは二時半の鐘《かね》の音と同時に姿《すがた》を現《あらわ》した。開けておいた天窓《てんまど》をたたいて合図をし、それから立ちあがって、じりじりしたようすで部屋に小石をはじき入れながらソフィーが出てくるのを待った。

「ハロー」ソフィーが言った。「ボンソワール《こんばんは》」

「ウイ、ボンソワール」マテオはリュックをしょっていて、半ズボンをふつうのズボンにはきかえていた。ケンカして負けたみたいな、よれよれのズボンだ。マテオが言った。「フランス語をおぼえたのか？」

「ちょっとだけ」ソフィーは顔を赤らめた。「簡単《かんたん》じゃないもの」

「簡単だろ。フランス語をしゃべる犬を知ってるぞ。ハトだって」

「それとは別《べつ》でしょ」

「なんでだよ。どうちがうんだよ？」

「だってわたし、ハトじゃない」そこではっと思いあたった。「英語《えいご》をおぼえるのに、どのくらいかかったの？　フランス人はみんな、あなたみたいに英語を話すの？」

「ジュヌセパ《知るかよ》。もとからちょっと知ってたんだ。イギリスの外交官《がいこうかん》たちが来るバーがあるんだ。そこに中庭がある。おれの屋根から、そいつらの話し声が聞こえる。それに、読むのも少し、あそこにいるあいだに——」マテオが言いよどんだ。

「あそこって？」

「児童養護施設《じどうようごしせつ》」耳に入った水をぬくように首をふると話題を変《か》えた。「いいか、これから質《しつ》問《もん》する。おれが住んでるのはパリでも指折《ゆびお》りの高い屋根の上だ。高いのは怖《こわ》くないか？」

「うん。怖くないと思う。だって、ここにいるんだから。そうじゃない?」

「こんなの高いうちに入らない。歩道と似《に》たようなもんだ。おれが言いたいのは、ほんとに高いところでも平気かってことだ」

「平気だと思う」ソフィーは足もとのスレートに目をやった。

「は、そんな程度《ていど》か」

「けっこういけると思うよ」

「じゃあ連《つ》れていけないいな。けっ、けっこういいける、くらいじゃだめなんだよ。悪いな」マテオが行きかけた。

「待って! ちょっと謙遜《けんそん》しただけなんだから!」

「でも、いま言ったじゃないか――」

「ぜんぜん平気」ソフィーは言った。「もう最高《さいこう》に平気だから」マテオはどう見ても謙遜《けんそん》をわかってくれるタイプには見えなかったし、おいていかれる危険《きけん》をおかすわけにもいかない。

「最高に」とくり返した。

「じゃあ、本気じゃないことは言うな。準備《じゅんび》はいいか?」

「うん」話題を変《か》えるのがよさそうだった。「どのへんに住んでるの? この近く?」

「ああ。でも、この通りじゃない。ここはぜんぜんぱっとしない」

「そうなの？　ふうん」ソフィーには、とても立派《りっぱ》に見えた。背《せ》の高い街灯《がいとう》やおしゃれな細い通りがいくつもある。「でも、それがどうかした？」マテオの服や、前髪《まえがみ》にこびりついている泥《どろ》をじっと見た。「意外と気取り屋なのね」

「いろいろ理由があるんだよ」マテオはもったいぶった感じだ。

「たとえばどんな？　教えて。興味《きょうみ》がある」

「ぱっとしない建物《たてもの》はだいだい屋根がとがってて、立派《りっぱ》な建物は平らだ。とがった屋根はよくない。ぱっとしない建物は……先が読めない。足がスレートをぶちぬかないか、ちゃんとわからないんだ。それに低《ひく》すぎる。えっと、バンリュー……郊外《こうがい》って言うのか？　あそこにあるのは家だけで、会社も教会もないだろ？　あそこには絶対《ぜったい》に行かない。建物が低すぎる」

「本当？　どこもそうなの？」

「ほとんどぜんぶだ。人間と同じだな。金持ちの建物《たてもの》は大きくて、貧乏《びんぼう》なのはひしゃげてる」

「それのなにがいけないの？」

「なんだと思う？」

ソフィーはあたりの屋根を見わたした。「小さい建物《たてもの》だと通りから見えちゃうから？」

「ウイ。それ以外《いがい》なら、おれはどこへでも行ける。夜にな。昼間は出歩かない」

「公園へは行く？」わたしならきっと行くわ、自由に出かけていいなら。

「ノン。行くわけないだろ」

「どうして？　自分の公園を持ってたら素敵《すてき》じゃない。それに、食べ物もあるかもしれないし」

「地上には絶対《ぜったい》おりない。もう何年もおりてない。屋根の上にいれば安全だからな」

ソフィーは目をぱちくりした。「一度も？」ありえないことのような気がした。「でも、大きな道を渡《わた》らなきゃいけないときはどうするの？　屋根と屋根のあいだの」

「木を伝《つた》っていくのさ。それか、街灯《がいとう》のてっぺんを」

「じゃあほんとに……道路は渡《わた》らないのね？」

「ああ」

「どうして？」

「危険《きけん》だからだ」

「そうなの……」マテオの声がどんどんぶっきらぼうになってきた。でもソフィーは、こう言うのを止められなかった。「たいていの人は、屋根や木の上のほうが危険《きけん》だって言うわ」

「たいていのやつらはまぬけなんだ。地上じゃ見つかりやすい。すぐつかまっちまう」

「つかまる？」ソフィーは暗がりをすかしてマテオの表情《ひょうじょう》を読もうとした。本気で言っているようだ。「だれか、あなたをつかまえようとしている人がいるの？」

マテオは、その質問《しつもん》を無視《むし》した。「で、おれの住んでるところに来たいのか、来たくないのか？」

「もちろん行きたい！　いまから？」

「いまからさ！」そう言って、ソフィーがついて来ているかたしかめもせずに、マテオがぱっとかけだした。

だまって立っているときのマテオは、とても風変《ふうが》わりに見えた。動きだすと、目を疑《うたが》うほどすごかった。全身が天然《てんねん》のゴムでできているようだ。姿勢《しせい》を低《ひく》くして、両うでを足のように使った。ソフィーは、ざらつくスレートにつまずきながら、できるだけ音をたてないようにすばやくそのあとを追った。通ったあとには、すりむけたひざの皮がいくつも残《のこ》った。

マテオは十分ほど走り、ソフィーは追いかけた。斜《なな》めになった屋根の先ではバランスをとりながら、平らな屋根の上は全速力で走り、屋根と屋根の小さなすきまを跳《と》びこえて。建物《たてもの》が高くなってくると、排水管《はいすいかん》をよじのぼって次の屋根にうつるやり方を、マテオが二回やって見せてくれた。

「排水管《はいすいかん》で大事なのは」マテオが、屋根のふちの雨どいから大きく体をのりだして声をかけてくれた。「体を持ちあげるときに、絶対窓《ぜったいまど》に足をかけないことだ。すぐに気づかれる」

ソフィーはものも言わずに排水管《はいすいかん》と格闘《かくとう》していた。爪《つめ》が金属《きんぞく》に引っかかってささくれたけれど、それ以外《いがい》は木登りとそんなに変わらない。マテオの横のスレートに体をざっと引きずり上げると、マテオがうなずいた。もうちょっとで笑顔《えがお》になりそうだ。「悪くない。次のときは、ひざをしめるといい。体を支《ささ》えやすくなる。でも、いいぞ。完璧《かんぺき》じゃないけど、なかなかだ」

うれしくて、ソフィーは顔を赤らめた。マテオがまた走りだした。二人の足もとでパリの街《まち》が眠《ねむ》っていた。

二人は、国旗《こっき》や、大きくていかめしい建物《たてもの》が並《なら》ぶ地区に入った。屋根がどんどん広く大きくなってきて、マテオのスピードもぐんぐん上がった。一度、歩きにくい教会かなにかの屋根でつまずき、ソフィーは胃《い》が縮《ちぢ》みあがった。十字架《じゅうじか》にしがみついてバランスをとり、息を整えようと足を止めた。

風が強く吹《ふ》いた。道路をはさんだ街灯《がいとう》のてっぺんに、足をぶらぶらさせて座《すわ》っている影《かげ》があった。

ソフィーは見た。たしかに見えた。けれど、顔にかかった髪《かみ》をはらいのけて見なおしたときには、その子の姿《すがた》は消えていた。

マテオに追いつくには二、三分かかった。「マテオ、あれ見た？　女の子だったよね？　だれだろう」

「見てない。なんでもないだろ。紙袋《かみぶくろ》さ」

「紙袋より大きかったわ。女の子よ！」

「こわれた凧《たこ》じゃないのか。まくらカバーとか。行くぞ」マテオは手の指をぼきぼきと鳴らし、また走りつづけた。

十分もしないうちにマテオがもう一度立ち止まった。高くてカーブした屋根まで、あとひと跳《と》びのところだった。屋根は月明かりに照《て》らされて、淡《あわ》い緑色に輝《かがや》いている。

「そこにいろ」マテオが跳びうつり、それから腰《こし》をかがめて屋根を軽くたたいた。コンコンと音が響《ひび》いた。「銅《どう》なんだ。靴《くつ》をぬいでから来い。できるだけ静《しず》かに跳べよ」

ソフィーは靴をぬいだ。「これ、どうしたらいい？」

「靴はこっちへ投げろ。ちぇっ、銅《どう》はきらいだ」

ソフィーは言われたとおりにした。チャールズから、ものの投げ方を教わっていて助かった。

「どんな屋根が最悪《さいあく》なの？」と聞いた。「銅の屋根？」

「ノン。石のタイルで大昔から使ってる古いやつだな。銅より音は小さいけど、でも、ええと……英語《えいご》でなんて言うんだ？　ひっくり返る？」

「ずり落ちるってこと？」ソフィーは息をつめて屋根のあいだに目をやった。自分のうではほどのはばもなかったが、それでも体にふるえが走った。ぱっと跳《と》びだし、着地はひどかったけれど、すぐにまっすぐに立ちあがった。

「たぶん。そう、ずり落ちるんだ。平らな屋根がいちばんさ」マテオが靴《くつ》を返してよこした。

「厚《あつ》い板でできてるんならなんでもいい。石でも、スレートでも、金属《きんぞく》でも」

「そうなんだ。ボストホテルみたいに？」

「ああ。それに国の建物《たてもの》はだいたい。ほら、病院とか刑務所《けいむしょ》とか。劇場《げきじょう》もいいな。それから大聖堂《だいせいどう》。でも、どんな屋根でも五階の屋根より低《ひく》いところじゃ眠《ねむ》れない。寝返《ねがえ》りを打ってはしのほうに行ったら通りから見えるかもしれないだろ。おい、待て、靴《くつ》をはいちゃだめだ。体にしばりつけとけ」

「わかった」ソフィーは靴《くつ》ひもを腰《こし》のまわりに結《むす》んだ。「でも、どうして？」うまく調節《ちょうせつ》して、左右の腰に片方《かたほう》ずつぶら下がるようにした。

マテオが言った。「ここからは足の指を使う。靴《くつ》は絶対《ぜったい》はいてちゃだめだ」

「でも――」

「みんな、足の指は役に立たないと思ってる。だからまぬけだって言うんだ」

「でも、足が――」

マテオはおこったような顔つきで、まるで校長先生みたいだ。「足の指なんか、地面に絵をかくくらいしか使い道がないと思ってるんだろ、ちがうか？」

「そんなことないけど、でも――」

「でも、なんだよ。足の指で生死が決まるんだぞ。バランスをとるのに必要《ひつよう》なんだ。おれなんか、ぜんぶの指を少なくとも二回は折《お》ってる。見ろよ」マテオが片足《かたあし》を上げた。真っ黒だった。足首から下はかたい皮膚《ひふ》におおわれている。やわらかい肌《はだ》なんてどこにも見えない。足の裏《うら》をたたいてみせた。「聞こえるか？　ブリキみたいだろ。足を楽器《がっき》がわりにできる」

ソフィーは言った。「でも、冬は冷《つめ》たくないの？」

「冷たいさ」

「そうよね」ソフィーはマテオがなにか続《つづ》けるのを待った。なにも言わない。「住んでる屋根の上でも靴《くつ》をはいてちゃだめ？　よかったら、わたしのをあげる。二足持ってるから」

「ノン、メルシー《いや、いらない》」

「女の子っぽくないわよ」ソフィーは腰《こし》に下げた靴《くつ》を持ちあげてみせた。「こんな感じで、男の子用のブーツだから。チャールズからもらったの。あなた、サイズはどれくらい？」

「屋根の上じゃ、靴《くつ》ははけない。いつ逃《に》げなきゃならないか、わからないだろ」

「でも、雪が降《ふ》ったらどうするの？」

「冬は、寒くないように足首とふくらはぎにガチョウの脂《あぶら》をぬって包帯《ほうたい》を巻《ま》くのさ。そのあいだに羽根《はね》も重ねる。だから、靴《くつ》をはいているのとほとんど同じで、指は出しておけるんだ」

「そうなの。それで平気？」

「いいや。でも、まあ悪くない」

「どうしてガチョウの脂《あぶら》なの？」

マテオが肩《かた》をすくめた。「脂をぬるとあったかいんだ。ガチョウがいちばんいいけど、ハトしかなければそれでもいい。スズメはほとんど脂がない。リスの肉はぱさぱさしてるし。脂っぽいものがいるんだ」ソフィーはこらえようとしたけれど、顔のほうが先におえっと言ってしまった。それを見たマテオがむっとした。「はき心地《ごこち》がいいとは言わない。でも助けにはなる。さあ行くぞ。準備《じゅんび》できたか？」

ソフィーは腰《こし》に巻《ま》いた靴《くつ》ひもがしっかり結《むす》べているかたしかめた。それから、「マテオ」と呼《よ》びかけた。「そういうこと、ぜんぶどこでおぼえたの？」

「だいたいは、たまたまだな。実行あるのみってとこだ」マテオがシャツをまくって見せる。むらさき色がかった傷《きず》あとが、お腹《なか》の下からあばらまで走っていた。「試行錯誤《しこうさくご》だ」

「うわ、ひどい！　それ、どうしたの？」

「落っこちたんだ。風向計の上に。それにこっちは――」マテオは、まだ緑色をしている肩《かた》のあざを見せた。「――煙突《えんとつ》の上に落ちたときのやつ」

「痛《いた》い？」

「そりゃあな」肩《かた》をすくめた。「おれたちは、ふつうのやつらよりケガは多い。この世の終わりってほどのことじゃないさ」

「そうなの」それからソフィーが続《つづ》けた。「マテオ？」

「コワ？」《なんだ》

「おれたちってだれ？」

マテオの表情《ひょうじょう》が、まるで別人《べつじん》のようにさっと変《か》わったので、ソフィーは思わず身を引いた。

「おれだよ」とマテオが答えた。「おれって言っただろ」

マテオがまた走りだした。今度は屋根のはしに行きついても、ソフィーを待つこともふり返ることもせずに跳《と》んでいく。ソフィーはそのたびに立ち止まって、勇気《ゆうき》をふるいおこさねばならなかった。地面の上ならなんともないはばでも、こんな高さでは全神経《ぜんしんけい》を集中させなくてはいけない。すぐにマテオから屋根ひとつ分もおくれてしまった。

「ねえ、少しゆっくり行ける？　ちょっとだけ」

「ノン」マテオが答えた。目にかかった髪《かみ》をかき上げてソフィーをにらみつけ、またスピードを上げた。

三十分ほどたつとマテオがスピードをゆるめた。ソフィーをふり返ったときには、機嫌《きげん》が直っているようすだった。「ここが最後《さいご》だぞ。となりの建物《たてもの》だ」

このころには、ソフィーはすっかり屋根の上に慣《な》れていた。「跳《と》ぶのね？」そう言って髪《かみ》を後ろにはらい、体を低《ひく》くして構《かま》えた。

「ノン！　アレット！　ソフィー、止まれ！」

「なに？　どうかした？」

「あの屋根には跳《と》びうつっちゃだめだ。あそこは……英語《えいご》がわからないや――ぼろぼろって言うのか？」

「どういう意味？」

「胸壁《きょうへき》〔屋根にそった低いかべ〕が古すぎて跳《と》びのれないんだ。タイルが割《わ》れる」

「うわ。大変《たいへん》」ソフィーはむこうの屋根を見つめた。そんなに遠くはない。でも、地面までがものすごく遠い。

「いい考えだろ！　最高《さいこう》さ。だからここに住むって決めたんだ。これを知らないと、だれも追いかけてこられない。知らずに跳《と》んだら死ぬからな」

「そんなこと言われて、わたしが安心すると思う？」

暗かったけれど、マテオはにやりとしているんだろう。「安心させてやろうなんて思ってないさ」

ソフィーは息を止めていたことに気づいて、大きく息をすった。肺《はい》に酸素《さんそ》があるだけで、勇《ゆう》気《き》がぐっとわいたのにおどろいた。「じゃあどうやって渡《わた》るの？」

「簡単《かんたん》さ。またぐんだ」

跳《と》ぶのは一瞬《いっしゅん》のスリルだ。息をつめてさっと跳びだし、体がぱっと熱《あつ》くなる。でも、なにもないところをゆっくりとまたいで渡《わた》るのは、それとはわけがちがう。想像《そうぞう》してみた。「無理よ。またぐだなんて」のどもとに恐怖《きょうふ》がせり上がってきた。なんだか酸《す》っぱい味がした。「広すぎる」

「ノン。できるって。おまえの足、排水管《はいすいかん》みたいだから」

「そんなことない」

「ほめてるんだぞ！　生まれつき屋根の上の住人みたいだ。それに、足って思ってるより大きくひらくんだ」

「できる気がしないわ」

「高いところは平気だって言っただろ」

「平気よ！」よくそんなことが言えるわね、とソフィーは思った。「もうずいぶん走ったでしょ。血とすすだらけなのに、いままで一度も休まなかったのよ」

「だからなんだよ？　最後《さいご》までたどりつかなきゃ、そんなの意味ないだろ」マテオがソフィーの肩《かた》に片手《かたて》をかけた。

ソフィーは飛《と》びのいた。「ちょっと、おさないでよ！」マテオはなにをするか予想がつかない。ソフィーはそこではじめて、屋根の上と予想がつかない人は危《あぶ》ない組み合わせだと気がついた。

「おしてない！」マテオが声をおさえて言いかえした。「それに声がでかい」

「ごめん。ごめんってば」ソフィーは屋根のはしから下をのぞきこんだ。「いいわ。どうするか教えて。でも、やるとは言ってないから」

「ああ。まず、目をとじる」マテオが言った。

「マテオ。わたしたち屋根の上にいるのよ」

「目をつぶれ。開けたままだと下を見るだろ。下を見たら落っこちる」

「うう」ソフィーは目をとじた。「ああ」

「はしまで手をつないでやるから。つぶってるか？」

「うん」本当は薄目《うすめ》を開けていた。自分のはだしの足が、屋根のはしにむかって進んでいくのが見える。

「それじゃあだめだ。ちゃんとつぶれ。そっちのほうが簡単《かんたん》だから。約束《やくそく》する。ほら、おまえの寝間着《ねまき》の後ろを持ったから、もう落ちっこない。さあ、またいでみろ」

「どれくらい大きく《ビッグ》あいてるの？」

「だいたい豚《ピッグ》一頭分だな」

豚《ぶた》一頭分だって、とソフィーは思った。豚をちゃんと見たことがないせいで死ぬんだ。

「大丈夫《だいじょうぶ》。安全だから」マテオは不思議《ふしぎ》なくらい落ちついた声だ。「目をつぶってろ」

ソフィーは、むこうの屋根にむかって片足《かたあし》をのばした。「つぶってるわ」今度は本当だった。

マテオのうでにしがみついたまま、足を宙《ちゅう》に投げだした。足先であたりを探《さぐ》ったけれど、ふれるものはない。さっと足を引っこめて、はしからはなれた。

「豚《ぶた》よりはばがあるわ！」

「豚の体の長さだ。豚ってけっこう長いんだぞ。足をふり出すようにするんだ。つかんでてやるから。もう一回だ。もっと遠くに！　いいぞ！」むこうに足が届《とど》いたときには、またがさける寸前《すんぜん》だった。

「次はどうするの？」おびえた声を出さないようにしたけれど、重心はひざのあたりに移《うつ》っていて、もうあともどりはできない。いまにも闇《やみ》のなかに落ちてしまいそう。そのうえ、いまだれかが下の細い路地を歩いていたら、寝間着《ねまき》の下にはいているパンツが見えちゃうじゃない。だからみんなズボンをはくべきなのよ。こういうときのために。

「次はおれをはなせ」マテオが言った。「それから――」

「なに？　いや！　やめて――」

「すぐだから――」マテオがうでをふりほどく。「それから、おれがまたいで――」トンと、すごく小さな音がした。リスだってもっと大きな音をたてそうだ。

「ほら、おれの手をつかめ」

ソフィーは言われたようにして、ぱっと赤くなった。ソフィーの手は、あせでべとべとだった。

「で、おれが引っぱる」おどろくほど強い力に引きよせられ、ソフィーは、肩《かた》も、うでも、ひざももろともに屋根のあいだを渡《わた》った。

「そして」マテオが言った。「立ちあがる。そしたら手をふけ」にやりと笑《わら》った。「手のひらで草に水がやれそうだな。行くぞ。もうすぐそこだ」

「これで最後《さいご》だって言ったじゃない！　ここが家だって！」

「ウイ。嘘《うそ》をついたのさ」

# 17

マテオは背中《せなか》のリュックをまっすぐにすると、手をふってソフィーを屋根のはしに呼《よ》びよせた。「月が出たら見える」むこうを指さし、それから胸《むね》を張《は》った。「あそこだ——あの屋根が——おれの家だ」

「とても素敵《すてき》ね」ソフィーは礼儀正《れいぎただ》しくそう言った。あまりの高さに目が開けられなかったけれど、だれかに家を見せてもらったら、そう言うのが礼儀だ。

「とても素敵？　それだけかよ」

「ごめん」なんとか息をついて勇気《ゆうき》をふりしぼった。目を開けた。そしてもう一度、もっと大きく見ひらいた。「あ、そ、こ、に住んでるの？」

なんて美しいんだろう。目もくらむ高さなのは、いまいる屋根と同じだけれど、砂岩《さがん》でできた建物《たてもの》は、月明かりを浴《あ》びて黄色く光《ひか》り輝《かがや》いている。かべには、戦士《せんし》や女の人の像《ぞう》が彫《ほ》りこまれていた。まるで、内側《うちがわ》からシャンデリアに照《て》らされているようで、戦士の像《ぞう》は指先まで力が満《み》ちている。建物《たてもの》のてっぺんでは、銀のポールにフランス国旗《こっき》がはためいていた。

「裁判所《さいばんしょ》だ」マテオが言った。「パリでいちばん重要《じゅうよう》な建物《たてもの》なんだ」

「不動産屋《ふどうさんや》みたいな言い方ね」

「ほんとだったら！」マテオは憤慨《ふんがい》したようだった。「ヨーロッパでいちばん美しいんだぞ。ガイドブックにも書いてある」

「あそこにどうやって行くの？」この建物《たてもの》とマテオの家とのあいだは、跳《と》びこえるには広すぎた。街路樹《がいろじゅ》だってここまで高くはない。

「おれ一人なら、裏《うら》にまわってオークの木から排水管《はいすいかん》に跳《と》びうつる」マテオがリュックをおろした。「でも、木から排水管に跳びうつるには訓練《くんれん》がいる。見ろよ」袖《そで》をまくり上げた。手首からひじのつけ根まで傷《きず》が走っていた。「かなり痛《いた》い訓練さ」そう言いながらリュックを開けた。「代わりにこれを持ってきた」

「ロープ?」ソフィーは、マテオが手に持った太いロープの束《たば》を見つめた。かなり長い。ロープは重いから、マテオは見た目よりずっと力があるにちがいない。「先っぽのフックはなんのため?」

「すぐにわかる」

「登るの?　そのためのロープ?」心のなかの怖《おそ》れが声に出ないように気をつけた。ソフィーは認《みと》めざるをえなかった。マテオはまちがいなく、ふつうの子より勇気《ゆうき》をたくさん持って生まれてきている。

「すぐにわかるって言っただろ」マテオが建物《たてもの》のはしギリギリまで行って、胸壁《きょうへき》のふちにかけた足の指にぎゅっと力をこめた。ソフィーは胃《い》がひっくり返りそうだったけれど、マテオは歩道の縁石《えんせき》にでも立っているふうだ。「下がってろ」頭の上でロープをまわし、シュッと音をたててむこう側《がわ》に投げとばした。フックが、むかいのかべを走る排水管《はいすいかん》の留《と》め具《ぐ》に引っかかった。

マテオがぐっと引っぱる。チャールズが音楽を聞いているときと同じ顔つきだ。

「これでいい」ロープをぴんと張《は》って、手に持っているほうのはしを、かべにささっていた折《お》れ釘《くぎ》に結《むす》びつけた。幸運のおまじないに、結び目につばをかけた。

「さあ、ここを歩くぞ」

ソフィーはマテオの顔をまじまじと見た。「冗談《じょうだん》でしょ」

「おれの住んでるところに来たいって言っただろ。こうやって行くんだ。簡単《かんたん》さ！」

「こんなの、チェロの弦と同じじゃない！　空と道のあいだに張《は》った細い糸よ。糸の上を歩けだなんて」

「ロープだ」

ここからだと、どう見ても糸に見える。こんなのありえない。

暗がりでも、マテオがうんざりしているのがわかった。「いやなら木から排水管《はいすいかん》に跳《と》びうってもいいけど、ばかげてる。こっちのほうが安全だ」

「綱渡《つなわた》りだなんて」ソフィーが立っているところからは、弦《げん》ほどの太さにしか見えない。暗《くら》闇《やみ》にゆれる灰色《はいいろ》の糸だ。「綱渡りのほうが安全だなんて」

マテオは、広い空を背《せ》にして冷《つめ》たい目でソフィーを見つめた。「やらないんなら、おれは手《て》伝《つだ》わないぞ。弱虫は助ける価値《かち》がない」

「弱虫なんて呼《よ》ばないで。わたし、弱虫なんかじゃない」

「ウイ。ジュセ《わかってる》」

「え？」

マテオは、ちょっとすまなさそうに肩《かた》をすくめた。「まあ、弱虫は言いすぎだな」

「じゃあ、もう二度と言わないで」

「見てろよ、簡単《かんたん》だから。こうやるんだ」

マテオがもう一度ロープにつばをかけ、親指で鼻をかんだ。ロープの上にふみだす。体がゆれて、ほんの一瞬《いっしゅん》だけためらったけれど、それから、足を代わるがわる前に出して進み、ロープのちょうど真ん中まで行った。両うでを横に広げながら。翼《つばさ》みたい、とソフィーは思った。風が吹《ふ》くと上半身がゆられ、宙《ちゅう》に浮《う》いてバランスをとっているようだった。風が服をひらめかせ、髪《かみ》の毛《け》の先をさっとそよがせた。

こんなことが現実《げんじつ》だなんて信《しん》じられない。深いため息がもれた。

マテオが、とてもゆっくりこっちをむいた。ソフィーは恐怖《きょうふ》で息がつまったけれど、マテオは少しもよろめかず、ソフィーのところにもどってきて、「来るか？」と片手《かたて》を差《さ》しだした。

おどろいたことに、ソフィーの心は決まっていた。たぶん、その光景《こうけい》があまりにも美しかったせいだ。それにきっと、人はだれでも、どうかしてるくらい、向こう見ずなくらい、勇敢《ゆうかん》にならなくてはいけないときがあるのだろう。

「うん」ソフィーは言った。「行くわ」

屋根のはしまで行った。ここまでは簡単《かんたん》だ。胸壁《きょうへき》のふちを足の指でぎゅっとつかんで下を見た。これはそう簡単ではなかった。手のひらが熱《あつ》くなる。落ちついて、と心のなかでつぶやいた。

「ゆっくり」マテオが言った。「はじめはゆっくりだ。片足《かたあし》をロープにかけられるか？」

ソフィーのはだしの足の下で、ロープは張《は》りつめたばねのようだった。「ああ、心臓《しんぞう》が、マテオ！」胸《むね》のなかでつむじ風が吹《ふ》いていた。

「両手をおれによこせ。二人分のバランスはおれがとる、ウイ？」

「ウイ」ソフィーが答えた。「わかった」

「そっちの足も」

ソフィーの右足が地をはなれ、空へふみだした。「ああ」ため息がもれた。「あなた、頭がおかしいんじゃないの。二人ともどうかしてる。神さま」

「いいぞ」マテオが言った。ソフィーがぐらつき、マテオがバランスをとった。「どうかしてるくらいがいいんだ。下を見るなよ」

「でも、下を見ないと、どこに足を置《お》いたらいいかわからないじゃない？」ソフィーの声はふだんより上《うわ》ずっていた。

「おれにつかまってろ。肩《かた》に。おれは後ろむきに歩くから。バランスはおれがとる、いいな？　おまえは下を見なけりゃいい。両足でロープを感じられるか？」

「うん」ソフィーが言った。両手の親指をマテオの肩《かた》に食いこませた。「わかる」

「じゃあ」マテオが言った。「左足だ。次は右。足の指でしっかりつかむんだ。左。ストップ。ほら、下を見るなって。顔を上げろ。おれの頭のてっぺんを見るんだ。バランスがとれてるのがわかるか？」

ソフィーの足は、ざらつくロープのせいでむずむずした。「わかってると思う。うん。たぶん」

「ビヤン《いいぞ》」マテオが怖《こわ》いくらいやせているのがわかる。この人の鎖骨《さこつ》、きっと鳥みたいに空洞《くうどう》なんだわ。「息をしてろよ。進め」真ん中あたりまでくると、マテオがスピードを落として止まった。

「どうして止まるの？」ソフィーが言った。恐怖《きょうふ》で声が引きつらないようにした。「歩きつづけてくれるほうがうれしいんだけど」

「これを見せたいからさ。見ろよ、ソフィー！　下じゃない――まわりを見ろ。これがパリの街《まち》だ！」

ソフィーは見わたし、息をのんだ。足もとに、パリの街がセーヌ川にむかって広がっていた。

パリはロンドンより暗い。街明かりが、星くずのようにきらめき、ゆらめいている。青に金をちりばめたファベルジェの卵《たまご》みたいにきれい。まるで魔法《まほう》のじゅうたんのよう。

「な？　世界一の街《まち》だ」マテオが言った。「ここにいると王様にでもなった気分だろ」

王様になるよりずっといい。王様はきっと、とソフィーは思った。毎日千人もの人と握手《あくしゅ》をして指がぼろぼろになるもの。これは戦士《せんし》か、精霊《せいれい》か、鳥にでもなったみたいだ。

遠く、川のそばにボストホテルが見えた気がした。それに、自分の部屋の天窓《てんまど》も。

「ろうそくをつけっぱなしにしてきたのかしら。明かりが見えてると思う」

マテオは、それには答えなかった。顔色はいつもより白く、目は強く輝《かがや》いていた。ロープの音でも聞いているようだ。「鳥にえさをやらないか？」

「ええ」そのとき、強い風が寝間着《ねまき》をはためかせ、ソフィーは気を変《か》えた。「ええと、どうかな。やっぱりいい。わたし、歩きつづけたい。お願《ねが》い！」

「なんでだよ、ノン！　空の上で鳥にえさをやるんだぞ！　王様だってそんなことやれない」

「でも、真夜中を過《す》ぎてるのよ。鳥だって――」ロープがぐらつき、ソフィーののどに苦いかたまりがせり上がってきた。「――鳥だって眠《ねむ》ってるでしょ」

「うとうとしてるだけさ。おれが呼《よ》べば目をさます。あとたった二分だ、ソフィー。体をつかんでてやるから。おれがつかんでいれば落ちっこない」

「じゃあ早くしてくれる？　いい？」

「じゃあ肩《かた》の手を片方《かたほう》はなせ。ポケットに小麦が入ってるんだ。それをおまえの手のひらにのせる。いいな？　バランスはおれがとる。おまえは足をまっすぐにしていろ。ほら、下を見るなって」

ソフィーは、マテオの手を見ないで小麦を受けとろうとした。失敗《しっぱい》した。世界がぐらりとゆれた。小麦の半分が、あせばんだ指のあいだからこぼれ落ちていく。ひざが引きつってロープがゆれた。「マテオ、助けて！」

マテオは、これ以上《いじょう》ないくらいに落ちついて見えた。「動くなよ」ソフィーの体をぐっとつかんでバランスをとった。「怖《こわ》くなったのか？」

「ちがうわ」ソフィーは嘘《うそ》をついた。

「落ちそうになったら、おれが助ける。わかったろ、ウイ？　おれはロープから落ちたことはないんだ。少なくとも、高いところからは。す、すごく高いところからはな。息をしろよ、たのむから」

「してるわ！　息をしろなんて命令《めいれい》しないで！」ロープがかかとに食いこんだ。「息ぐらいしてる！」

「あとたったの一分だ。ひざの力をぬけ。いいぞ。これから鳥を呼《よ》ぶから」

「マテオ、早くおりたい」十五メートルもの高さは考えないようにしたけど、うまくいかなかった。「お願《ねが》い、むこうに連《つ》れてって」

「ノン。一分だけ」マテオが口笛を吹《ふ》いた。三つの音が流れるように響《ひび》いた。するどく澄《す》みきっていて、しんとした闇《やみ》をつらぬいてはるか遠くまで響きわたった。その音で、ソフィーの恐怖《きょうふ》が消えた。雨が近づいてくるような音だった。

「口笛が吹《ふ》けるか？」

「うん」風が吹いて足もとのロープをゆらした。ソフィーは目をつぶった。

「じゃあ、まねしてみろ」

ソフィーは足の指でロープをぎゅっとにぎった。口笛を吹《ふ》く。チェロを弾《ひ》くときのように、まわりの世界が影《かげ》をひそめた。

「うまいな」マテオはおどろいたようだ。「セトレビヤン《すごいじゃないか》。そんなことできるなんて聞いてないぞ」

「ありがとう」ソフィーはもう一度吹《ふ》いた。おかげで息が整った。ナイチンゲールのように、のどをふるわせてみた。

「目を開けろ」マテオがにこにこ笑《わら》っていた。こんなふうに笑うマテオははじめて見た。「上を見ろよ！」

ソフィーは空を見上げた。鳥が三羽、マテオの頭の上で輪《わ》をかいて飛《と》んでいた。

「こいつら、おれのことがわかるんだ。えさを差《さ》しだせ。もっと高く。肩《かた》より高くしないと、うでをよじ登ってきて頭にとまるぞ」

一羽が手にとまった。それから二羽目が。

「わあ！」ソフィーは息をのんだ。鳥たちは重たかった。鳥の重さを感じるって、なんて不《ふ》思議《しぎ》で素敵《すてき》なんだろう。爪《つめ》が肌《はだ》に食いこんでいる。「ハロー」ソフィーがささやいた。「ボンソワール」二羽目が手首まで歩いてくると、足もとのロープがゆれた。

マテオがバランスをとった。顔は泥《どろ》だらけだけれど、泥の下の顔は集中しているせいで真っ白だ。

「おまえのことが好《す》きみたいだ。見ろよ！」

ソフィーが見た。一羽のハトが、体をゆらして翼《つばさ》をばたつかせながら、うでを伝《つた》って肩《かた》にむかってきた。なんだか、わたしの強さを試《ため》しているみたい。

「行かないでね」鳥たちにささやきかける。鳥たちはソフィーを気に入ってくれたようだ。

「行かないで。ここにいて」

いちばん大きな鳥がえさを――きっと、あせくさくなってると思うけど――手のひらのしわをつついてとりだした。

マテオがまた口笛を吹《ふ》くと、別《べつ》の鳥が輪《わ》をかきながらおりてきてソフィーの頭にとまった。それから、赤い目をした小さなハトがマテオの肩《かた》にとまり、首の後ろをつついた。

「こいつは知りあいだ。オスだけどエリザベートっていうんだ」

「オス？」

「じいさんなんだぞ。おれがまだ赤《あか》ん坊《ぼう》のときに知りあった。そのときは、オスメスの見分け方がわかんなくて、女の子だと思ったんだ」

「きれいね」

「ああ、きれいだろ。こいつが来るとは思わなかったな。人見知りなんだ」エリザベートはマテオの肩《かた》から飛《と》びたつとソフィーの鎖骨《さこつ》にとまった。ソフィーの目をのぞきこんだ。頭をひょこひょこ動かす。「おまえのこと、知ってると思ってるみたいだ」

「そうかも！」

「そんなはずないだろ、なあ？　エリザベートじいさん」

エリザベートは翼《つばさ》でソフィーのほおをたたいたけれど、飛《と》んではいかなかった。鳥に気に入られるなんて。それも空の真ん中で！

「マテオ、これすごいわ！」言いあらわす言葉が見つからなかった。「音楽みたい！」

パリの街《まち》がこんなふうだなんて思いもしなかった。「思ってたより優《やさ》しいのね」そっとつぶやくと、アオガラが手にとまった。宝石《ほうせき》をまとったような気分。アオガラは指輪《ゆびわ》より素敵《すてき》だ。アオガラがソフィーの耳たぶをつついた。「思ってたより野性的《やせいてき》だわ」

# 18

ソフィーがマテオにうながされてむこうの屋根へ行ったのは、三十分もたってからだった。それも、もう日が昇《のぼ》るぞと言われてやっと。マテオが屋根に着いてソフィーを引きよせるなり、ソフィーの両足はがくがくとふるえはじめた。屋根の中央にむかってふらふらと三歩進んだところでたおれこんだ。

「大丈夫《だいじょうぶ》か？」マテオが聞いてきた。「手を貸《か》そうか？」

「ううん、い、いい、わたしは大丈夫。足がいうことをきかないだけ」ソフィーがふくらはぎをたたくと足がつった。「すぐによくなると思う。ちょっとここに座《すわ》っていてもいい？」

「顔色が悪いぞ。少し寝《ね》たほうがいいんじゃないか？　毛布《もうふ》があるから。まあ、ずだ袋《ぶくろ》のことだけど、でも――」

「ううん、眠《ねむ》るなんて無理《むり》。ちょっと座《すわ》ってる」

「わかった。おれは火をおこしてくる」

「どこで？　ここ？」

「まさか！　ばかなこと言うな。集合煙突《えんとつ》のそばじゃないと、煙突の煙《けむり》みたいに見えないだろ。そこにいろ。そこから動くなよ」

何分かすると、足は立ってあたりを見まわせるくらいになった。屋根は、街《まち》なかの広場ほども広くて、なめらかなスレート葺《ぶ》きだった。ソフィーは、そうっと足ぶみをしてみた。大丈夫《だいじょうぶ》そうだ。屋根の真ん中から煙《けむり》がもくもくと上がりだした。ソフィーはそこにむかって歩き――というか、足を引きずりはじめた。

マテオは集合煙突《えんとつ》のかげにしゃがんで、たき火に木をくべていた。木をよく見ると、もとは椅子《いす》だったようだ。マテオは背中《せなか》にずだ袋《ぶくろ》をかけている。

「マテオ！」ソフィーが目を丸くした。「これぜんぶ、あなたのなの？」どんなに感心した顔をしているか、暗くてマテオに見えていませんようにと思った。

「あたりまえだろ。ほかにだれがいるんだよ」マテオの足もとには、束《たば》にした矢が積《つ》まれていた。煙突《えんとつ》にそって並《なら》べてあるのはリンゴと、ブリキの片手《かたて》なべとやかん、粗《あら》くけずった木のスプーンの小さな山、それに木の実がいっぱい入ったガラスの容器《ようき》もいくつかある。ずだ袋《ぶくろ》も二枚《まい》あったのでなかをのぞいてみた。一枚は木の葉、もう一枚は骨《ほね》でいっぱいだった。

「ほら。座《すわ》れよ」マテオがクッションを手わたした。

「これ、自分で作ったの？」外の生地《きじ》はごわごわしているけれど、ふんわりして弾力《だんりょく》がある。

「当然《とうぜん》だろ」

「なんでできてるの？」ソフィーはクッションをもんでみた。家にあるどんなクッションよりふかふかだ。「中身はなに？」

「ハトの……ええと、ふわふわのとこだ。英語《えいご》はわかんないけど」

「ダウン？」

「ノン、ダウンなもんか。ダウンって……上等じゃないって意味だろ。ほら、ハトの羽根《はね》の下に白くてふわふわした毛が生えてるだろ？　でも」と続《つづ》ける。「外側《そとがわ》の羽根だってもちろん使う。なにも残《のこ》さない。骨《ほね》まで使うんだ」

「羽根をもらったら放してやらないの？」

「放してやる？　そんなわけないだろ。つまりさ……そのときには死んでるから。生きたハトから羽根をむしったりはしない。おれも大変《たいへん》だし、ハトもわけがわからないと思う」

「じゃあ、ハトを食べるの？」

「ああ。料理《りょうり》して食う」マテオはナイフをとりだしてみせた。「これを使う。たまに、雨が降《ふ》ってて、めちゃめちゃ腹《はら》が減《へ》っているときは、料理はとばすけどな」

「骨《ほね》も食べる？」

「煮《に》てスープにする」

美味《おい》しい？」

「ノン。ひどい味さ。糊《のり》みたいだ。でも、なにもないよりはましだ」

「外側《そとがわ》の羽根《はね》は？　どうするの？」こんな不思議《ふしぎ》な子だもの、羽根をマントにして着ていたっておどろかない。それどころか、ぬいあわせて翼《つばさ》を作っていてもおどろかなかったろう。

「ほら。そこ。むこうだ。そっちじゃない」

少しはなれた二つの集合煙突《えんとつ》のあいだにシートが張《は》られていた。ソフィーは、よく見ようとそばまで行った。ハトの羽根《はね》を幾重《いくえ》にも重ねてぬいつけてある。妙《みょう》に脂《あぶら》っぽかったけれど、きれいだった。その下に、ずだ袋《ぶくろ》で作ったベッドがあった。マットレスをおしてみるとクッションと同じようにふかふかだ。

「羽根《はね》は雨をはじくんだ」マテオが言ったけれど、近づいてくる足音はしなかった。「テントみたいな役目をする。タダだしな」

でも、暖《あたた》かくはないわとソフィーは思った。風はほとんど防《ふせ》げないはず。「マテオ、冬はどうするの？　どうやって暖かくするの？」

「そんなことしない」マテオが肩《かた》をすくめた。「そのうち慣《な》れる。好《す》きにはなれないけどな」

「児童養護施設《じどうようごしせつ》には行けないの？　冬のあいだだけでも」

「行かない」

「でも――」

「一回だけ行ったことがある。街《まち》の北の屋根でケンカがあってケガをしたとき。大ケガだったんだ。ばい菌《きん》が入って」そう言いながら、マテオは右手を左のわきの下にはさんだ。「ほかにどうしようもなかった」たき火を力まかせにつついた。火《ひ》の粉《こ》が飛《と》んできて、ソフィーは思わず身を縮《ちぢ》めた。「窓《まど》に鉄格子《てつごうし》があるんだぜ。錠前《じょうまえ》ならやぶれるけど、鉄格子を開けられるやつなんかいないない」

「でもどうして鉄格子《てつごうし》なんてあるの？　だれかおし入ろうとするの？」

「ノン。子どもが逃《に》げだそうとするからさ。一度見つかったら、大人はほうっておいちゃくれない。フランスじゃ、路上生活は法律《ほうりつ》で禁《きん》じられてるんだ。知ってたか？」

ソフィーは知らなかった。世界でいちばんおかしな法律に思えた。「でも、マテオはそこから出たんでしょ？」

「ああ。煙突《えんとつ》からな。はじめから、あんなところへ行かなきゃよかったんだ。あいつら、まだおれのことを捜《さが》してる。おれも、ほかの子どものことも。逃《に》げた子どものビラを郵便局《ゆうびんきょく》にはりだすんだ、ひどいだろ」

「でも、どうして？　逃《に》げだすなんて、なにかあったの？」

「なにも。なんにもなかった。地獄《じごく》みたいだった。毎日、同じことのくり返しで。あいつら、飯《めし》のときに仲間《なかま》と口をきくとどなるんだぜ。笑《わら》ってもどなる」

「ほんとに？」ソフィーはなぐられたような気がした。「そんなのひどい」

「ああ。ソフィーには想像《そうぞう》もできないと思う。自由なんてこれっぽっちもないんだ。また地上におりるような危《あぶ》ないまねはできない。おれが生きてることを知られないほうがいい」マテオが顔をそむけ、小枝《こえだ》で足の爪《つめ》のあいだのよごれをとった。

ソフィーはにぶいほうではない。マテオに背《せ》をむけて羽根《はね》のシートのほうをむいた。「そうよね、この上にいるのは素晴《すば》らしいもの！　わたしなら、ここをはなれようなんて思わない」羽根に手をすべらせた。ところどころ水がたまっていたけれど、その下のスレートはかわいたままだ。「ほんとに素敵《すてき》！　ここがわたしの家ならいいのに。完璧《かんぺき》だわ」

マテオが肩《かた》をすくめた。「夏はにおうぞ」でも、その顔は、チャールズがひそかに喜《よろこ》んでいるときと同じ表情《ひょうじょう》だった。「カモメの羽根《はね》がいちばんなんだけどな――ほら、そこだよ」マテオはシートの白っぽいところを指さした。「もともと脂《あぶら》が多いから水がすぐに落ちる。でも、嵐《あらし》のあとでもなけりゃ、カモメはなかなか手に入らない。ハトの羽根《はね》もそんなに悪くないな。厚《あつ》みがあるし、持ってるときはカモの脂をぬるんだ」

「でも、どうやってつかまえるの？」

マテオがソフィーをじっと見つめた。「どうやると思う？」

「ええと……わなとか？」ソフィーには見当もつかなかった。ナイフだろうか？　それとも素手《すで》で？　歯を使う？　どんな方法《ほうほう》でもおどろかない。

「見せてやるよ。どっちにしろ、今日はまだなにも食ってない」

マテオは煙突《えんとつ》に手を入れて弓をとりだし、マットレスの下からさらに矢の束《たば》を引っぱりだした。「矢は、しばっておかないと吹《ふ》きとばされる。ここは風が強いから」弓に矢をつがえると、耳をそばだてるような表情《ひょうじょう》に変《か》わった。ロープの上で見たのと同じ顔だ。ドアがとじるように、ソフィーはマテオの世界からしめだされた。マテオがソフィーに背《せ》をむけた。ハトが三羽、さっきまで二人がいた屋根の集合煙突《えんとつ》にとまっている。ふいにマテオがうでをさっと後ろに引いたと思ったら、矢がシュッと音をたてて飛《と》び、真ん中のハトの首につきささった。ほかの二羽がおびえた鳴き声を上げて飛びたった。

「真ん中がいるときは、必《かなら》ずそこをねらうんだ」マテオは、ショックを受けたようなソフィーの表情《ひょうじょう》は無視《むし》した。「そうすれば当たる確率《かくりつ》が高くなる。それと、風に逆《さか》らって射《い》ること」

マテオは屋根のはしまでかけていき、しゃがんで下をのぞきこんだ。それから体を前にのりだした。見ていたソフィーは、落ちて死んじゃうんじゃないかと思ったけれど、マテオはギリギリのところでロープをつかみ、体をゆらしながらむこうの屋根まで手でロープを伝《つた》っていった。体を引き上げると、シャツのお腹《なか》のところにハトをしまい――だからあそこに赤い染《し》みがあるんだ――また、夜の空をゆらゆらゆれながらもどってきた。行ってもどってくるまで、二分もかからなかった。

マテオがハトをソフィーの足もとに投げてよこした。「こうやってつかまえるんだ」血だらけの手のひらを髪《かみ》の毛《け》でぬぐった。「優《やさ》しい人間じゃなくて悪かったな」

ソフィーは、そんなこと気にしていないし、感心もしていないという顔をしようとした。

「羽根《はね》をむしるのを手伝《てつだ》ってもいい？」

「ノン」

「どうして？　手伝わせてよ」

「手伝うんじゃない。一人でやるんならいい。ディナーパーティーじゃないんだから」

ありがたいことに、羽根のむしり方は本で読んだことがあった。首からはじめて尾《お》にむかっていく。「ハトは食べたことがないわ」と言って羽根を少しむしった。鳥の皮膚《ひふ》はおじいさんの肌《はだ》のようで、顔をしかめないようにこらえた。「どんな味がするの？」ためらわず、どんどんむしろうとする。

「くん製《せい》にした鶏肉《とりにく》みたいだな」マテオが言った。「天国みたいな味さ。でもしゃべってちゃだめだろ」

「あ！　ごめん。だれかに聞こえる？」

「ノン。この高さだから聞こえない。でも、おまえ、音楽を聞きにきたんじゃなかったのか？」

マテオがハトの内臓《ないぞう》をとりだし、肉をくしに刺《さ》しているあいだ、ソフィーは耳をそばだてていた。マテオが言ったことは本当だった。屋根のあちこちで立ったりしゃがんだりしていると、会話の一部や音楽の断片《だんぺん》が、ずっとむこうから聞こえてくる。姿勢《しせい》を低《ひく》くして屋根を歩きまわり、風にのって運ばれてくる音に耳をすませた。フランス語の悪態《あくたい》だらけの口ゲンカや、よっぱらいの歌声や、犬がほえるのが聞こえた。けれど、それ以《い》外《がい》は夜の静《しず》けさとナイチンゲールのさえずりしか聞こえない。

マテオに声をかけられたときには、飛《と》びあがるほどおどろいた。「ソフィー！」

「はい！　なに？　なにか聞こえた？」

「ノン。食い物が用意できたぞ」

マテオのテーブルマナーは、ほめられたものではなかった。歯ぐきを見せて奥歯《おくば》でハトの肉をかみ切り、口を開けたまま食べた。ソフィーもそれにならおうとしたけれど、肉に浮《う》いた脂《あぶら》がとんでもなく熱《あつ》くて、上あごの皮がめくれた。

ソフィーは屋根を見まわして、マテオの荷物の山に目をとめた。「マテオ、フォークはある？」

「ない。なんでだ？」

「なくて困《こま》らないの？」

「指があるだろ？　歯だって」

「でも、火傷《やけど》しない？」

「したことないな」マテオが両手を差《さ》しだした。「どうだ？　耐熱《たいねつ》仕様だろ」手のひらも指も分厚《ぶあつ》くかたくなっていた。「火傷《やけど》なんかしないさ」

「わたしはフォークがほしい」ソフィーは言った。「ごめんなさい。でも、その、指に火ぶくれができちゃって」指は、チェロを弾《ひ》くために大事にしたい。「それに、水はないの？」

「飲むのか？　それとも指のためか？」

「どっちも」

「ちょっと見せてみろ」マテオがソフィーの手をとった。「おまえの手、やわらかすぎるんだよ」それから、自分の指につばをかけ、ソフィーの指にこすりつけた。

「つばをつけ続《つづ》けろ。楽になる。ほら。これは飲み水専用《せんよう》だからな」水が半分入った空《あ》き缶《かん》を渡《わた》してくれた。「雨水だ。火傷《やけど》なんかには使わない。それに、ぜんぶ飲むなよ」

ソフィーは水をすすった。さびの味がするけれど、そんなに悪くない。

「よし。待ってろ。フォークを作ってやるから」

マテオは、ハトの肉を引きさいて、ふたまたになった叉骨《さこつ》と長い足の骨《ほね》を一本とりだした。

「やかんをとってくれ」と言うと、ふっとうしたお湯を気にするふうもなく、骨をやかんにつけ、すすをほんの少しつけてこすった。

「すすは石けんの役目をするんだ」

「そうなの」ソフィーは、ほこりで真っ黒なマテオの顔を見つめた。「じゃあ、考えたことはない？　それを使って……ええと、石けんよね？」

「まあ見てろ」マテオはこすり続《つづ》けた。「言ったとおりになるから」なるほどそのとおりだった。二つの骨《ほね》はすぐに真っ白になった。次に、マテオはポケットから糸をとりだした。

「見てろよ。糸さえあれば退屈《たいくつ》なんかしない。糸と鳥はほんとにすごいんだ」

糸を八の字にまわして叉骨《さこつ》を足の骨《ほね》の先にくくりつけた。「フォークだ！　ヴォワラ《ほらな》」

## *19*

ソフィーは翌日《よくじつ》のほとんどを寝《ね》てすごし、ベッドで目ざめたときには雨が降《ふ》っていた。夜には嵐《あらし》になった。稲光《いなびかり》と雷鳴《らいめい》のあいだの時間を数えてみた。「一、二」――そこで雷《かみなり》がとどろいた。屋根に上がってみようとは思わなかった。次の日も、似《に》たような天気だった。チャールズは、体に合わない借《か》り物《もの》のレインコートを着て、弁護士《べんごし》を探《さが》して街《まち》を歩きまわった。

「チャールズの部屋の窓《まど》を使わせてくれたら、わたし、ずっと通りを見張《みは》ってる」ソフィーが言った。「早く帰ってきて、いい？　それに、見つからないでね」レインコートの袖口《そでぐち》をなでた。三センチ以上《いじょう》も短かった。

「大丈夫《だいじょうぶ》だよ。きみも見つからないように、ソフィー。この部屋から絶対《ぜったい》に出てはいけない。本当にどうしようもないとき以外《いがい》は。用を足したくなったら、おまるを使いなさい。ホテルのほかの客にも、きみの姿《すがた》を見られたくないからね」

ソフィーは、ココアの入ったカップを手に、一日じゅうチャールズの部屋の窓《まど》のそばで見張《みは》りを続《つづ》けていた。警察官《けいさつかん》や、チェロ奏者《そうしゃ》を探《さが》して。ほとんどだれも通りかからなかったし、たまに通る人は傘《かさ》のかげになっている。チェロの音が聞こえないか耳をすませていると、しまいには頭ががんがん鳴りだして、馬や馬車が通るたびに、そのむこうに鎮魂曲《レクイエム》が響《ひび》いているような気がした。何分かおきに指のおまじないを結《むす》びなおした。

ココアはぬるくなり、そのうち冷《つめ》たくなった。でも、ソフィーは気づかなかった。雨は降《ふ》りやまない。

自分の部屋のベッドに入るころには土砂降《どしゃぶ》りになっていた。けれど、二時を打つ鐘《かね》の音で目ざめると、ひどい雨は小雨《こさめ》に変《か》わっていた。雲が風に吹《ふ》かれて月の前を流れていき、部屋に月明かりがぱらぱらと、モールス信号《しんごう》のように射《さ》しこんでいる。

ソフィーはぱっと毛布《もうふ》をはね飛《と》ばし、ベッドの上にとび起きた。昼間のようにすっかり目がさめていた。長靴下《ながくつした》をはき、その上からズボンとセーター二枚《まい》を着こんだ。それから、靴下の先を切りとると、そこを折《お》りかえして足の指が出るようにした。天窓《てんまど》から外に出ると、閉《し》め忘《わす》れた窓から落ちる雨だれが、ベッドをぬらした。

マテオは、いちばん大きな集合煙突《えんとつ》に背《せ》をもたせ、火のそばで足を組んで座《すわ》っていた。片手《かたて》にナイフを、もう一方の手にピンク色のものを持っている。なんだか皮をはいだネズミのように見える。ソフィーが口笛を吹《ふ》くと、正体のわからないそれを燃《も》えさしに落っことして、ソフィーがロープを渡《わた》れるようにかけつけた。

二人がたき火のところにもどったときには、獲物《えもの》が煙《けむり》を上げていた。マテオが毒《どく》づいた。

「うわ。ネズミはどうやってもまずいけど、こげたネズミは最悪《さいあく》なんだ」

「ネズミってどんな味がするの？」

マテオが座《すわ》り、ソフィーを自分の横に引っぱった。「座れよ。来ると思ってなかった。雨だったし。ネズミは……ハリネズミみたいな味だな」

「ハリネズミも食べたことないわ」

「ウサギは食ったことあるか？」ずだ袋《ぶくろ》を一枚《まい》、ソフィーのひざの上に投げてよこし、別《べつ》の一枚を自分の肩《かた》にかけた。

「うん、食べたことある」袋《ふくろ》はぬれていたけれど、ソフィーはなにも言わなかった。マテオの使っているほうが、もっとぬれている。

「そうだな、ウサギには似《に》てないけど、ぜんぜん似てないってこともない。ほら。食ってみてもいいぞ」

ソフィーは肉を受けとり、においをかいだ。食欲《しょくよく》がわくにおいではない。

マテオが言った。「でも、おれの分も残《のこ》せよ。半分以上《いじょう》だ。おれのほうが体がでかい」

「これって朝ごはん？」ソフィーがたずねた。「それとも……夕食なの？」

「昼飯《ひるめし》だ。朝は、起きたときに食った。ちょっとな」

「それっていつ？」ソフィーは、ネズミのももをかじった。炭と馬のしっぽの味がする。無《む》理《り》やり飲みこんだ。「うん……悪くないわ。でも、あとはどうぞ」

「いつかな。日が落ちてから。ってことは、九時ごろか」マテオはネズミを歯で引きちぎった。「晩飯《ばんめし》は朝の五時に食う。食い物があれば」

「ないことなんてあるの？」

マテオが肩《かた》をすくめた。「今週は食い物にツキがない」マテオの顔はそばで見ると、こわばったような、やつれた表情《ひょうじょう》だった。「疲《つか》れてるんだ。あんまり長くいるなよ」

「ごめんなさい」ソフィーは反省《はんせい》した。「なにか食べる物を持ってくればよかったね」マテオのお腹《なか》のことなんて考えもしなかった。「気がつかなくてごめん。でも、お願《ねが》い、マテオ、ここにいさせて。ここで聞かなくちゃいけないの」肌《はだ》がかっと熱《あつ》くなった。お母さんのことを考えるといつもそうだ。「お願い」

「べつにいいけど」マテオは寝《ね》そべって星を見上げた。「腹《はら》が空《す》きすぎて話はできない」

「どうしていつもより大変《たいへん》だったの？」

「どうして？」マテオが体を半分起こして、信《しん》じられないという目でソフィーを見つめた。「雨さ！　雨のせいに決まってるだろ」

ソフィーも少しはなれて横になった。月明かりを受けたマテオの顔は、ずっと前に積《つ》もった雪のような色をしていた。「雨が降《ふ》ると狩《か》りが難《むずか》しくなるの？」

「ああ。鳥が駅に雨宿りしに行くから。それに、雨が降ると、みんな夜は窓《まど》を閉《し》めとくからな。窓台《まどだい》からとってこられるものがなくなる」

「そのあいだ、なにを食べていたの？」

「カモメを火曜日に。嵐《あらし》に飛《と》ばされてきたんだ。どっちにしても死にかけてた。朝飯《あさめし》にアオガラ。かわいそうだったけどな。大好《だいす》きなんだ――生きてるやつは。食うのはそんなに好きじゃない。それに、羽根《はね》をむしる手間をかけるほど肉もついてないし」

ソフィーは圧倒《あっとう》されずにはいられなかった。「それでぜんぶ？　この三日で？」

「ウイ。ああ、ノンかな――日曜日にもらったあめ玉も食ったから。アナスタジアとサフィが、オペラ座《ざ》のわきのオークの木に置《お》いてってくれてた。きっと、おれにくれたんだ。そうじゃなくても知ったことじゃない」

ソフィーはぐるっとまわってうつぶせになった。「その人たち、だれ？　アナスタジアと――二人目の名前はなんて？」

マテオの顔から表情《ひょうじょう》が消えた。「だれでもない。おまえさ、ポケットになにか食い物入ってないのか？」

「ないと思うけど」ソフィーはズボンのポケットをまさぐった。「あ、待って――レーズンがある。ほんとは鳥にあげようと思ったんだけど、あなたが食べたほうがいい」

「ああ」マテオが言った。「おれのほうがいい。腹《はら》ぺこなんだ。鳥がレーズンを食ったら、そいつをおれが食うだろ、だからあいだをとばすだけだ。ほかには？」

ソフィーはさらに奥《おく》をまさぐった。ほらね、ポケットがあるからズボンはスカートよりずっといいのよ。

「あった！」引きだした手はべとついていた。「ほら、少しだけどチョコレートがある。だいぶ古いと思うけど。それに、とけてズボンのなかにくっついちゃってた。でも、大丈夫《だいじょうぶ》でしょ？」

「いいぞ。こっちによこせ」

マテオは、ソフィーが思ったように一気に口にほうりこんだりはしなかった。代わりに平なべを火にかけると、そこへチョコレートを入れた。木をけずった細い棒《ぼう》でかき混《ま》ぜる。「チョコレートは火を通すのがいちばんなんだ。実際《じっさい》よりたくさんある気にさせてくれる」レーズンをチョコレートに加《くわ》えた。「な、うまそうなにおいだろ」

とけたチョコレートの香《かお》りが屋根いっぱいに広がった。マテオの体が少しだけのびて、その夜はじめての笑顔《えがお》になった。

「次に来るときは、もっと食い物を持ってこられるか。腹《はら》がいっぱいだと、ここにいるのも楽になる」

それから何日か過《す》ぎたが、チャールズの弁護士《べんごし》探《さが》しはうまくいっていなかった。

「簡単《かんたん》ではないよ」チャールズが言った。「警察庁長官《けいさつちょうちょうかん》を敵《てき》にまわそうとする人がいないんだ。ほとんどの弁護士《べんごし》は、トイレットペーパーのような良識《りょうしき》と勇気《ゆうき》しか持ちあわせていないようでね。でも、必《かなら》ずだれか見つかるさ」二人は朝食をとっていた。チャールズは、びんのジャムを半分もクロワッサンにぬり、それをコーヒーにひたした。「ああ、これはたまらない！おや、きみは食べないのかね？」

「あとで食べようかなって思って」ソフィーはクロワッサンをひざの上に置《お》き、それからポケットにしまった。

「お腹《なか》が空《す》いていない？」

「うん。もうお腹いっぱい」

チャールズが食べるのをやめた。「本当に？」まゆ毛がぐっと上がった。「もうすでにロールパンをポケットにしまってあるね。それに、わたしのかんちがいでなければ、靴下《くつした》にはリンゴが入っている。なにを食べてお腹《なか》がいっぱいなのだろう」

とたんにソフィーは元気がなくなった。「ビスケット」

「朝食に？　それはめずらしい」

「どんな感じか試《ため》してみたかったの。朝ごはんにビスケットを食べるって」

「それで、どんな感じだったのかね？」

「よかったわ。たっくさんあったの。食べすぎて、いまはちょっと気持ちが悪くて」ソフィーが席《せき》を立ちかけた。「もう部屋に行っていい？」

「ちょっと待ちなさい。座《すわ》って、ソフィー。教えてくれないか。どんなビスケットだったのだろう」

「チョコレートファッジみたいなやつ」

「真ん中がやわらかいやつかな？」

「うん、それ」

チャールズがほほ笑《え》んだ。「わたしには残《のこ》してくれなかった？」

「ごめんなさい。美味《おい》しすぎて」

「それは実に美味しそうだ。ところで、そのやわらかくて美味しいチョコレートビスケットはどこから来たのだろう」

「もちろん、パン屋さんよ」ソフィーは窓《まど》の外をふり返った。パン屋の明るいオレンジ色の日よけにむかって。気づいたときにはもうおそく、日よけがたたまれていて、窓の明かりもついていないのが見えた。

「これはずいぶんと機転《きてん》がきいているね」チャールズのまゆ毛が皮肉たっぷりに曲がった。

「そこのパン屋は、日曜日は開いていないのだよ、ソフィー」

「そんなこと知ってるわ。昨日《きのう》買ったのよ」

「土曜日も開いていない」

うわ、とソフィーは思った。わきの下がむずむずして、顔にあせが浮《う》いてくる。嘘《うそ》をつくのは大きらいだった。得意《とくい》かどうかはわからないけど、たぶん得意じゃない。「ああ、そうだった！　ちょっと忘《わす》れちゃっただけよ。金曜日って言いたかったの」

「それで、代金は……どうしたんだい？　わたしの記憶《きおく》では、きみはフランスのお金を持っていない」

もう言うことがなかったので、ソフィーはだまっていた。

「なにか話したいことがあるのでは？」

あるわ！　ソフィーは思った。ほんとは聞いてもらいたいことがたくさんある。でも大人ってなにをするかわからない。たとえ最高《さいこう》の大人でも。やっていることをいつ止められるかしれない。ソフィーは服の布《ぬの》ベルトに指をはさんで、ばちが当たらないようぎゅっと十字に結《むす》んだ。

「ないわ。なにも」そして、ちょっと間をおいて聞いた。「もう行っていい？」

「もちろんだとも」チャールズのまゆ毛がぐっと下がって八の字になった。「きみは嘘《うそ》がへたくそだね、ソフィー。女優《じょゆう》を目指すのはおすすめしない。だが、とんでもなく違法《いほう》なことをしているのでないかぎり、きみが秘密《ひみつ》を持っているのはうれしいことだ」

「違法《いほう》なことなんかじゃないわ」もし違法でも、違法になんかするべきことじゃない。

「では秘密《ひみつ》にしておきなさい。だれにでも秘密は必要《ひつよう》だ。秘密は、きみを強く用心深くしてくれる」チャールズは、ちょっとだけ待ったけれど、ソフィーがじっと椅子《いす》の脚《あし》の先を見つめていると手をふった。「行きなさい。鏡《かがみ》の前で嘘《うそ》をつく練習をするんだね」

けれど数分後、チャールズがソフィーの部屋のドアをノックした。

「きみの秘密《ひみつ》のことだが、食べ物に関係《かんけい》があるんだろうか？」

「ええと、うーん、そう。そうとも言える」

「きみのお母さんに関係《かんけい》がある？」

「うん、あると思う」あってほしい、い。ソフィーは手足の指をぜんぶ十字に結《むす》んだ。

「だれか大人は関係《かんけい》してるのかな？」

「ううん」ソフィーが答えた。「いないわ。大人は一人も」

チャールズは、まだなにか言いたそうにした。それから首をふった。「わかった。秘密《ひみつ》にしておきなさい」

「ありがとう」

「だけどね、ソフィー」チャールズがふりむいたけれど、ソフィーは顔を見られなかった。

「なに？」

「絶対《ぜったい》にケガをするんじゃないよ。そんなことになったら、ただではおかないからね」

その夜、ソフィーが歯をみがき、フランス語の辞書《じしょ》を小わきにかかえて屋根裏《やねうら》部屋に上がると、ベッドに包《つつ》みが置《お》いてあった。

チャールズの字でメモがとめてある。こう書いてあった。「秘密《ひみつ》はだれにでも必要《ひつよう》だ。ただし、いい秘密であること」裏側《うらがわ》には追伸《ついしん》も。「こんなにたくさんのソーセージを一度に買ったことはないよ」

ソフィーは包《つつ》みを持ちあげてみた。重たくて、ところどころぐにゃぐにゃしていて、それに、底《そこ》にあるものはかたそうな音がする。開けようとして、そこで思いとどまった。マテオと一緒《いっしょ》に開けたほうがいいんじゃないかしら。がまんするのはものすごい意志《いし》の力が必要《ひつよう》だったけれど、なんとかそのままロープにたどりついた。

月はなく、マテオは屋根のふちに座《すわ》って足をぶらぶらさせながら口笛を吹《ふ》いていた。「おれの獲物《えもの》を見ろよ！」と声をかけてきた。ロープを渡《わた》り、こちらの屋根に飛《と》びおりるとソフィーの手をとった。「見てくれ！　トマトだぞ。こんなにたくさん手に入れたのははじめてだ」

トマトの山はソフィーのひざまで届きそうだった。日暮《ひぐ》れとともに結《むす》んだ露《つゆ》で輝《かがや》いている。「すごいわ」心底《しんそこ》そう思った。ちょうど食べごろで、平べったい形の種類《しゅるい》で――食べたら踊《おど》りだしたくなるようなトマトだ。ソフィーは一個《こ》手にとって香《かお》りをたしかめた。「どこで手に入れたの？」

「おれが育て――」

「育てたって言わないでね。信《しん》じないから。こういう種類《しゅるい》は温室じゃなきゃ育たないのよ」

「わかったよ」マテオが、ちょっとふてぶてしく笑《わら》った。「窓台《まどだい》からとってきたんだ。八区にあるアパートの、六階から」

「じゃあ、ぬすんだの？」

「ノン。とっ、とっただけさ」

「どこがちがうの？」

「外に置《お》いてあるものは、だれがとったってかまわない。狩《か》りみたいなもんだ」

ミス・エリオットが聞いたらなんて言うだろう。ソフィーは鼻から思いっきりふきだして、それから、にやりと笑《わら》った。「トマト百個《こ》もどうするつもり？」

「三十四個だ」えらそうに答える。「数えた」マテオの注意がトマトからそれた。「その荷物、なにが入ってるんだ？」

「知らないの。一緒《いっしょ》に開けたほうがいいんじゃないかと思って」

「なんでだ？」

聞かれてみてはじめて、ソフィーは説明《せつめい》できないことに気づいた。顔を赤らめながら、言わなきゃよかったと思った。「ええと。クリスマスみたいに」

「なんだよ。クリスマスがどうかしたのか?」

「ほら、クリスマスは、みんなで一緒《いっしょ》にプレゼントを開けるじゃない」

「おれはやらない」マテオが言った。いらいらした顔つきだ。からかわれていると思っているのかもしれない。「なに言ってるか、ぜんぜんわからない」

「食べ物だと思うの。チャールズからのプレゼント」

機嫌《きげん》の悪さには、なんといっても食べ物が効《き》く。マテオの口のはしが大きく上がって、耳まで届《とど》いた。

「どんな食い物だ?」マテオは包《つつ》みを手にとって両手でおしてみた。「肉か?」頭の上に持ちあげた。「あとで一人で食おうかな」

「返してよ!」とり返そうとするのは無意味《むいみ》だったけれど、それでもソフィーは手をのばした。マテオはソフィーより頭一つ分も背《せ》が高いのだ。

「一緒《いっしょ》に開けよう」マテオが、さも気前がよさそうに言った。ソフィーがそばによると、さっと包《つつ》みを引っこめた。「おれからだ」

なかは油紙でくるんだ小さな包みでいっぱいだった。マテオが顔をうずめてにおいをかぎ、一つめの包みをとりだした。ロールパンが四つ入っていた。真ん中はやわらかく、表面に小麦《こむぎ》粉《こ》がかかっている。まだオーブンの温かみが残《のこ》っていて、青空のような香《かお》りがした。これにバターをはさんだ人は、バターは絶対《ぜったい》にこうじゃなきゃ、という信念《しんねん》を持っているのだろう――ソフィーの親指の第一関節《かんせつ》ほども厚《あつ》さがあった。

「ずっと思ってたの」ソフィーが言った。「愛《あい》ににおいがあるとしたら、温かいパンの香《かお》りみたいじゃないかって」

「なんだって?」マテオはもう食べはじめていた。「なんの話だ?」バターのかたまりが上くちびるについている。

「なんでもない」マテオがいそがしそうだったので、ソフィーは次の包《つつ》みをはがすことにした。手がべたべたする。

「肉だ!」マテオは両手に持ったロールパンから目をはなさなかったけれど、上機嫌《じょうきげん》で言いきった。

「どうしてわかるの?」

「においさ」

マテオの言ったとおりだった。包《つつ》みのなかから、美味《おい》しそうなこげ目がついた厚切《あつぎ》り肉がたくさん出てきた。あまり見たことがない種類《しゅるい》だ。ソフィーは、マテオに肉を差《さ》しだした。「なんの肉かしら。わかる?」

マテオがいちばん大きいひと切れをとって、はしをかじった。「ノン。食ったことがない。でもうまい。ハトやネズミじゃないのだけはたしかだ」

ソフィーも少し食べてみた。塩《しお》のきいた燻製《くんせい》の味がした。屋根の上で、夜風に吹《ふ》かれて食べるには最高《さいこう》だ。「鹿肉《しかにく》……じゃないかしら？　食べたことはないけど、こんな感じじゃないかと思ってたの」

マテオは包《つつ》みに頭をつっこんでいた。包みから手を出すと、二本のガラスびんをにぎっていた。「で、こいつは？　なにが入ってる？」

「ワインかな」びんは冷《ひ》えていて、温かい空気のせいであせをかいていた。ソフィーは一本とってほおにあてた。「ワインっぽく見えるけど。でも、チャールズは、わたしがワインを好《す》きじゃないって知ってるの。飲むのはブラックベリー入りのシャンパンだけ」

マテオが肩《かた》をすくめた。「そんなもの、飲んだことがない」びんを開けてにおいをかいだ。鼻先に泡《あわ》が上がってきて、マテオは猫《ねこ》みたいなくしゃみをした。

ソフィーが笑《わら》った。「レモネードかも」

包《つつ》みの底《そこ》には、まだ真ん中がとろけるようにやわらかいチョコレートケーキが半ホール入っていた。それに、クリームがいっぱい入ったびんと、油紙と新聞紙でくるんだ大きな包みがあった。

「ソーセージだ！」マテオがさけんだ。ソフィーの手首ほどもある太さだ。

ソフィーが数を数えた。「二十二本もある。ひとり十一本よ」

「モンデュー！」マテオが言った。それから、フランス語でなにか続《つづ》けた。ソフィーが知らない言葉だったけれど、お上品には聞こえない。「どんなやつか知らないけど、おまえの保護《ほご》者《しゃ》、大好《だいす》きだ」

「そうでしょ！　わたしも大好き」ソフィーは、たき火にむかってにっこり笑《わら》った。両手両足の指を使っても数えきれないソーセージをくれる人なんて、ほかにどれだけいるだろう。

「いっぺんに焼《や》いちゃいましょうよ。チャールズもそのつもりだと思う」

「ノン。少し残《のこ》しておいたほうがいい」

「でも、氷がないでしょ？　火を通さないとくさっちゃう。わたし、お腹《なか》ペコペコ。ほらマテオ、早くしてよ！」マテオの左ほおが、笑《わら》いをこらえるようにぴくぴく動いた。ソフィーは、それをイエスの意味だと受けとった。「わたし、トマトスープを作ってあげられるかも」

「トマトスープの作り方なんか知ってるのか？」

「知ってるわよ」ソフィーは嘘《うそ》をついた。「たぶん、なんとかなると思う」ソーセージはぷりぷりしていてすじもなかった。ソフィーはソーセージをつついた。「どうやって料理《りょうり》しよう。フライパンはある？」

「ない。でも、集めた風向計がある」

ソフィーは、マテオがなにか言いまちがえたのかと思った。「風向計を……集めてるの？」

「ああ。もう十本はあるな」マテオが後ろのずだ袋《ぶくろ》に手をのばした。とがった金属《きんぞく》の棒《ぼう》を何本かとりだして、ソフィーの足もとにほうり投げた。ほとんどが矢のような形をしているけれど、一本は船のマストのようで、もう一本には風見鶏《かざみどり》がついていた。風向計はみがいてあって、月明かりを受けてブロンズ色や銀色に輝《かがや》いた。

「ほら」マテオがソーセージを三本とって、いちばん長い風向計につき刺《さ》した。「おまえもやれよ」

「これ、どこから持ってきたの？」ソフィーがたずねた。

「屋根の上に決まってるだろ」

「それって泥棒《どろぼう》じゃない？」ソフィーは、ソーセージを四本、銀色の風向計に刺《さ》して火にかざした。

「いや、そんなことないさ。だれも使わないんだから。さびるにまかせてる。おれは使う」

「そうかしら、きっと使ってるわよ。ええと……」

「なにに使うんだ？」

ソフィーは答えに困《こま》った。「ええと、風がどっちから吹《ふ》いてるかたしかめるのには絶対《ぜったい》使うでしょ？」

「そんなことのために使うほどまぬけなら、風向計を使う資格《しかく》がない」

「でも、それだとだれも風向計をつけなくなるから、あなたがぬすむものもなくなるじゃない」

「見つけてんだよ、ぬすんでるんじゃなくて」マテオは別《べつ》の風向計につばをかけてシャツでみがいた。「それに、風向きが知りたかったら木を見ればいいんだ。指をなめて風を感じてもいい。髪《かみ》の毛《け》を一本ぬいて、頭の上にかざしても」

ソーセージから透明《とうめい》な肉汁《にくじゅう》がしたたりだした。何分かすると、魔法《まほう》のような香《かお》りがただよいはじめた。

ソフィーは、いちばん大きな雨水入れを軽くすすいだ。大釜《おおがま》のような形の真鍮製《しんちゅうせい》で、びんでたたくと、ぶーんという音が響《ひび》いた。「トマトをむく道具はある？」

「ノン。でも、トマトはむかないだろ。オレンジじゃないんだから」

「スープにするんならむくと思うけど」ソフィーは自信《じしん》なげに言った。「気にしないで。むかなくても平気よね？」二つだけ残《のこ》して、ぜんぶ大釜《おおがま》にほうりこむ。残した一つをマテオに投げて渡《わた》し、二人で生のまま食べた。「煮《に》えるまで待てばいいわ」それから思いついて、コップに半分くらい雨水を足した。三十分たつと、トマトはとろとろに煮くずれた。表面に皮が浮《う》いてきたので二人でそれをすくって——ソフィーは小枝《こえだ》、マテオは指で——パンくずを見つけて集まってきたハトたちにわけてやった。

「クリームをとってくれる?」ソフィーが言った。

「ぜんぶ使うなよ!」マテオは、さっとひと口飲んでからソフィーにびんを渡《わた》した。

「わかってる」ソフィーは大半を大釜《おおがま》に入れたけれど、チョコレートケーキを食べるときにそえる分はちゃんと残《のこ》した。スープって、ほかになにを入れるのかしら?「塩《しお》はある?」

「もちろん塩くらいあるさ! おれは屋根の上の住人なんだ。野蛮人《やばんじん》じゃない」マテオは、四角い青い布《ぬの》をねじって塩《しお》を包《つつ》み、きれいに洗《あら》った花びんにしまっていた。赤い布にコショウも包んで持っていた。ソフィーは、はじめて会ったときにはいていた半ズボンの生地《きじ》だと気づいた。

「コショウはあんまり好《す》きじゃないの」ソフィーは言った。「だからよかったら、塩《しお》だけにしておく。コショウは自分のだけに入れられるでしょ」

「コショウ、絶対好《ぜったいす》きだって。イギリスのがまずいだけだ」マテオが言った。「わかるよ。イギリス人が残《のこ》していった食べ物を食ったことがあるんだ。ちょっとだけ入れてみろよ」ソフィーの手からコショウの粒《つぶ》をつまむと、スレートのかけらにはさんでつぶし、スープに加《くわ》えた。

「大丈夫《だいじょうぶ》だって」

ソフィーはスープに塩《しお》を加《くわ》えた。いい香《かお》りで鼻がぴくぴくする。

「できたと思う」

二人は風に背《せ》をむけて並《なら》んで座《すわ》り、空《あ》き缶《かん》に入れたスープを飲んだ。くらくらするほど美味《おい》しい。笑《わら》いだしたいくらい。マテオが、焼《や》いていたソーセージを一度にぜんぶ口に入れた。ソフィーが焼いていた四本は、二本ずつ鹿肉《しかにく》と一緒《いっしょ》にはさんでサンドイッチにした。風味づけにスープを少したらし、二人とも両手で持ってかぶりついた。髪《かみ》が風に吹《ふ》かれて口に入ったので、弓の弦《げん》を使って後ろに結《ゆ》わえた。こんなに幸せだったことは、いままでなかった気がする。

十四本目のソーセージを食べるころには、マテオのスピードも落ちてきた。そのとき、ソフィーが身をかたくした。

「あれ、聞こえる？」

「んん？　ああ」マテオが口いっぱいに食べ物をほおばったまま答えた。「ただの風だろ」

「風じゃないわ」風なんかより、ずっとするどくてあまい音だ。「音楽よ。チェロの音。低《ひく》い音色が聞こえるでしょ？」ソフィーは食べていたものを思わずスレートに落とした。耳をそばだてた。屋根の連《つら》なりをこえて旋律《せんりつ》が流れてくる。

「フォーレの『レクイエム』を二拍子《びょうし》で弾《ひ》いてる」

ソフィーがぱっと立ちあがると、ソーセージが火のなかにこぼれた。「むこうから聞こえてくる！」屋根のはしまでかけていって、ふちに足の指をかけてじっと耳をかたむけた。おゝ母さゝんだ。おゝ母さんのチェゝロを聞ゝいていゝるんゝだ。そう思うと骨《ほね》までふるえた。

「聞こえる？」息をつめて耳をそばだてた。曲はとだえていた。「ああ、マテオ、お願《ねが》い！　あなたにも聞こえたって言って！」

マテオが立ちあがって口もとをぬぐった。「聞こえた」

「どのくらい遠いと思う？　すぐ行ける？　ねえ、行こう！　いちばん早いのはどっちの屋根？」

「知らない」

「え、そんなはずないでしょ！　パリのことならなんでも知ってるって言ったじゃない！　すぐに行かなきゃ」

「だめだ」

「なに言ってるの……ほら、急いで！　行こうったら」

「このままじゃ行けない」

「そんなことないわ！」

「待てよ、ソフィー！　話を聞け――それに音楽も鳴りやんでる」マテオは青ざめていた。

「何キロもはなれてるかもしれない。どこから聞こえたのかはっきりしないし。知らないのか？　屋根の上じゃ音はまっすぐ進まない。こだまもするし、耳をあざむく」

「でも、ちゃんと聞こえたもの！　あっちから」ソフィーは街《まち》のむこうを指さした。「あっち！　パリ北駅、鉄道の駅のほう！」

マテオは目をあわせなかった。「わかってる」

「じゃあどうして、さっきは知らないなんて言ったの？　行きましょうよ」

「あの駅はだめだ。行きたきゃ行ってもいいけど、おれは行けない」

「行けるでしょ！　マテオが必要《ひつよう》なの。一緒《いっしょ》に来てくれなきゃ」

「だめだ。あそこの屋根は、ほかのやつらの縄張《なわば》りだ」

「だれの？」

マテオが首をふった。「話せない」

「でも、話せなくても行くことはできるでしょ」ソフィーの心臓《しんぞう》は耳のなかでどくどく鳴っていた。お母さんの音楽が聞こえたのに。

「行ってもいいけど……。でも、今夜はだめだ。駅に行きたきゃ、ほかにも人がいる」

「ほかにも？」どうしてそんなに秘密《ひみつ》めかした言い方をするのかしら。「だれのこと？　ほかの人ってだれなの」

マテオがため息をついた。「屋根の上の住人がほかにもいる」

「でも、自分だけだって言ったわ」

「ああ、嘘《うそ》をついた」それから、ソフィーをふり返った。心の底《そこ》まで見すかすような、手をどこへやったらいいか困《こま》るような視線《しせん》だ。「泳げるって言ってたか？」

# 20

二日後、ソフィーはチュイルリー公園のベンチで、そわそわと服をいじっていた。胸《むね》はハチドリの羽《は》ばたきのようにふるえている。マテオに言われて、日の暮《く》れかかった公園で待っているのだ。

「伝言《でんごん》してある」とマテオは言っていた。「信号《しんごう》を送ったんだ。来るかもしれないし、来ないかもしれない」

「来るって、だれが？」ソフィーは、マテオがなべのなかでカタツムリの泥《どろ》をこすり落とすのを見つめていた。マテオは下をむいたまま、目をあわせずにしゃべった。ソフィーの胸《むね》のあたりがどんどん苦しくなってくる。「それに、どのくらい待てばいいの？」

「四時間だな、日が暮《く》れてから」

「四時間？」

「五時間かも、確実《かくじつ》なところ」

「五時間！」

「待つのって才能《さいのう》なんだ。才能がないなら練習しろ」マテオは洗《あら》ったカタツムリをひっくり返して火の前に並《なら》べた。ソフィーが数えると十一匹《ぴき》だった。からにはまだら模様《もよう》があって、思っていたよりずっときれいだった。マテオが言った。「チェロの練習と同じだ」

「同じじゃないわ」

「おぼえて損《そん》はない」

「チャールズになんて言おう？　わたし、通りに出ちゃいけないことになってるの。つかまっちゃうからって」そう口にしただけで、体が凍《こお》りつきそうだった。

「なんとでも。だまってればいい。好《す》きにしたらいいんだ。嘘《うそ》をつくとか。たいしたことないだろ。暗くなるんだし」たいしたことない、とソフィーは真剣《しんけん》に思った。でも、マテオは屋根の上の住人だから、自分をいちばん大切に思ってくれる人に嘘をつかなきゃいけないのが、どんな気持ちかわからないだろう。

ソフィーはチャールズになにも言わないことに決めた。嘘《うそ》をつくのに比《くら》べたら、そっちのほうがずっといい。それに、髪《かみ》にはスカーフを巻《ま》けばいい。あの人たち、わたしの髪を目印《めじるし》にしているはずだもの。服をふんわりさせて太っているように見せたり、猫背《ねこぜ》にして背《せ》を低《ひく》く見せたりできるかもしれない。それでもやっぱり、怖《こわ》くてたまらないことには変《か》わりなかった。

「一緒《いっしょ》に来て待ってくれない？」

マテオは、羽根《はね》つきのままハトを召《め》し上《あ》がれとでも言われたみたいな顔をした。「通りにはおりないって。絶対《ぜったい》だ」

「じゃあ、ホテルの屋根で会えない？　ここでもいい。そうじゃないと迷子《まいご》になるかも。それか、つかまっちゃう。お願《ねが》い、マテオ。パリの警察《けいさつ》はすごく怖《こわ》そうなの」

「ノン。むこうは屋根があんまり好《す》きじゃない。広場が好きなんだ」

「どういう意味？　その人たちも屋根の上の住人だって言ったでしょ」

「似《に》たようなもんだ」

「もう、どうしてちゃんと説明《せつめい》してくれないの？」

マテオが肩《かた》をすくめて、煮立《にた》ったスープにカタツムリを投げいれた。「だれがしゃべっちまうかわからないだろ。いちばん安全そうなやつが、いちばんひどいやつってこともよくあるからな」

「わたしがしゃべると思ってるの？」

マテオが顔をしかめた。「大丈夫《だいじょうぶ》だって。すぐにわかる」

ソフィーが公園のベンチに座《すわ》ってから、もう一時間が過《す》ぎていた。ホテルをぬけだすのは簡《かん》単《たん》ではなかった。日暮《ひぐ》れどきまで自分の部屋で待ち、それから屋根に上がって、排水管《はいすいかん》を伝《つた》っておりた。

チャールズの部屋のドアの下から、メモをすべりこませておいた。

早めに寝《ね》ます。起こさないでください。大好《だいす》きよ。

ソフィーより

自分がいなくなったことをチャールズが知ったらと思うと、体のなかをするどい歯で食いちぎられる心地《ここち》がした。それに、制服姿《せいふくすがた》の男の人が通りかかるたびに、ソフィーはびくりとして、ほおの内側《うちがわ》をちょっとかみ切ってしまうのだ。

ソフィーはあたりを見まわして、警察《けいさつ》のことから気をそらそうとした。暗くなるにつれて公園から人影《ひとかげ》が消えていき、見るものはほとんどなかった。花壇《かだん》はあったけれど、花をつめない花壇なんて退屈《たいくつ》なだけだ。あとはスズメが何羽かと、横に置《お》いてある晩《ばん》ごはん用のチーズ入りロールパンが一つ。そのはしをちぎってスズメたちに投げてやった。と、後ろで声がした。

「むだだよ。ここのスズメはクロワッサンしか食べないから」

ソフィーはさっと横を見た。

女の子が一人、ベンチの背《せ》もたれに座《すわ》って、座面《ざめん》に足をのせていた。金色の髪《かみ》がソフィーの顔のすぐそばにあったけれど、ソフィーには物音ひとつ、かさりとも、ハトのため息すらも聞こえなかった。

「うわ――どうやったの？　信《しん》じられない」

女の子がにっこりした。「こんばんは。あんたがソフィーでしょ」そう言って、ベンチの背《せ》からソフィーの横にすべりおりる。「このへんの鳥はあまやかされてるの。パン・オ・ショコラしか食べないお上品なハトもいるんだよ」女の子はソフィーの手からパンをとると、スズメに投げてやる代わりに自分でかぶりついた。「うん、美味《おい》しい。最高《さいこう》。パンなんか何週間も食べてなかった」

「かたいでしょ」ソフィーは、ほかに言うことが思いつかなかった。

女の子は肩《かた》をすくめ、それからパンをなめてしめらせた。「かたいって、古いってことだよね？　古いものはかしこい。かしこいパンだね。で、この子はサフィ、あたしの妹。ボンソワールって言いなよ、サフィ」

ソフィーは、ほんとにちょっと飛《と》びあがった。黒い髪《かみ》の女の子が、ベンチにだらりと寄《よ》りかかっていた。口はひらかなかった。

ソフィーは言った。「物音ひとつしなかったわ！　どうやったの？」

最初《さいしょ》の子が肩《かた》をすくめた。「練習だよ」

黒髪《くろかみ》の子は、体をぎゅっと丸めてベンチに座《すわ》った。あんまり小さくなって、お姉さんのひざにおさまってしまいそう。時計の鐘《かね》が鳴り、係の人が街灯《がいとう》に火を入れはじめた。やっと二人のことがよく見えるようになった。

二人ともやせてよごれていた。金髪《きんぱつ》の子は木綿《もめん》のワンピースを着ている。緑色がかった茶色だったけれど、縫《ぬ》い目《め》のようすからすると前は白かったようだ。まるで、わざと草の汁《しる》でよごしたように見える。カブトムシが一匹《ぴき》、すそにくっついている。この子が着ていると、なぜか最高級《さいこうきゅう》の中国シルクのドレスみたいに見えた。

「あたし、アナスタジア」とその子が言った。不思議《ふしぎ》なアクセント、とソフィーは思った。フランス語なまりだし、母音《ぼいん》が妙《みょう》に鼻にかかっている。女の子は両うでを広げた。ここはわたしの土地だとでもいうように。「ようこそ、パリへ」

「ありがとう。わたし、ソフィー」

「ほら、やっぱりそうだった」アナスタジアは妹のうでに手をそえた。「サフィも、ようこそって言ってるよ」黒い髪《かみ》の子は、いままでいろんな目にあってきたとわかる顔をしている。世の中のものは、ぜんぶ信用《しんよう》できないとでも言いたげだ。男の子用のシャツを着て、大人のズボンをはき、ずり落ちないようにウェストを巻《ま》き尺《じゃく》でしばっている。片方《かたほう》のほおに染《し》みのようなものがついていて、ひょっとしたら血がかたまったものかもしれない。でも、その下に見える顔は、金髪《きんぱつ》の子と同じくらい美しかった。ソフィーはうらやましくて思わず顔をしかめた。

金髪の子がほほ笑《え》んだ。「マテオがすぐに見つかるって言ってた。ろうそくの炎《ほのお》みたいな目の色の子を探《さが》せって」

「マテオがそう言ったの？」

「当然《とうぜん》でしょ。ほかにだれかいる？」

ソフィーは疑《うたが》わしそうに目を細めた。「マテオはどうやって話したの？」

「信号《しんごう》だよ。ろうそくを使うんだ。ほら、モールス信号っていうの？　あ、ちょっとそのまま」女の子はソフィーを上から下までじろじろ見て、それから、さっと立つとまわりをまわって後《うし》ろ姿《すがた》も見た。失礼《しつれい》かもしれないとは、これっぽっちも思っていないようだった。ソフィーは、気持ちを顔に出さないようにした。

その子が言った。「ほんとにマテオが言ったとおり。あんたのこと、いっぱい話してた」

もう一人の子が、ほんとだよ、とでもいうようにまゆ毛を上げたけれど、なにも言わなかった。

なぜだかわからないけれど、ソフィーはぱっと赤くなった。「わたしのこと、なんて言ってたの？」

アナスタジアが首をふった。「それは秘密《ひみつ》」

ソフィーは顔をしかめた。からかわれている気がして、足もとの地面をにらんだ。

「面白《おもしろ》いことばっかりだったし、だいたいはいいことだったよ」サフィもうなずいて、ほかに言うことはないとばかりに、さらにおとなしくなった。ソフィーは笑顔《えがお》を作ろうとした。

「サフィは、あんたに会うのがすっごく楽しみだって言ってたんだよ」

サフィは気持ちをかくすのがうまいわ、とソフィーは思った。でも、こう聞くだけにした。

「どうして？」

「マテオは人がきらいなんだよ。だから、だれかを気に入るなんて大事件《だいじけん》」

ソフィーは真っ赤になった。髪《かみ》で顔をかくすようにして、なにか言わなきゃと思った。「聞いてもいい？　二人ともフランス人なんでしょう？」

「もちろん」アナスタジアが答え、サフィは胸《むね》をたたいた。アナスタジアが言った。「ヴィヴラフランス！」

「じゃあ、だれに英語《えいご》を教わったの？」

「アメリカ人の観光客《かんこうきゃく》」

「そうなの？」思ってもみない答えだった。「まあ。親切ね」

「自分たちは教えてるって気づいてないけど、公園のカフェやベンチに座《すわ》ってぺらぺらしゃべるから」

「そのそばに座ってるのね？」

「ノン！　ありえない。公園の監視員《かんしいん》に見つかっちゃう。あたしたちは木の上にいるんだ。むこうからは絶対《ぜったい》見えない。アメリカ人って、ものごとを観察《かんさつ》するのが得意《とくい》じゃないみたい」

「そうなの？」ソフィーにはアメリカ人の知りあいはいなかった。

「少なくとも大人はそうだよ。子どもは目ざといけど。あんたも子どもには気をつけな。あたしたち、ロシア語だってしゃべれるよ。それに、イタリア語もスペイン語も。どっちがどっちだかよくわかんないけど、しゃべれる。マテオはドイツ語をしゃべるけど、自分で言うほどうまくはない」

「あなたたち、姉妹《しまい》なの？」

「うん。サフィのほうが小さいと思う。少なくとも、あたしはサフィがいなかったときのことをおぼえてる。でも、サフィは、あたしがいない世界を知らないから。そういうこと」

ソフィーには、信《しん》じられないことだった。「サフィのほうが小さいと思う？　自分たちの年を知らないの？」

アナスタジアが肩《かた》をすくめた。「うん。母さんがいるかどうかも知らない。マテオもそうだよ。おれは十四歳《さい》だってずっと言ってるけど、毎年、年をとるってことは忘《わす》れちゃってる」それから、ソフィーを上から下まで見なおした。こんなふうにまっすぐに見つめてくる女の子はロンドンにはいなかった。大胆不敵《だいたんふてき》といった感じだ。「あんたはいくつなの？　あたしたち、背丈《せたけ》が同じくらいだけど」

ソフィーは首をふった。「背丈だけじゃわからないわ。わたし、十二歳《さい》にしては背が高いから。あなたは十三歳くらいに見える」

「そっか。じゃあ十三歳ってことにする。じゃあサフィは……あんた、どう思う？」

「十一歳とか？　十歳くらいじゃない？」

「じゃあ十歳」とアナスタジア。「できるだけ姉さんなのがいいから」ワンピースをなでつけるしぐさは誕生日《たんじょうび》パーティーのお姫様《ひめさま》のようで、爪《つめ》によごれがたまった女の子には見えなかった。「服のこと、説明《せつめい》させて。錦織《にしきおり》で、前は真っ白だったんだよ。すんごくきれいだったのに、ごみ箱で見つけたんだ。パリの人はめちゃくちゃ物を捨《す》てるんだよね。でも、白い服は着られない。安心していたかったらね。だから、ぜんぶ染《そ》めるんだよ、その……うーん、英語《えいご》でなんて言うの？」

「ペンキで？　草で？」

「木の表面からとれる緑色の粉《こな》があるんだ。おがくずみたいなやつ、わかる？」

「うん、わかるわ！　白い粉もあるのよ、ヤナギの木に。チャールズは――わたしの保護者《ほごしゃ》なんだけど——自然《しぜん》のペンキって呼《よ》んでる。本当の名前は、わたしも知らないけど」ソフィーは自分が着ているクリーム色のセーターを見下ろした。「これって大丈夫《だいじょうぶ》?」

「ズボンはいいよ。でも、上は……」アナスタジアが肩《かた》をすくめた。「うん、いまいち。白とか黄色は——夜はいちばん目につきやすい。クリーム色やピンクも。わたしを見て、って看板《かんばん》を着てるみたいなもんだよ。注目の的《まと》になりたいやつむき」

そうかしら。クリーム色のセーターはかざりもなく、自分で編《あ》んだので、編み目も大きくてばらばらだ。このセーターが人目を引くかもしれないなんて思ってもみなかった。胸《むね》の前でうでを組んで身がまえた。

アナスタジアが声をたてて笑《わら》った。「とってもいいセーターだよ。気を悪くしないで。でも、つかまりたくないなら、絶対《ぜったい》に人目を引いちゃだめ——だよね?」アナスタジアの英語《えいご》があやしくなってきた。「そうやって、あたしたちは空を手に入れたの。テュコンプラン? わかる?」

ソフィーは、自信《じしん》なげにうなずいた。「うん。まあ、なんとなく」アナスタジアがじっとソフィーの目をのぞきこむ。「ううん、あんまり」ソフィーがちょっと笑《わら》ってみせた。「どうやったら空を手に入れたりできるのか、わからないわ」

「空は、ほかのだれよりあたしたちのもの」マテオが屋根の上のことを言ったのと同じだった。

ソフィーが言った。「どういうこと？　どんなふうに？」

サフィがソフィーのひじをつついた。自分の両うでをさすり、それから雲を指さした。

アナスタジアがほほ笑《え》んだ。「だれよりも空の近くに住んでるからだって言ってる。上を見ろって」

ソフィーの視線《しせん》が、サフィが指さす先をたどった。公園でいちばん高い木は、まわりの建物《たてもの》を見下ろすほど高くて、梢《こずえ》にハンモックが二つかかっていた。灰色《はいいろ》がかった茶色で――沈《しず》みかけの太陽の光を手でさえぎると――ずだ袋《ぶくろ》みたいなものでできているようだ。教えてもらわなければ、絶対《ぜったい》に見つけられなかっただろう。

「川に流されてきた船の帆《ほ》で作ったんだよ」アナスタジアが言った。「前は火事で焼《や》けおちた劇場《げきじょう》のカーテンを使ってたけど、でも帆のほうがいい。二枚重《まいかさ》ねて縫《ぬ》うとめちゃくちゃ丈夫《じょうぶ》なんだ。イカの墨《すみ》で染《そ》めたんだよ」その顔は、ほこらしげに輝《かがや》いていた。大きなお屋《や》敷《しき》でも見せてくれているかのようだ。「ずだ袋《ぶくろ》を毛布《もうふ》にしてる。六、七枚《まい》もあればちゃんと暖《あたた》かくなるし。夏のあいだは使わないから、ぬすまれないようにオペラ座《ざ》の屋根にかくすんだ」

「そんなもの、だれがぬすむの？」

アナスタジアはおどろいた顔になった。「ぬすむやつはたくさんいる。あたしだってそう。

ずだ袋《ぶくろ》は貴重《きちょう》なんだよ」

ハンモックがそよ風にかすかにゆれた。素晴《すば》らしく気持ちがよさそうだ。うらやましくて、ソフィーは胸《むね》がきゅんとなった。

アナスタジアが言った。「マテオが屋根の上の住人だってことは知ってると思うけど、あたしたちは建物《たてもの》より木の上がいいんだ。だからアルブロワジエ——木の住人って呼《よ》ばれてる。それに、鉄道の駅の屋根にも男の子が何人か住んでるよ。駅はフランス語でガルって言うから、あいつらのことはガリエって呼んでる」そこで顔をしかめた。「ガリエは……パピヤン、意味わかる？　悪いってことだよ。ぬすむし、だますし、切りつける」

「切りつけるってなにを？」

「人。仲間同士《なかまどうし》でもときどき。マテオもやられたことがある。それでも、ガリエも空の住人にはちがいないけどね」

「それでも、なんですって？」

「ちゃんとした英語《えいご》じゃないの？　ええと、ダンスールデュシエル——空のダンサーってとこかな。あたしとサフィは、外で暮《く》らしてるけど家なしじゃない子をそう呼《よ》んでる。通りにいる子は別《べつ》だよ、あの子たちは道で暮らしてる。あれはだめ。通りは家になりっこない。ほかの人たちがずっと使ってるからね。家はプライバシーが守られてないと。あたしたちのうちは木の上だよ。空の住人ってそんな感じ、わかった？」

「でも、どうしてそんなことをするの？　ええと、あなたたちのハンモックはとっても素敵《すてき》だけど――でも、ぬれたりしない？　お腹《なか》もすかない？　体はどうやって洗《あら》うの？　それに……トイレは？　大変《たいへん》じゃない？」

アナスタジアの視線《しせん》がソフィーの目をはなれて頭の上あたりにいった。表情《ひょうじょう》が読めなくなる。

「そのほうが好《す》きだから。木の上なら、だれにもとじこめられたりしない」

ソフィーはにぶいほうではない。話題を変《か》えた。「じゃあ――わたし、セーターを染《そ》めたほうがいい？　出かける前に」

サフィが沈《しず》む太陽を見つめて、それから首をふった。自分の胸《むね》のあたりをさすと、アナスタジアがうなずいた。

「サフィがだめだって言ってる。時間がないって。一緒《いっしょ》に来たいんなら、サフィの予備《よび》のセーターを着ればいい。ナポレオン像《ぞう》のとなりにあるオークの木の穴《あな》にかくしてあるんだ」

「あの木？」その木は柱のように太く、根もとは、はばが二メートルもあって巨人《きょじん》のようだった。「あれに登れるの？」

「うん。あたしもサフィも登れる。あたしは杉《すぎ》の木の穴《あな》にスカーフと手袋《てぶくろ》をかくしてる。いろんな場所に物をかくす。空の住人はみんなそう。とられちゃうときもあるけど、ほかの子がかくしたものが手に入ることもあるってわけ」アナスタジアが、またソフィーのセーターを見た。「サフィのセーターは灰色《はいいろ》だよ。灰色のほうがいい。これから行く場所も、すごい灰色だから」

「ありがとう」ソフィーは、本当かしらと思いながらサフィのほおのよごれを見つめた。「でもいいの？　その――そんなに親切にしてもらって」

「サフィがとりにいくけど」二人の少女はなにかを待っているようだ。「代わりにあんたのセーターをやらなきゃ」

「あ！」ソフィーは真っ赤になってセーターをぬぎはじめた。「そうよね、もちろん」毛糸で声がくぐもった。「ごめんなさい」

サフィが丸めたセーターをかかえて走っていくと、ソフィーは勇気《ゆうき》をだして聞いてみた。

「あの子はしゃべらないの？」

「ちゃんとしゃべるよ、たまにだけど。知らない人が近くにいるときはしゃべらない」

ソフィーは、わかるわという顔をしようとした。「いつもあんなふうなの？」

アナスタジアは、ばかにされているのかどうか決めかねているようだった。それから言った。

「あたしたち空の住人は、あんたたちとはちがうんだよ。あんただって、こういう生き方をすれば変《か》わると思う。ふつうに生まれついてもね」

ソフィーもそのとおりだと思った。似《に》たようなことを前に考えたことがある。「わたしね、ほんとはみんな生まれたときには、どこか変《か》わったところがあるんじゃないかって思うの。ただそれを、そのまま自分のなかに持っていようとするかどうかのちがいなのよ」

「かもね。うん。そうかもしれない」

二人は、サフィがあたりを見まわして、それからオークの木を登りだすのを見ていた。低《ひく》い枝《えだ》は一本もないけれど、ひざをぎゅっとしめて、幹《みき》に爪《つめ》をたてて登っていく。十秒で梢《こずえ》に消えた。

次々におどろくようなものを見せつけられて、ソフィーは目がまわるようだった。「どうやったらあんなことできるの？」

「練習あるのみ」

太陽はいまにも沈《しず》みそうだった。ソフィーは、うでにひざをかかえてふるえていた。日暮《ひぐ》れは、人にものをたずねるのにむいているようだ。ソフィーが言った。「アナスタジア。ねえ、どうして灰色《はいいろ》のセーターが必要《ひつよう》なの？　わたしたち、どこへ行くの？」

「マテオは言わなかった？」

「うん。あんまり話してくれないの。それに、なにを考えているか、ぜんぜんわからないし」

「ああ、わかるよ。サフィもそう。猫《ねこ》みたいじゃない？　ノン？　あたしたち、ある人のところへ行く。ファイターだよ。駅に行くには頭数がないとね。わかった？」

「じゃあ、その人たち……その人は川で暮《く》らしてるの？」

「なんで？」

「マテオが泳げるかって聞いてきた」

「あ、そっか。会いにいく相手は泳げなくて、そして、いつも金をほしがってるからね」

「お金はどこで手に入れるの？　泳げないのと関係《かんけい》ある？」

「いまにわかるよ。マテオは、あたしにしゃべってもらいたくないんだと思う」

「そのお金がほしい人は、だれかに助けてもらわないの？　通りにいる子が、大人からお金をもらうのを見たけど」

「まさか！」アナスタジアがソフィーをにらみつけて、ベンチのはしのほうにちょっとはなれた。「あたしたちは、あの子たちとはちがうって言ったよね。ほどこしを受けるなんて退屈《たいくつ》だし、ばかげてるし、危険《きけん》。食べ物はちゃんと買う。ふつうの人と同じだよ。まあ、だいたいは夜に屋台からだけど、だって――」と両手を上げた。手は、たこでいっぱいだった。「この手のせいですぐにおぼえられちゃう。わかるよね？　おぼえられると危険なんだよ。でも、木に登るにはこれがいる。手袋《てぶくろ》をしてるみたいなもんだから。それに、サフィは屋台の人には近づかないし」

「どうして？　屋台の人のなにがいけないの？」

「リヤン。あ、なにもっていう意味だよ」アナスタジアが肩《かた》をすくめた。「サフィはマテオに似《に》てる。あの子はあんまり人と関《かか》わりたくないんだ。あたしと二人っきりがいいんだよ」

ソフィーにもわかる気がした。でも言葉にする前に、だれかが肩《かた》をたたいた。サフィが後ろに立って、灰色《はいいろ》のよれたセーターを胸《むね》にかかえていた。

「もうやめてよ！」ソフィーが大声を上げた。「息が止まっちゃう」

アナスタジアが声をたてて笑《わら》った。サフィまで口もとをちょっと曲げていた。

「さあ、行こう。マテオとそこで落ちあう。日が沈《しず》んで三十分したら来るから。着くころには暗くなってるよ」

「どこに行くの？」

「そんなに遠くない。ポンドサントバルバラ。橋だよ」アナスタジアがソフィーの手をとった。「きっと気に入ると思う。きれいなんだよ、ほんと、あんたみたいに」

# 21

橋は本当にきれいだった。が、ソフィーにはあまり似《に》ていなかった。少なくとも、ソフィーは、どう似ているのかわからなかった。繊細《せんさい》な欄干《らんかん》には金色にぬられた手すりがあり、両はしにハトの像《ぞう》があった。

三人は、橋の横の階段《かいだん》をかけおりて橋の下で休んだ。マテオの姿《すがた》はどこにもない。

「マテオは待ってるって言ってた？」ソフィーが言った。「どこにいるかわかる？」

「そのへんまで来てると思う」アナスタジアが答え、口笛を吹《ふ》いた。あまり上手ではなかったが、マテオがロープの上で吹いたのと同じだった。三人は待った。マテオはまだ現《あらわ》れない。

「あんたがやってみて。吹《ふ》くのうまいって聞いてるよ」

ソフィーは、あのときのことを思いだしてくちびるをすぼめた。そして吹いた。もう一度、もっと大きく、もっとするどく。

「もう一回」アナスタジアが言った。

ソフィーはくちびるがしびれ、耳が痛《いた》くなるまで吹《ふ》いた。もうだめだと思ったそのとき、ざっと音がして、マテオが橋の手すりの上をすばやく歩いてきた。

「ボンソワール！」手すりに座《すわ》ると下のみんなに声をかけてた。「準備《じゅんび》はいいか？」

「準備ってなに？　どうして教えてくれないの？」ソフィーが声をおし殺《ころ》して文句《もんく》を言った。

「それに声を小さくしてよ。見つかるわけにいかないんだから」

「教えたら来ないかもしれないと思ったんだ。靴《くつ》をぬげ」

「どうして来ないことなんかあるの？」ソフィーは、かがんで靴のひもをほどいた。

「水がめちゃくちゃ冷《つめ》たいからさ」そんなの当然《とうぜん》だろうとでもいうようだ。「霜《しも》のなかを泳ぐみたいだから。これから川ざらいをする」

「川ざらい？」ソフィーは、靴《くつ》を片方《かたほう》手に持ったまま動きを止めた。

「もぐってコインを探《さが》すんだよ。どうしても金が必要《ひつよう》なときは橋の下で集める。たまに結婚《けっこん》指輪《ゆびわ》も見つかる。投げこむやつがいるんだ。理由は知らないけど――」マテオが肩《かた》をすくめた。

「けど、売れることもある」

「でも、願《ねが》いごとのためのコインでしょ！　人の願いごとをぬすむなんて」

マテオがソフィーに投げた視線《しせん》は氷のように冷《つめ》たくて、かんだら歯が欠《か》けてしまいそうだった。「願《ねが》いごとなんかに使える金があるってことは、おれが金を必要《ひつよう》としてるのに比《くら》べたら、たいした願いじゃないってことだ」マテオが手すりでつま先立ちになり、水しぶきも上げずに川のなかに姿《すがた》を消した。

ソフィーは川岸に立って待った。二分近くたってから、ようやくマテオが顔を出した。岸まで泳ぐと、ソフィーの足もとに銅貨《どうか》をいくつかばらまいた。

「泳げるって言ったよな？　サフィもアナスタジアもあんまり泳げないんだ」

「ええ、泳げるわ。なにをするのか教えてもらってたら、泳げるって言わなかったかもしれないけど」ソフィーは水際《みずぎわ》にしゃがんだ。深い青色で、表面に星がいくつも浮《う》かんでいる。川は秘密《ひみつ》をかくしているようだった。水に映《うつ》る自分の姿《すがた》が見えるまで身をのりだした。その姿も秘密めいていて、自分で思っていたよりずっと美しかった。人さし指の先を水にひたしてみた。

「うわ、マテオ！」氷のようだ。足の指が抗議《こうぎ》するように縮《ちぢ》んだ。

「じゃあ来いよ」マテオが言った。「いっぱいある。おれたちがとらなきゃ、ガリエに持ってかれる」それから、ソフィーが飛《と》びこもうとすると命令《めいれい》口調で言った。「先にそっちの靴《くつ》もぬげ。早くしろ」

「やってるわよ！」ソフィーはもう一方の靴《くつ》をぬぎ、ズボンとセーターも丸めて橋のたもとに置《お》いた。肌着《はだぎ》とパンツだけは着たままにした。マテオをにらみつけ、水に飛《と》びこんだ——ちょっとしぶきは飛んだけれど、それでも十分に静《しず》かだったはず。

「うわ。こごえそう！」ソフィーはあえぎ、水がまとわりついてくると吐《は》きそうになった。ごふっと息が上がってきた。

「水牛みたいな音だな」マテオが水をかきながら言った。「こっちに来い。流れのせいでコインはだいたい左側《ひだりがわ》に集まってる——こっちだ。動きつづけてろ、じゃないと心臓《しんぞう》が止まる」

マテオが水にもぐり、ソフィーは凍《こお》るような足で水をかきながら、マテオが上がってくるのを待った。

「マテオ！　ちょっと聞いて。教えてくれるまで、わたし、手伝《てつだ》わないから」

「なんだよ。体のなかまで凍《こお》りつきそうなときに。いまじゃなきゃだめかよ」

「駅の屋根にいる男の子たちのこと。どこがいけないの？」

マテオは肩《かた》をすくめたけれど、水をかきながらやるのは簡単《かんたん》ではなかった。「あいつら、きたないんだ」

ソフィーはなにも言わなかった。川の土手に立っている泥《どろ》とぼろをまとった二人のことはちらりとも見ないようにした。

でも、マテオは気づいた。マテオはなんでも気づく。うっとおしいくらいに。「きたないのには、いいのと悪いのがある。ガリエのは悪い」

「どこがどうちがうの？」ソフィーが聞いた。「いいのって、どういうの？」

「ジュヌセパ」マテオは、ソフィーがなにか聞いたときにいつも見せるしかめっ面《つら》をした。

「知るかよ。ふん、ジュモンフー」

「マテオは知らないって言ってるよ。どうでもいいんだって」アナスタジアが声をかけてきた。ぜんぶ土手まで聞こえていたにちがいない。「あたしは、土はいいと思うんだよね。それに屋根に積《つ》もったほこりとか」サフィがなにか身ぶりをすると、アナスタジアがつけ足した。

「木の粉《こな》も」

マテオが言った。「それから、石の橋に手をかけて走ったときにつく砂粒《すなつぶ》もいい。悪いのは、かわいた血だ」

「下水の泥《どろ》も。あと、天気が悪い日の煙突《えんとつ》のすす」

いまではソフィーもそのことを知っていた。煙突の煙《けむり》が鼻に入るとなかがくさりそうになる。

「ふつうはそんなに悪くないけどね」アナスタジアが言った。「でも、風がなくて湿気《しっけ》があるときは、煙《けむり》と混《ま》じって顔じゅうにまとわりつく」ソフィーも気づいていた。それに、マテオがふつうの人より鼻をよくかむことも、どんよりとした日には、かんだ鼻が黒いのにも。

「ハトのふんも」アナスタジアが言った。「ハトのふんは悪いよね」

「ノン！」マテオが言った。みんなに背《せ》をむけて泳いでいった。「いいや、ハトのふんはいい」

アナスタジアが、ここはマテオに合わせておこうとソフィーと目配せをした。「ほんのちょっとならいいかもね。多くなると、治《なお》らない傷《きず》みたいににおうけど。ガリエはきたないだけじゃない。あいつら、狂暴《きょうぼう》だよ。動物みたい」

ソフィーはちょっと考えた。マテオは、いつも動物みたいにわたしをおどろかせる。猫《ねこ》やキツネのよう。アナスタジアとサフィも同じようにすばやく動くし、サルのように体をゆらす。

「それって悪いことなの？　動物みたいなことが」

アナスタジアが答える。「あいつらは犬みたいなんだよ。狂犬病《きょうけんびょう》の犬、見たことある？　目つきが怖《こわ》い」

「その人たち……かみつくの？」笑《わら》われるかもしれないと思ったけれど、女の子たちはだまってソフィーを見つめている。身じろぎも笑いもしなかった。

やっとサフィがうなずいた。マテオが、息を切らしてソフィーの横に浮《う》かんできた。「ああ、かみつく。行くぞ。おれの歯が凍《こお》って開かなくなる前に」

流れはとても弱くて泳ぐのは簡単《かんたん》だったけれど、水がにごっていて、こんなに暗いなかでは銅貨《どうか》のわずかな光などほとんど見えない。ソフィーは、川底《かわぞこ》を手でさぐるしかないのだと気づいた。ソフィーとマテオは六回、七回ともぐっては、コインが見つかるたびに川岸に置《お》きにいった。ソフィーは自分のコインの山がマテオの倍もあることに満足《まんぞく》した。

「くそ！　指のせいだ」マテオが言った。ソフィーとアナスタジアはまた目配せしあった。

「コインだか石だかわからない」

「うん」ソフィーが言った。「きっと指のせいよ」

アナスタジアが三フラン〔フランは二〇〇二年までフランスで使われていた通貨〕はあるよと声をかけると、マテオがそれで足りると言った。二人は競《きそ》いあうように岸にむかって泳いだ。ソフィーのほうが速かったが、岸にふれようとした瞬間《しゅんかん》、マテオが手をのばしてソフィーの頭を水に沈《しず》めた。

「ずるだわ！」ソフィーは顔を上げて水をはき散《ち》らした。「きたないペテン師《し》よ」

「屋根の上の住人にずるなんかない」マテオが言った。「あるのは生きるか死ぬかの勝負だ」

「ずるなんかじゃない」アナスタジアが言った。「戦《たたか》いだよ。ずるより戦いのほうがいい」ソフィーを川から引っぱりあげ、チョコレートをひとかけら渡《わた》した。

マテオは水につかったままだ。アナスタジアからチョコレートをうけとると、立ち泳ぎのまま食べた。

「ありがとう」ソフィーの声は、かすれていた。「泳ぐといつものどがかわくの。川の水を飲んでもいい？」

「だめ！　かわいそうだけど。ネズミの病気がうつる。マテオだって飲まないよ。だいたいの病気には免疫《めんえき》があるのに。でも、大聖堂《だいせいどう》に着いたら水があるから」アナスタジアが言った。

「大聖堂？」ソフィーは借《か》り物《もの》のセーターを着ながらたずね、ぬれた足で靴《くつ》をはいた。「どの大聖堂？」

「大聖堂って言ったら、決まってるでしょ。マテオもそこで待ってるよ」

「そこで待ってる？　でもマテオはここに――」ソフィーがさっとふり返った。マテオはいなかった。

「いつものことだよ。川を泳いでいって、それから木を伝《つた》ってくる」

サフィがそっと近寄《ちかよ》ってきて、もつれたり水草がとびだしたりしているソフィーの髪《かみ》をなでつけた。そして、地面からスカーフを拾いあげてソフィーの頭に巻《ま》いてくれた。

「あ！　髪《かみ》のこと、すっかり忘《わす》れてた！」恐怖《きょうふ》が体をつきぬけ、ソフィーはスカーフを耳まで引っぱりおろした。「なんてばかなの。ありがとう」サフィはほほ笑《え》み、それから急に、顔がものすごく赤くなった。階段《かいだん》をかけ上がると遊歩道わきに生えている並木《なみき》の梢《こずえ》に消えた。

「あの子、大丈夫《だいじょうぶ》？」ソフィーが言った。

アナスタジアはコインをかき集めてポケットにしまった。「平気だよ。サフィも木を伝《つた》っていく。来《き》て《て》。アレ。速く歩けばノートルダム大聖堂《だいせいどう》に着くころには体もかわいてる。階段《かいだん》まで競走《きょうそう》しよう」

# 22

暗い遊歩道ほど、おしゃべりにうってつけの場所はそうはない。二人は、ソフィーがこごえないように急ぎ足で歩いていた。アナスタジアは小さく鼻歌を歌っていた。マテオがそばにいないことをたしかめてから、ソフィーは話しかけた。

「アナスタジア、わたしがなにか聞いても、マテオにはだまっててくれる？」

「どうかな。うん、たぶん。やってみるよ。なに？」

「その……ガリエのこと。駅の屋根にいる子たち。どうしてマテオは、あんなにきらってるの？　その話になると顔がこわばる」

「え。あんたが知らないんなら、しゃべっていいことかどうかわからないよ」

「お願《ねが》い。怖《こわ》いの。暗い顔になるし」

アナスタジアは歩きながら、鉄の手すりを爪《つめ》ではじいた。指の下で手すりが音楽を奏《かな》でた。

「ケンカがあったんだ。何年か前に。ガリエは、屋根を自分たちだけのものにしたかった。サフィとあたしはあんまり気にしなかったよ。木の上に引っこしたからね。木のほうがいい。でもマテオは、屋根の上の暮《く》らしが気に入ってる。屋根の上は……」そこで口ごもって顔をしかめた。「うーん、これって詩みたいに聞こえると思う」

「言ってみて」

「それがマテオのすべてなんだよ」アナスタジアが赤くなった。「変《へん》な言い方でごめん。アロール、屋根の上をあきらめられなかった」

「それでどうなったの？」

「決着はつかなかった。ガリエがかみついて……」

「かみついた？」ソフィーが見つめると、アナスタジアは目をそらした。「なにに？」

「なんでもないよ。マテオは指の先を一本失《な》くした。ガリエの一人は手を。それに、マテオのお腹《なか》、見たことある？　傷《きず》のことだけど」

「風向計の上に落ちたって言ってた」

「そうなの？　じゃあ、嘘《うそ》をついたんだ。死にかけたんだよ。薬のために児童養護施設《じどうようごしせつ》に行かなきゃならなかった。そのことは知ってる？　ウイ？　それでもう駅には近づかないし、地上にもおりなくなった」アナスタジアが急に足を止め、ソフィーのうでをさっとつかんだ。

「止まって。もうすぐだよ。マテオがそのへんにいるかもしれない」星明かりに照《て》らされて、落ちつかない顔をしている。くちびるをかんでいた。「あたしがしゃべったってマテオに言わないでくれる？」

「もちろん」ソフィーは答えたけれど、まわりの建物《たてもの》に気をとられていた。二人は、巨大《きょだい》な白い建物の足もとに立っていた。夜空にそびえるようすは神のように荘厳《そうごん》だ。「これ、なに？　わたしたち、どこにいるの？」

「ノートルダム大聖堂《だいせいどう》に決まってるでしょ！　それに、マテオがあの木にいるのが見える？　入り口の横だよ」ソフィーには見えなかったが、サフィがその木の根もとにいて梢《こずえ》を見上げていた。前庭には人影《ひとかげ》がない。アナスタジアが声をかけた。「行こう」

ノートルダム大聖堂《だいせいどう》は見て素晴《すば》らしいのと同じくらい、登るのが大変《たいへん》だった。屋根までよじ登るのに、ソフィーが想像《そうぞう》していた倍も時間がかかった。

マテオが先頭、次にサフィが続《つづ》いた。二人は、ソフィーがロンドンの自分の家のことをわかっているように、ここを知りつくしているようだ。でっぱりや支《ささ》えになる場所を迷《まよ》うことなく見つけている。ソフィーは二人よりもゆっくり進んだ。アナスタジアがその下から、どこをつかめばいいか声をかけたり、動けなくなったときに足場を教えてくれたりした。

バランスをとることは、ソフィーには難《むずか》しくなっていた。足は石を登るにはまだやわらかすぎて、つま先に血がにじんでいたけれど、みんなの前では痛《いた》そうな顔はしないと心に誓《ちか》った。この子たちならそんな顔はしないはず。足につばをこすりつけて歯を食いしばる。なかほどまでたどりつくころには、ほおの内側《うちがわ》に血豆ができていた。二回、足をすべらせたけれど、だれも気づいていないだろう。

人生のほとんどのことには特別《とくべつ》なコツなんてないけれど、体のバランスをとるのには、コツみたいなものがあるとソフィーは思った。重心がどこにあるか見つければいい。胃《い》と腎臓《じんぞう》の中間あたりだ。茶色い臓器《ぞうき》のあいだで、金のかたまりのように感じられる。見つけるのは大変《たいへん》だけれど、一度見つければ、本にしおりをはさんだみたいに、すぐに探《さが》しあてられた。バランスをとるには、なにを考えるかも重要《じゅうよう》だった。ソフィーは、お母さんのことや音楽のことに気持ちを集中させた。地上の敷石《しきいし》に落ちることは考えないようにした。

パリの街《まち》が足もとにひっそりと広がっている。聖人《せいじん》の像《ぞう》の首に手をまわして立っているこの場所からは、パリは大きな銀のかたまりに見えた。川だけが、街灯《がいとう》の明かりを映《うつ》してさび色がかった金色に輝《かがや》いている。「きれい。川があんなにきれいだなんて知らなかった！」

「そうだね」アナスタジアもびっくりしたようだ。「いつもは茶色なのに」

鐘《かね》つき塔《とう》の下にたどりつくと、マテオとサフィが寄《よ》りそって座《すわ》り、スレートを釘《くぎ》で引っかいて三目並《なら》べをやっていた。階段《かいだん》をちょっと上がってきただけみたいな顔をしている。

「引き分けだ」マテオが言って、三目並べをこすって消した。「ソフィー、口笛を吹《ふ》けるか？ジェラールを呼《よ》ばなきゃなんない」

「うん、まかせて」ほかの三人が待つ。ソフィーは急にあがってしまった。「ええと。鳥を呼《よ》んだときと同じでいい？」

「ああ。できるだけ大きな音で。あいつ、寝《ね》てるかもしれないから」

ソフィーは、ロープの上でおぼえた三つの音を吹《ふ》いた。ちょっと間があった。それから、その音が、ソフィーが吹《ふ》いたときより深く、力強く返ってきた。

「あれ、こだま？」

「ノン」マテオが両手を丸めて口もとにあて、ほーほーとフクロウの鳴き声をまねた。「ジェラールだ」

四人の頭上の鐘《かね》つき塔《とう》から、土ぼこりがざっとこぼれて男の子が現《あらわ》れた。両手を交互《こうご》にのばし、ガーゴイル〔悪魔や怪物をかたどった雨どい〕の開いた口を足場にしておりてくる。あと少しのところまでくると、宙返《ちゅうがえ》りでソフィーの目の前に着地した。

「ボンソワール」その子が言った。

顔だけ見るとマテオより年下のようだけれど、足がとても長くて二人を見下ろすほどだ。すごくやせていて、片手《かたて》でぽっきり折《お》れてしまいそう。闘士《ファイター》には見えなかった。

「サリュ《やあ》、ジェラール」マテオが言った。「ちょっと手を借《か》りたいんだ」

男の子がにやりとした。「ボン《いいよ》。わかってる。アナスタジアが信号《しんごう》を送ってくれた」かびくさくて虫食いのある上着は、ドアマットを寄《よ》せ集《あつ》めて手作りしたようだ。ソフィーは見るなり、うらやましいほど素敵《すてき》だと思った。

「ハロー。わたし、ソフィー」

「知ってるよ」英語《えいご》はちょっとたどたどしかったけれど、ジェラールは感じのいい顔をしていた。まゆ毛は靴《くつ》をみがけそうなほど太くて、目は優《やさ》しい。「駅に行く必要《ひつよう》があるんだね？」

そこで口ごもった。見るからに控《ひか》えめすぎて、人づきあいが大変《たいへん》だろうとソフィーは思った。

ジェラールが言った。「ええと……持ってきてくれた？」

「持ってきたよ」アナスタジアが答えた。「決まってるじゃない」まだぬれているコインをジェラールの丸めた手に投げいれた。

「メルシー！　大聖堂《だいせいどう》のろうそくが二十サンチーム〔一フランは一〇〇サンチーム〕に値上《ねあ》がりしたのを知ってるかい？　セフー《どうかしてる》！」

ソフィーが聞く。「あの、それって少し……もらっちゃだめなの？　必要《ひつよう》なときに。きっと教会の人は気にしないと思う」

「ノン！　教会から物をぬすむなんてだめだよ！　それは罪《つみ》だ」

「じゃあ、明かりが必要《ひつよう》なときはどうするの？　ろうそくを買えないときは？」

「だいたいはどうもしない。暗闇《くらやみ》にいると目がよく見えるようになる。暗闇は優秀《ゆうしゅう》なんだよ。油を染《し》みこませた布《ぬの》を空《あ》き缶《かん》に入れて火をつけてもいいし」

「布を持ってればね」アナスタジアが言った。

「油があればな」マテオも言った。

ジェラールが後ろめたそうにちょっと笑《わら》った。「さてと。駅に行くんだろ？　戦《たたか》うために、ウイ？」

「戦いになるかもね」アナスタジアが言った。「ただ聞くだけになればいいと思ってるけど」

ソフィーをふり返った。「ジェラールは耳がいいんだよ」

負《ま》けず嫌《ぎら》いなマテオも、うらやむふうもなくうなずいた。「ほんとなんだ。聞くのって特別《とくべつ》な才能《さいのう》なんだぞ。動物にはその力がある。たいていの人間は、ちゃんと聞こえてるって思ってるだけだ」

ジェラールが言った。「川を半分くだった先の教室で吹《ふ》いてるハーモニカだって聞きとれる」

「そんなの不可能《ふかのう》よ！」とソフィー。「そうじゃない？」

「不可能じゃない」ジェラールが答えた。「特別《とくべつ》なだけさ」

ないしょ話は失礼《しつれい》なことだけれど、ソフィーはせずにはいられなかった。アナスタジアをそばに引きよせて、両手を丸めて耳のところにあてた。「この子、ほんとのことを言ってる？」とささやいた。「大げさに言っているんじゃない？　すごく大切なことなの。どんなに大切か、わかってるかしら」

ジェラールが声をたてて笑《わら》った。暗くてよく見えなかったけれど、顔を赤くしているようだ。「ほんとのことを言ってるし、どれほど大切かも、ちゃんとわかってるよ。ぼくの近くで、ないしょ話をしてもだめ。こんなふうに生まれたかったわけじゃないけど――うまく眠《ねむ》れないしさ。寝《ね》るときは耳にドングリをつめなきゃいけない。でも、ほんとだよ。教会の上で暮《く》らしているせいだと思うんだ」

アナスタジアが言った。「ジェラールは歌もうまいんだよ。聖歌隊《せいかたい》が帰ったあとで、毎晩《まいばん》、練習してる」

また先をこされたマテオが、むっとした。「そんなこと、おれがとっくに話したさ。な、ソフィー」

アナスタジアがぐるりと目をまわした。「男の子ってこれだから。ただ歌うだけじゃない。ジェラールが歌うと初雪《はつゆき》みたいなんだから。なにか歌ってよ、ジェラール」

ジェラールは鼻にしわを寄《よ》せた。「ノン」

サフィが自分の胸《むね》をたたいて、その手をジェラールのほうへ差《さ》しだした。ちょっと首をかしげて。

「お願《ねが》い、ジェラール」ソフィーが言った。「一曲でいいから。幸運のおまじないに」

「ダコール。わかったよ。じゃあ、半分だけ」ジェラールはあたりを見まわして、指をなめて風向きをたしかめた。せきばらいをした。

ジェラールが口ずさんだ最初《さいしょ》の音色は、とても澄《す》んでいてあまく、ソフィーは頭のてっぺんからつま先まで、ぴりぴりとふるえが走るのを感じた。歌詞《かし》はフランス語だったけれど、明らかに聖歌《せいか》ではない。スカートをたくしあげて大好《だいす》きな人と踊《おど》りたくなるような歌だ。ソフィーはくるくるとまわりたくなった。痛《いた》いほどお母さんが恋《こい》しくなった。

歌がおわると、静寂《せいじゃく》がおとずれた。川までもが息をひそめた。それから、ソフィーとアナスタジアが、はじけるように歓声《かんせい》を上げた。手をたたき、大聖堂《だいせいどう》の屋根で足をふみ鳴らした。サフィが、のどの奥《おく》でうなるような音をたてた。サフィが声を出したのをソフィーははじめて聞いた。

だれかがせきばらいをした。「聖人《せいじん》たちを起こしそうなほどさけんでなかったら」とマテオが言った。「十二時の鐘《かね》が聞こえたはずだぞ。そろそろ行かないと。二時に駅に着く気なら」

「どうして二時なんだい?」ジェラールが聞く。「ガリエのところに行くにはまずい時刻《じこく》だよ。もっとあとのほうがいい」

「ソフィーがチェロの音を聞いたのが二時なんだ」マテオがうなった。「だからどうしたって感じだけど、でも、なにも理由がないよりはましだろ」

「可能性《かのうせい》はあるわ」ソフィーが言った。そして、みんなに聞こえないように小声にした。「どんな可能性も無視《むし》しないんだから」

## 23

駅の近くにたどりついたのは、二時ちょっと前のことだった。ノートルダム大聖堂《だいせいどう》からはなれるにつれて屋根が少しずつ低《ひく》くなり、みんなの緊張《きんちょう》と不安《ふあん》は高まった。

二度、建物《たてもの》のあいだの道路を渡《わた》らなければならなかった。マテオとジェラールとサフィは杉《すぎ》の木から街灯《がいとう》に跳《と》びうつり、反対側《はんたいがわ》の排水管《はいすいかん》に軽々と移動《いどう》した。アナスタジアとソフィーは排水管をおりて道路を走って横切り、次の建物の排水管に跳びついた。管には等間隔《とうかんかく》でつかめる場所があったけれど、夜に排水管を登るほど、闇《やみ》の深さを思い知らされることはほかにない。

五人は学校の屋根の上で止まった。四人の仲間《なかま》たちは四角に陣取《じんど》って座《すわ》り、警戒《けいかい》しながら顔を外にむけていた。ソフィーは邪魔《じゃま》にならないように少しはなれて座《すわ》った。息をつめていのり、独《ひと》り言《ごと》のようにつぶやいた。「お願《ねが》いします。どうかお母さんに会わせてください」心臓《しんぞう》は胸《むね》をつきやぶりそうなほど激《はげ》しく鳴っていたけれど、声はとても小さくて、夜の空にまぎれてしまった。ソフィーは両手をにぎりしめて、その上に座った。

一時間が過《す》ぎた。ソフィーは落ちつかなくなってきた。ほかの子はだれも声を上げていない。ぴくりとも動かないままだ。

こらえきれずにささやいた。「みんなに聞いてもいい？」

マテオがうなった。ジェラールが答えてくれた。「もちろん。なんだい？」

「屋根の上にいる子たちは大人になったらどうするの？」

「なんだ！」マテオが言った。「トイレに行きたいって言うのかと思った」

ジェラールが答える。「だいたいは地上におりるけど、でも、暮《く》らし方はちょっと荒《あら》っぽいままかな。荒っぽい大人になるのは、子どもでいるより簡単《かんたん》だからね」

アナスタジアがクレオパトラみたいにえらそうに鼻を鳴らした。「男の子はとくにそう」

「じゃあ、ほかにもそういう子がいたの？　むかしも？」

アナスタジアが「いないよ」と言い、マテオは「いたさ」と言った。

「いたさ」マテオがくり返した。「おれはそう思ってる。見ろよ。はじめて裁判所《さいばんしょ》の屋根に行ったとき、これを見つけたんだ」ポケットから小さなナイフをとりだした。彫刻《ちょうこく》があってずっしりと重そうだ。「持ち手を見てみろ」百年も前のもののようだ。持ち手には、指のあとがはっきりと残《のこ》っている。わたしよりも小さな手。

「だれのだったの？」

「どこかの子どもだろ」マテオが肩《かた》をすくめた。「頭のいいやつだったと思う。見つけたときロープで包《つつ》んであった。ナイフをしまうにはロープがいちばんなんだ。でも、だれでも知ってるわけじゃない」

「その子のこと、探《さが》さなかったの？」ソフィーは、自分だったら探しただろうと思った。「どうしてとりもどしに来なかったのかしら？」

「ノン。さびが一センチもあったんだぞ。ずっとむかしのだってことだ」

「その子、どうなったと思う？」

マテオは、だれにともなく肩《かた》をすくめた。「つかまったのかもしれない。それか、南へ行ったのかも。ここよりあったかくて、人も少ないところへ」

ソフィーが言った。「どのくらいいると思う？　屋根の上で暮《く》らしてる子って」

「十人以上《いじょう》いると思うよ。百人まではいない」ジェラールが答え、女の子たちがうなずいた。

サフィが両手をひらき、それから手をにぎってまたひらいた。アナスタジアが言った。「あたしもそう思う。二十人か三十人。ときどき影《かげ》が見える。ルーブル美術館《びじゅつかん》の上で暮《く》らしている子もいると思うんだ」

みんな、また静《しず》かになった。二時間が過《す》ぎた。ソフィーはじっと耳をすましていた。ガリエは現《あらわ》れなかった。音楽も聞こえなかった。朝の五時には、ソフィーは寒さと疲《つか》れで泣《な》きだしそうだった。

「そろそろ帰ろう」マテオが、ひざ立ちになって背《せ》中《なか》に積《つ》もったちりをはらった。「もう日が昇《のぼ》る」と言って立ちあがる。

「待て」ジェラールがマテオを引っぱって座《すわ》らせた。「もう一秒だけ！　聞けったら」

「チェロの音？」ソフィーの体がさっとこわばり、両手に力が入った。「ガリエなの？　それとも音楽？　お母さんのチェロが聞こえる？」

「どっちもちがう。でも、聞いて」

屋根の上はしんとしていた。遠く、大通りのずっとむこうで音がした。馬の鳴き声か、だれかがせきをしたか、それとも空耳だろうか。と、雲が現《あらわ》れた。灰色《はいいろ》の雲が空で輪《わ》をかいたと思ったら、さっとむきを変《か》えた。

アナスタジアが息をのんだ。「鳥だ」

ソフィーが言った。「ムクドリだわ」

あたりがムクドリでいっぱいになった。五百羽か、千羽いるかもしれない。ざーっと翼《つばさ》を鳴らして、屋根の上の子どもたちの頭めがけて急降下《きゅうこうか》してくる。まるで、みんなをチムニーポットの集まりだと思っているかのように、怖《こわ》がりもせず。

「バレエみたい！」ソフィーが言った。

「かもな」マテオが言った。「バレエは知らないけど。ムクドリみたいなもんなんだろ」

「ムクドリの群《む》れのことはなんて言うのかしら？」ソフィーがささやいた。

「ムクドリはムクドリじゃないの？」アナスタジアが言った。「言ってる意味がわかんない」

「カラスの群《む》れは英語《えいご》でマーダーっていうの。フクロウの群れはパーラメント」

「へえ。ジュコンプラン《そうなんだ》。でも、なんていうかは知らない」

「きっとバレエよ。ムクドリのバレエ」ソフィーが言った。

みんなはぴくりともせず、くちびるさえ動かさずにしゃべった。鳥たちが輪《わ》をえがき、急降下《きゅうこうか》する。すぐそばに来るたびにソフィーは息が止まった。ほかの子たちが息をのむことはなかったけれど、ソフィーにはどうすることもできなかった。お祭りの日の奇跡《きせき》みたい。幸運の兆《きざ》しのように思えた。胸《むね》が熱《あつ》くなり、大きくふくらんだ。

「ムクドリの軍隊《アーミー》だろ」マテオが言った。

「ムクドリの竜巻《トルネード》」ジェラールが言った。

「ムクドリの雪崩《アバランチ》かも」ソフィーが言った。

「ムクドリの噴水《ファウンテン》」アナスタジアが言った。「ムクドリの太陽光線《サンレイ》」

男の子二人が鼻で笑《わら》ったけれどソフィーは言った。「そうよ！　ぴったり。それか、ムクドリのオーケストラ」

「ムクドリの屋根《ルーフトップ》だ」マテオが言った。

# *24*

帰り道はゆっくり進んだ。興奮《こうふん》の嵐《あらし》はおさまり、ソフィーはひどい疲《つか》れしか感じなかった。はじめて通る屋根の道をみんなでかたまって、マテオを先頭に、サフィをしんがりに進んだ。

だれもしゃべろうとはしなかった。

マテオとソフィーは、大聖堂《だいせいどう》までもどったところで女の子たちやジェラールと別《わか》れ、二人だけで北にむかった。

二人っきりになるとソフィーが声をかけた。「マテオ？　ちょっと聞いてみたいだけなんだけど、トイレはどうしているの？」

「排水管《はいすいかん》を使う」くわしくは言わなかった。

ソフィーは笑《わら》って横をむいた。すると、まわりの建物《たてもの》に見おぼえがある。でも――。「ここってわたしのホテルの通りじゃないでしょ？」ソフィーはとまどった。「マテオ？　わたしたちどこにいるの？」

マテオは半分眠《ねむ》っているような感じだ。「川のそばだ」頭をふって眠気《ねむけ》をはらった。「近道なんだよ。ホテルはすぐだ。あと十分かそこらだ」

「でも、いまいるのはなんの建物《たてもの》？」

「警察《けいさつ》本部だ。気づいてなかったのか。二回来たんだろ」

「そこの……屋根の上にいるの？」

「ああ」マテオがきょとんとした顔つきになった。「屋根の上だ」

「夜明けまでどのくらい？」

マテオが、空に残《のこ》る星を声に出さずに数えた。「三十分だな。四十分かも」

「ええと、市の公文書の保管室《ほかんしつ》は、警察《けいさつ》本部のいちばん上の階にあるのよね？」

「さあな」

「ええと、あるのよ。わたしは知ってる。あの、ちょっと……のぞいてもいい？　窓《まど》の外からでかまわないから」

「見たけりゃどうぞ」

ソフィーはマテオを集中させようと手首にふれた。「でも、どうやったらいいと思う？　あなたならどうする？」

「おまえが腹《はら》ばいになって下をのぞくんなら、おれが足をおさえててやるよ」

「でも……落としたりしない？」

「大丈夫《だいじょうぶ》だろ」それって、ちゃんとした答えになっていないわとソフィーは思った。「カーテンがないことだけ、いのってりゃいい」

マテオが大丈夫《だいじょうぶ》だと言うなら、それを信《しん》じよう。ソフィーは屋根のはし近くで腹《はら》ばいになり、前にはっていった。「ちゃんとおさえてる？　絶対《ぜったい》はなさないでね」

ソフィーは肩《かた》を交互《こうご》に動かして、うでが屋根の外にぶらさがるところまでいった。かべのレンガにしがみつき、そろそろと腰《こし》を曲げたけれど、なかを見ることはできなかった。いちばん上の窓《まど》はまだ、だいぶ下だ。ソフィーは絶対《ぜったい》に地面を見ないようにした。

「もうちょっと前に」頭に血がのぼる。「もうちょっと！」それでもだめだ。窓にはぜんぜん届《とど》かない。

「引き上げて。急いで、お願《ねが》い」

マテオが低《ひく》くうなって引っぱった。上がるときにソフィーのあごがレンガにこすれた。座《すわ》りなおして傷《きず》をぬぐう。血で指がぬれた。「もう」

マテオがポケットから布切《ぬのき》れをとりだした。「これにつばをつけてふけ。でないと、かさぶたにレンガの粉《こな》が入る」

「ありがとう」とソフィーは言った。マテオのおしりにむかって。マテオは腹《はら》ばいになって下をのぞきこんでいたから。ちょっと間があって、マテオの足がばたばたと屋根をけりだした。足が興奮《こうふん》した音をたてることがあるのなら、いまのマテオの足がそうだった。

マテオが立ちあがった。「たしかに、屋根が厚《あつ》くて腰《こし》をかがめるだけじゃ窓《まど》はのぞけない。でも、足首を持ってぶら下げたらどうだ？」

「え？　いやよ！」

「なんでだ？　ちゃんとつかんでるって誓《ちか》う。力はあるんだ」

「わたしの足首？」

「ほかにどうやるんだ？　おまえが見たいって言ったんだろ」

「見たいわ」ソフィーの肌《はだ》は恐怖《きょうふ》で急にぴりぴりしだした。まるで、紙やすりの服を着ているよう。でも、いまここであきらめるなんて悲しすぎる。「わかった。でも、手にあせはかかないで。逆《さか》さまで死ぬのは絶対《ぜったい》にいや」

ソフィーがまたさっと腹《はら》ばいになると、マテオが足首をつかんだ。握力《あくりょく》が強くて足に血がまわらなくなる。「さあ、おろすぞ」

マテオがソフィーを下げていくと、屋根にふれているのはひざだけになった。それから、つま先がふちに引っかかっているだけに。マテオのうでの筋肉《きんにく》がふるえるのがわかり、ソフィーはかべのレンガをつかんで支《ささ》えにした。「下を見ちゃだめ」とつぶやいた。髪《かみ》の毛《け》がパリの街《まち》をおおう。目に入った髪をふりはらって窓《まど》のなかをのぞきこんだ。

保管室《ほかんしつ》は建物《たてもの》の奥《おく》までいっぱいに広がっていた。たくさんの保管庫《ほかんこ》が並《なら》んでいる。すきまなく置《お》かれているから、きっと百はあるだろう。部屋の真ん中には大きなテーブルがあった。ソフィーは逆《さか》さまのまま窓《まど》にはっと息をふきかけ、指先でふいた。絵もかかっていなければ明かりもない。目の前に赤い斑点《はんてん》が浮《う》いて視界《しかい》がぼやけてきた。

「もう引き上げないとだめだ」マテオの声が聞こえた。「急いで下におりたいんじゃなきゃな」

ソフィーの血がぜんぶもとの場所に落ちつくと、二人はスピードを上げ、日の出におびえながら走った。

「保管庫《ほかんこ》には錠前《じょうまえ》がついてた。金槌《かなづち》でたたいたら開けられると思う?」

「ノン」マテオが答えた。「パリじゅうのやつらに聞こえる」

「ああもう。じゃあどうしたらいいの? バールでこじ開けるとか?」

「錠《じょう》をやぶればいいだろ」

「どうやって? 痛《いた》い!」

ソフィーの鼻がマテオの足にぶつかった。二人は肉屋の屋根のてっぺんを四つんばいでのりこえているところで、マテオが急に止まってソフィーをまじまじと見つめたのだ。

「やったこと、ないのか?」本当に疑《うたが》っているような言い方だった。「そういうのって……うまく言えないけど、息をするみたいなもんだろ。だれでもできると思ってた」

「どうしてわたしが錠前《じょうまえ》のやぶり方を知ってなきゃならないのよ」

「ほんとか? ほんとに知らないのか? おれなんか歯でもできる」

「もういいかげんにして、ほんとよ。知らないわ!」二人はボストホテルが見えるところまで来ていた。

マテオがソフィーを見つめた。ソフィーはほおが赤くなるのを感じて、髪《かみ》でさっと顔をかくした。ようやくマテオが口をひらいた。「じゃあ、教えてやるよ。簡単《かんたん》さ。それに役に立つ。チェロよりずっと」

「いつ？　いま？」

「ノン。おまえの手、途中《とちゅう》で動かなくなりそうだ。先に眠《ねむ》っておかないと。明日だな」ホテルのほうに首をふった。「あとは一人で帰れるか？　おれ、もうもどらないと。あと十分で日が昇《のぼ》る」

「じゃあまた明日。それと、マテオ――」ソフィーは目をこすって少し考えた。感謝《かんしゃ》の気持ちを伝《つた》える言葉がなかなか見つからない。目を開けたときには、マテオの姿《すがた》は消えていた。

ソフィーが自分の部屋に転がりこんだとき、まぶしい朝日がベッドを温めていた。両手は真っ黒だった。すすと黒くなった木の葉が足の裏《うら》から足首までべっとりとついている。ベッドは手招《てまね》きしているようだったけれど、寝《ね》る前に、階段《かいだん》の踊《おど》り場《ば》にある本棚《ほんだな》から英語《えいご》の辞書《じしょ》を持ってきた。両手のよごれをひざの裏《うら》にこすりつけてから、ページをめくった。

ムクドリの群《む》れの呼《よ》び方《かた》は、「ささやき合い《マーマレーション》」だった。

# 25

ソフィーが目を開けると、温かい飲み物の入ったカップを持ったチャールズがのぞきこんでいた。午後の陽の光が天窓《てんまど》から射《さ》している。

「やっともどったね」

ソフィーはカップを受けとった。素知《そし》らぬ顔をしてみる。「もどったって、どこから？」ココアだった。濃《こ》くて、ねっとりとしていて、チャールズが家で作ってくれるのと同じだった。小さいときに「ぜ、い、い、くたココア」と呼《よ》んでいた。こんなふうにこってりとした美味《おい》しいココアを作るには三十分もかかる。申しわけなくて気持ちが沈《しず》んだ。

「わたしにはわからない」チャールズが言った。「きみが教えてくれないとね」ベッドに腰《こし》かけた。「ゆうべ十一時に帰ったときには、きみはいなかった」

「そう？」

「考えの古いおやじになりたくはないよ、ソフィー。だが、連《つ》れ去《さ》られたのかと思った。きみが、その……なんというか」ほほ笑《え》みも浮《う》かべていないし、目に輝《かがや》きもない。「どこにいたんだい？」

「言えないの」ソフィーはチャールズの手首をつかんだ。「本当にごめんなさい。心の底《そこ》からごめんなさいって思ってる。でも、わたしだけのことじゃないから」

「ソフィー、話してくれないか――」

「でも、絶対《ぜったい》に見られていない。ほんとよ。暗くなるまで通りには出なかった。それに、髪《かみ》もかくしてたし」

「出かけることぐらい、話してくれてもよかったんじゃないかね？」

「話せなかったの。止められるかもしれないと思って」

チャールズはソフィーのカップをとってココアをひと口すすり、それから返してよこした。言葉が出てこないようだ。ショックで、まゆ毛が頭のてっぺんに届《とど》きそうなほど上がっている。

ソフィーが聞いた。「わたしのこと、きっと止めたでしょ？」

「いや、止めなかっただろうね」

「そうなの！」申しわけなくて胸《むね》が痛《いた》んだ。

「少なくとも、止めなかったと思いたい」またカップをとってココアをぐっと飲んだ。「止めたかもしれないが……。いや、わからない。愛《あい》していると、どんなことでもできてしまう」

本当に、どんなことでもできるとソフィーも思った。ちょっとためらった。それから、「チャールズ、聞いてもいい？」と言った。

「もちろんだよ。いつでも」

ソフィーはぴったりの言葉を探《さが》そうとした。残《のこ》りのココアを飲みほして、それから、指でカップの内側《うちがわ》をふきとって考える時間をつくった。

「ずっと考えていたの――もしお母さんが生きてたら――わたしは生きてるって信《しん》じてるけど、だったらどうして、わたしを迎《むか》えにきてくれないの？」

「きみは亡《な》くなったと聞かされているはずだよ、ソフィー。わたしたちが生存者《せいぞんしゃ》リストを手に入れられないのなら、お母さんも同じだろう。きみは病院に収容《しゅうよう》されなかった。フランスにいる人は、だれもきみのことを知らないはずだ」

「うん。それはわかってる。でも……わたしも、お母さんは死んだってみんなから言われたけど、そんな話、信《しん》じなかった。どうしてお母さんは、わたしが生きてるって信じなかったの？　どうして捜《さが》しつづけてくれなかったの？」

「それはね、ソフィー、お母さんが大人だからだよ」

ソフィーは、髪《かみ》でさっと顔をかくした。顔が熱《あつ》くなり、怒《いか》りで引きつった。「そんなの理由にならない」

「いや、なるんだ。大人はみんな、つまらないことや悪いこと以外《いがい》は信《しん》じないように教わっている」

「ばかみたい」

「悲しいことだがね、ばかなことではない。信《しん》じられないようなことを信じるのは、難《むずか》しいんだ。きみは、信じる才能《さいのう》を持っている。それを失《な》くしてはいけないよ」

# 26

その夜、ソフィーは天窓《てんまど》から出る前に、チャールズ宛《あ》てのメモを自分のまくらの上に置《お》いた。警察《けいさつ》本部に行くけれど——空からとは書かなかった——夜明け前にはもどりますと書いてある。それからズボンをはき、サフィのくたびれた灰色《はいいろ》のセーターを着こんだ。短くなったろうそくをポケットに入れ、指をほぐすと闇《やみ》のなかに飛《と》びだしていった。

マテオが警察《けいさつ》本部の屋根でぴょんぴょんと足をかえてはねながら待っていた。それは思っていたとおりだったけれど、アナスタジアとサフィとジェラールもいて、集合煙突《えんとつ》の根もとに座《すわ》ってレーズンが入った袋《ふくろ》をまわしていた。女の子たちは黒いセーターに灰色《はいいろ》のズボン姿《すがた》で、銀のように白い顔が浮《う》きたっている。二人がどんなにきれいだったか忘《わす》れていた。どきんとした。

ジェラールがその顔を見て笑《わら》った。「わかるよ！　びっくりするよね。でもそのうち見慣《みな》れる」

「あたしたちは見張《みは》り役《やく》できた」アナスタジアが言った。「ジェラールはウサギみたいに耳がいいから。だれか来たらすぐにわかる。それに食料《しょくりょう》も持ってきたよ」ソフィーの手に袋《ふくろ》からレーズンを十粒《つぶ》ほどのせた。あまくて、食べると体が温まった。それから、ソフィーはマテオのほうをむいた。

「わたしが先でいい？」

「ノン」

「でも、お願《ねが》い。そうさせて」それがとても大切なことのように感じたけれど、言葉ではうまく説明《せつめい》ができなかった。すぐそばに、お母さんがいる気がする。お母さんのことを思うたびに体がふるえた。

マテオが言った。「窓《まど》の留《と》め金《がね》のはずし方を知ってるか？」

「ええと。ううん、知らない」

「じゃあ、おれから行く」

マテオは排水管《はいすいかん》を一メートルほど伝《つた》って、窓台《まどだい》の高さまでおりていった。ソフィーは腹《はら》ばいになって見ていた。「気をつけて！」なんて言いたくない。そんな慎重《しんちょう》さは、いまはいらない。だからこう声をかけた。「幸運をいのるわ！」それから、余計《よけい》なことだけれどつけ加《くわ》えた。「わたしたちが見張《みは》ってるから！」

マテオは顔をかべにむけていた。両うでで排水管《はいすいかん》に抱《だ》きついて、足を片方《かたほう》ずつ横にふって窓《まど》台《だい》にかけ、体はぴったりとレンガのかべにくっつけている。排水管から片手《かたて》をはなし、窓枠《まどわく》のレンガをつかんだ。ソフィーは見ているだけで目まいがした。そして、反対の手を大きくふったと思ったら、マテオは窓台に、足の指でバランスをとってまっすぐに立っていた。ゆっくりとひざを曲げ、指先で窓ガラスのふちをつかんでしゃがみこんだ。窓台は奥行《おくゆ》きがあったけれど、それでも、体の後ろ半分は、なにもない空中にはみだしている。なのにマテオの顔は、日曜の午後のようにおだやかだ。

ペンナイフを窓《まど》の留《と》め金《がね》につき立てた。「開いたぞ！」

「よかった！　ああ、どうか気を――」ソフィーは、すんでのところで言葉をのみこみ、「すごいわ！」と声をかけた。

マテオが窓《まど》の下に爪《つめ》を食いこませて力をこめた。引きさくような音がして、マテオの声がした。「あっ」

「どうしたの？　大丈夫《だいじょうぶ》？」

「なんでもない。ちょっと血が出ただけだ」窓《まど》が開いた。「帰る前にふきとろう」マテオは体の位置《いち》を変《か》え、保管室《ほかんしつ》のなかに足をたらして窓台に座《すわ》った。「いいぞ！」窓台を軽くたたく。

「おりてこい」

ソフィーは、マテオの動きをできるだけ正確《せいかく》になぞった。足はマテオが両手でたぐりよせてくれた。チェロとお母さんのことだけを思って、落ちたときに頭蓋骨《ずがいこつ》が割《わ》れる音のことは考えないようにした。「お母さんをつかまえるんだから」小声で自分に言いきかせた。「そのためなら、なんだってできる」

窓《まど》から部屋に飛《と》びこんだ。保管室《ほかんしつ》は寒くて暗い。なにかをかくして、用心しているみたいだ。

ソフィーが声をかけた。「マテオもなかに入らない？」

「ノン。絶対《ぜったい》に入らない」マテオは窓下《まどした》の羽目板をかかとでけった。「こうしてるのがいいんだ」

ソフィーはポケットからろうそくをとりだすとマッチをすった。「わかった」セーターの袖《そで》を引っぱって、ろうが指にたれないようにした。「どこからはじめよう？」保管庫《ほかんこ》のラベルをのぞきこむ。「マテオ、これフランス語だわ！」

「あたりまえだろ。声に出して読んでみろ」

「これは、ムルトルって書いてある」

「それは殺人事件《さつじんじけん》だ」

「アンサンディエールは？」

「火炎《かえん》びん。それじゃないな」

部屋のずっと奥《おく》へ行った。「アシュランスは？」

「保険《ほけん》だ。それを開けてみろ」

ソフィーは保管庫《ほかんこ》のとびらを引っぱった。「錠前《じょうまえ》がついてる」

忘《わす》れていたなんて、自分でもおどろいた。でも、窓枠《まどわく》にかこまれたマテオの顔は、わくわくしているように見える。

「そりゃそうさ。ヘアピンは持ってるか？」

「うん」

「いいぞ。それじゃあ――」

「ちょっと待って」ソフィーは、髪《かみ》をまとめていたピンをとるのに手間どった。指がふるえているし、いつもよりむくんでいるような気がした。

「わかった。さあ、集中しろよ。錠前《じょうまえ》にはピンがサンクある」

「沈《サンク》んだ？」それは、ソフィーがいつも考えないようにしている言葉だった。それと、「おぼれ死んだ」も。

「ウイ。サンクだ。おっと！　ええと……フランス語で五って意味だ。英語《えいご》の数字は難《むずか》しいな。錠前《じょうまえ》のなかにピンが五本ある。鍵穴《かぎあな》に鍵を入れるとピンがおし上げられて、それでかんぬきが動くって仕組みだ。さっき使ったマッチはあるか？　床《ゆか》に落とした？」

「ううん。ここにある」

「じゃあ、そのマッチを鍵穴《かぎあな》の下のほうに入れて――そうだ、いいぞ――それから、ちょっと右か左に動かしてみろ」

ソフィーは指先をなめてふるえをとめ、鍵穴《かぎあな》が広くなっているところにマッチを差《さ》しこんだ。

「どっち？」とささやく。「右？　それとも左？」

「指先に感じるだろ。水みたいな感じだ。流れがあるんだ。どっちかが流れに逆《さか》らう」ソフィーはマッチをぐるぐる動かした。なにも感じない。

マテオが言った。「だめだ！　やりすぎなんだよ」

人に言われてこれほどいやなセリフはない。ソフィーはマテオをにらみつけた。奥歯《おくば》に力をこめすぎて、前歯をむいたままだった。「そんなこと言われても、あんまり助けにならないわ、マテオ」

「力を入れすぎてるって意味だぞ。ソーセージをつついてるみたいじゃないか。相手が生きてるって想像《そうぞう》するんだ」

「生きものじゃない」

「どう言ったらいいんだよ？　生きてるって思え」

すると、言われたとおりだった。右に動かそうとするとぴくりともしない。左に少しずらすとなかでなにかすっと動いた。ささやき声のようにそっと。なんども動かしてたしかめた。

「次はどうするの？」

「そこで止めてろ。一ミリも動かしちゃだめだぞ」

「わかった」ソフィーは手をかえて、左手でマッチをその場でしっかり支《ささ》えられるようにした。「次は？」

「次は、ヘアピンを鍵穴《かぎあな》のいちばん奥《おく》まで入れる」マテオは闇《やみ》をすかすように目を細めて見つめていた。「最初《さいしょ》に五番目のピンを持ちあげる。ヘアピンをピンの下に差《さ》しこんで、くっつくまでおし上げるんだ」

「くっつくってどういう意味？」ソフィーの手はあせでぬれていた。手のひらをなめて、体の前でふいた。

「うまく説明《せつめい》できないけど。簡単《かんたん》だ。ただ――」

「ここに来て自分でやってくれない？」

「ノン。つまり、ピンを探《さぐ》るようにして、なんかこう……もっと動かなくなるまで。感じればいいんだ。かちって小さな音がすることもあるけど。でも、油がさしてあったらすごく小さな音だ。アリがせきをしたみたいな」マテオは口を少し開けていて、まるで、音楽でも聞いているかのようだ。「その錠前《じょうまえ》は油をさしてるな」

「それから？」

「それから四番目のピン、三番目。そしてそのあとは――」

「わかった、二番目ね。了解《りょうかい》」

「くっつくのがわかったか？」

はじめのうちはわからなかった。ヘアピンを上へやったり下にやったりしているうちに、どんどんイライラしてきた。それから、本当に不意《ふい》に感じた。ほんのわずかな変化《へんか》でしかなかったけれど、ピンが動きにくくなった。もうゆらゆらしない。

「止まった！　次は？」

「いいぞ。最初《さいしょ》がいちばん難《むずか》しいんだ。じゃあ、今度はヘアピンを手前に引いて――一ミリ以下《いか》だぞ――次のピンを探《さぐ》ってみろ」

ソフィーは息をつめて、ヘアピンを髪《かみ》の毛《け》の太さ分くらい引きよせた。ヘアピンでなにかを掘《ほ》るように小さく動かして、ピンの下を持ちあげた。さっきより簡単《かんたん》だった。呼吸《こきゅう》さえつかんでしまえば。「これが三番目よ」と声をかけた。「二番目」最後《さいご》のピンがいちばん手こずった。

「できたと思う！」

やったな、と声がかかると期待していたら、がっかりしたことだろう。マテオはそっけなくうなずいただけだった。

「よし。今度はヘアピンを動かさないようにして——手がふるえてるじゃないか、止めなきゃだめだ——マッチを左にぐっとおせ」

錠前《じょうまえ》が、かちりと鳴って外れた。ソフィーはファイルをかかえて窓際《まどぎわ》にもどり、二人で書類《しょるい》をかきわけていった。ソフィーの指はふるえていた。薄明《うすあ》かりの下でははっきりしなかったけれど、マテオの指もふるえているようだ。

「クイーン・メリー号の書類《しょるい》は一つもないわ。ぜんぶ、おととしよりあとのやつよ」

「心配するなって。時間はある」

「でも、ここにはファイルが何千もあるのよ！」

「時間はある」マテオがくり返した。「あせるな」いつもよりずっと優《やさ》しい声だ。

「古そうな保管庫《ほかんこ》を試《ため》したほうがいいかも。緑色のやつ。さびついてるみたいだもの。なんだか信用《しんよう》できない感じがする」

マテオがうなずいた。「でも、先にこれをしまえ。ここにいたことを知られちゃだめだ」

ソフィーはラベルを声に出して読みつづけた。すり、劇場《げきじょう》の火災《かさい》、物乞《ものご》い。けれど、どれも見こみはなさそうだった。

「ディヴェール。これはなに？」

「それは、寄《よ》せ集《あつ》めってことだ。その……その他もろもろって感じ、わかるか？　それを開けてみろ」

錠前《じょうまえ》は大きくて、ピンを探《さぐ》るのも簡単《かんたん》だった。ソフィーがヘアピンを使って開けるまでに五分もかからなかった。

なかのファイルは分厚《ぶあつ》くて、表に書いてある日付《ひづけ》は二十年前のものまであった。ソフィーは夢中《むちゅう》で目的《もくてき》の年のものを探《さが》しあてた。それから、全身がふるえて、かっと熱《あつ》くなった。

クイーン・メリー号
Queen Mary,
パクボー　イギリス
Paquebot Anglais

とあった。

「パクボーってなに？」

「ええと——大きな船じゃないか？」

ファイルは大理石模様《もよう》の厚紙《あつがみ》だった。ソフィーはそれをかかえて窓台《まどだい》のマテオのところへかけもどり、窓台に座《すわ》ってろうそくを手わたした。ぜんぶで二十枚以上《まいいじょう》の書類《しょるい》が入っていた。それを二つの束《たば》にわけて、半分をマテオに渡《わた》した。「飛《と》ばさないでね」

ソフィーは大急ぎで書類《しょるい》をめくった。印刷《いんさつ》された名簿《めいぼ》や手書きの手紙があった。ウエイターを写した写真もあり、みんなナプキンをうでにかけて、にこりともせずにカメラを見つめている。一人ひとりの名前と住所が、裏《うら》に黒いインクで書いてあった。

「お！」マテオが声を上げた。「これは乗客名簿《めいぼ》だと思う」

ソフィーが名簿をとりあげた。Mのところに、マキシム、チャールズとあった。けれど、Vのところには、ヴィヴィエンヌ・ヴェールがない。ソフィーはふるえる指で、乗組員名簿をなぞったけれど同じだった。ヴィヴィエンヌはない。

「見ろよ！」マテオが写真を持ちあげていた。「ソフィー、楽隊《がくたい》だ！　母さんはいるか？」

「見せて！」もう少しでマテオの手からやぶりとるところだった。「そんな……。みんな……みんな男の人だわ」部屋の闇《やみ》がおそろしいほど深くなる。「チェロ奏者《そうしゃ》は男の人」

「なんだって」マテオの口もとが下がってこわばった。「そんな。神《か》さ《み》ま《さま》。デュー」

ソフィーが写真を裏返《うらがえ》した。「チェロ奏者《そうしゃ》は、ジョルジュ・グリーン、エスポワール通り十二番、アパートG号室って書いてある」

その人は若《わか》くてハンサムで、いまにも笑《わら》いだしそうな顔で世界を見つめていた。でも、片目《かため》だろうが、お腹《なか》が大きかろうが、同じことだった。ソフィーは鼻を伝《つた》ってきた涙《なみだ》をなめとった。

自分が泣《な》いていることに、いままで気がつかなかった。「男の人」ともう一度言った。

「でも、なんか変《へん》。ジョルジュ・グリーンはあんたにそっくり」と声がした。

ソフィーは危《あや》うく窓台《まどだい》からころげ落ちるところだった。排水管《はいすいかん》に人影《ひとかげ》があって、こっちを見ている。

「ちょっとずれて」サフィが言った。「座《すわ》りたい」

ソフィーはあわてて保管室《ほかんしつ》に引っこんで、窓台《まどだい》にサフィのための場所をあけた。サフィの手首をつかむ。「わたし、わからない。似《に》てる？　似てない？」

「この人、あんたと同じ目をしてる」アナスタジアの声より低《ひく》くて、フランス語なまりが強かった。「みんな自分の目なんか見ないから気づかないんだ」サフィがマテオの顔を見た。「でも、マテオが気づかないなんて。ソフィーの目のこと、あんなに話してたくせに。この人、ソフィーのお父さんだと思う？」

マテオは顔を赤らめたけれど、ソフィーは食い入るように写真を見つめていた。月明かりにかざしてみる。

「ああ、神さま」ソフィーはささやいた。

首《くび》すじから背中《せなか》にむかって、鳥肌《とりはだ》が走った。「この人、女物のシャツを着てる」

「え？」マテオが言った。

ソフィーが言う。「女物のシャツのボタンは右身頃《みごろ》が上になるの」

「なんだって？　なんでそんなこと知ってるんだ？」

「そりゃあ知ってるわよ。ボタンは」ソフィーが言った。「とても大切なんだから。マテオ、これ、女物のシャツだわ。どうして男の人が女物のシャツなんか着てるの？」

「それに」サフィが言った。「靴《くつ》も。こんなふうに靴ひもをたがいちがいに結《むす》ぶのは女の人だけ。ほら」

本当だ。それに、ズボンが黒くて、ひざのところがすれて灰色《はいいろ》になっている。

「あっ」とソフィー。「この人の口ひげ！」

マテオとサフィがのぞきこんだ。「なんだ？」

「短かすぎる。ふつうならくちびるがかくれるでしょ？　ほかの人の口ひげを見て。みんなすごく濃《こ》いじゃない！　でも、この人のひげ、女の人の産毛《うぶげ》に色をぬっただけみたい」

サフィが写真を手にとった。「この人、男じゃないと思う。すごく頭のいい女の人だよ」写真をじっくり調べてソフィーに手わたし、ソフィーの顔にかかった髪《かみ》の毛《け》をかき上げた。「おまけに、あんたに似《に》てる」

# 27

ソフィーはじっと見つめていた――マテオを、サフィを、そして写真を。そのとき、もみあうような音と、ドサッという音と、声が頭の上から聞こえてきた。

「ソフィー、そこにいるのかね？」

「だれ？」サフィが言った。

マテオが声をおし殺《ころ》す。「警察《けいさつ》だ！　逃《に》げろ」

ソフィーが二人の手首をぎゅっとにぎった。「待って。あれは――」

「屋根にもどってくれないか」その声が言う。「もちろん故意《こい》ではないとわかっているが、たとえて言えば、きみはわたしを死ぬほど心配させている。たのむから、もどってきてくれたまえ」

チャールズだ。

三人は大あわてで排水管《はいすいかん》を登った。マテオが窓台《まどだい》の血をひじでぬぐってから窓をぴしゃりと閉めた。ソフィーは写真を口にくわえていた。

チャールズが煙突《えんとつ》に背《せ》をあてていて、ジェラールとアナスタジアがにらみをきかせている。

チャールズは片手《かたて》でソフィーのチェロを持ち、わきの下には傘《かさ》をかかえていた。

「このお嬢《じょう》さんが」そう言いながらアナスタジアを指さした。「もう少しでわたしを殺《ころ》すところだった。わたしがきみの保護者《ほごしゃ》だと説明《せつめい》する前に。こちらの青年が、わたしは無害《むがい》だとお嬢さんを納得《なっとく》させてくれたのだよ。きみのチェロを持っていたおかげで、そう思ってもらえたようだ」

「チェロを持ってきたの？」ソフィーは真顔でチャールズを見つめた。「屋根の上を？　どうやって？　どうして？」

「背中《せなか》にくくりつけてね」チャールズは、じっと考えこむようにチェロを見た。「きみが必要《ひつよう》とするかもしれないと思ったんだ。なにか……怖《こわ》い思いをしてるのなら」ソフィーの上にかがみこんで、目のなかを見つめた。「その顔を見るかぎり、そうではなさそうだね」

「住所を見つけたの」ソフィーが言った。まだ全身がふるえていた。「お母さんかもしれない。わからないけど」

マテオが住所をたしかめた。「エスポワール通り。ガリエの縄張《なわば》りで、ヴァンサンドポール教会の近くだ。おれたちがゆうべいたところの東だ」ほかの三人がうなずいた。

「どうしてわかるの？」とソフィーが聞いた。

ジェラールが肩《かた》をすくめた。「屋根の上の住人は、頭のなかに地図があるのさ」

アナスタジアが言った。「きっとただじゃすまないよ、ソフィー。相手はガリエだもの。エスポワール通りなんて……あいつらの玄関先《げんかんさき》でクリスマスソングを歌うみたいなもんだよ」

「気にしないわ」ソフィーが言った。

「あんたはわかってない。エスポワール通りは本拠地《ほんきょち》なんだよ。あいつらはナイフを持ってる」

「ここにいたかったらそうして。でも、わたしは行く」

マテオが言った。「ソフィー、おれたちでさえ近づかないんだ――」

「気にしないわ」ソフィーはくり返した。本当だ。こんなになにも怖《こわ》くなかったことはない。きっと、これが愛《あい》の力なんだわ――自分を特別《とくべつ》だと思わせてくれるものではなく、勇気《ゆうき》を与《あた》えてくれるもの。砂漠《さばく》を渡《わた》るときの食料《しょくりょう》の包《つつ》みとか、暗い森のなかのマッチ箱のように。愛と勇気は、一つのものに与《あた》えられた二つの呼《よ》び名《な》だとソフィーは思った。もしかしたら、その人が一緒《いっしょ》にいてくれる必要《ひつよう》すらないのかもしれない。ただ、どこかで生きてさえいれば。わたしのお母さんは、ずっとそういう人だった。心のよりどころ。息を整える場所。愛の力があれば、星座《せいざ》を知り、地図を持っているのと同じだ。

チャールズは、子どもたちが話しているあいだ礼儀《れいぎ》正《ただ》しく口をはさまずにいた。そのチャールズが口をひらいた。「これからどこへむかうにしても、ソフィー、きみとわたしは道の上を進むべきだ。うっかりチェロをチムニーポットにぶつけてこわしたくはない」

「だめよ」ソフィーが言った。「わたしは屋根の上を行く」

「なんでだ?」マテオが聞いた。スレートのかけらをけっている。表情《ひょうじょう》はかたくゆがんでいた。

「もし、いま警察《けいさつ》に見つかったら……」ソフィーは最後《さいご》まで言わなかった。代わりにチャールズに話しかけた。「チャールズ、先に行っててわたしを待ってて、いいでしょ?」

「いけない」チャールズが言った。「いいにはほど遠い」

ソフィーがチャールズを見上げた。「お願《ねが》い」チャールズの長い足を、ほりの深い顔を、優《やさ》しい目をじっと見つめた。「ケガはしないって約束《やくそく》します。信《しん》じる才能《さいのう》を失《な》くすなって言ってくれたでしょ。これも、信じているからできることなの」

チャールズがため息をついた。「そう言えないこともないと思うが」まゆ毛を上げて見せようとしたけれど、ちょっとぴくりとしただけで、ぐっと下がってしまった。「ミス・エリオットがなんと言うか、想像《そうぞう》もつかないよ。でも、そうだね。たしかにそのとおりだ」笑顔《えがお》は引きつっていた。「では、エスポワール通りで会えるということだね。一時間たっても現《あらわ》れなかったら、わたしは……自分でもなにをするかわからない。今度ばかりは気をつけるんだよ」チャールズはチェロを背中《せなか》にしばりつけて排水管《はいすいかん》にむかった。

「おまえが行くんなら」マテオが言った。「おれたちが必要《ひつよう》だ。道を知らないだろ」

「そうね」ソフィーが言った。「ええ。ありがとう」

アナスタジアが声を上げた。「だめだったら！　エスポワール通りなんて――」マテオにむかってフランス語でまくしたてた。

ソフィーが背《せ》すじをのばした。いつもずいぶん猫背《ねこぜ》にしていたのだと気づいた。まっすぐに立ったソフィーはアナスタジアより背が高く、マテオと同じくらい背丈《せたけ》があった。ソフィーがまゆを上げると、アナスタジアとマテオが静《しず》かになった。「来なくてもいいのよ。でも、一緒《いっしょ》に行ってくれるなら、出発しましょう」

# 28

川のそばをはなれて二十分たつと、マテオの背中《せなか》が緊張《きんちょう》してきた。五人は一列になって病院の広い屋根の上を歩き、ジェラールがいちばん後ろで鼻歌を歌っている。みんな、いつもよりゆっくり、注意深く進んでいた。マテオとソフィーが先に立った。ソフィーの少し前を行くマテオの首《くび》すじの毛が逆立《さかだ》つのが見えた。

「あいつら、ここにいたな。においがわかるか？　タバコだ」

「タバコを吸《す》う人はたくさんいるでしょ」ソフィーが落ちついて答えた。

「けど、あいつらは人が捨《す》てた吸いがらを吸うんだ。二回燃《も》えたにおいがする」

「なにもにおわないわ。煙突《えんとつ》のにおいにしか思えないけど。あなたはどう、アナスタ――」

ソフィーがふり返った。アナスタジアは屋根のずっとむこうにいた。顔から血の気が失《う》せていた。二つの影《かげ》にはさまれている。

少年たちは音もなくかべを登り、まわりの屋根から集まってきていた。みな背《せ》が高く、顔色が悪い。ふてぶてしい顔には、苦りきった険《けわ》しい表情《ひょうじょう》が浮《う》かんでいる。ぜんぶで六人。四人がジェラールをとりかこんでいる。だれも動かなかった。

マテオがソフィーににじりよった。髪《かみ》の毛《け》が、冷《つめ》たいあせでべっとりと顔に張《は》りついている。

かがんでスレートを折《お》りとった。

「あいつら、かんかんだぞ。だから言ったんだ」

だれも笑《わら》わなかったし、冷《ひ》やかしもしなかった。ガリエはパイプや鉄片《てっぺん》を構《かま》えている。オオカミの群《む》れだ、とソフィーは思った。

「サフィはどこ?」と小声で聞いた。

マテオが首をふった。「ジュヌセパ《わからない》」そして、ソフィーを集合煙突《えんとつ》のかげにおしこんだ。「ソフィー、ここにいろ。動くなよ、動いたらただじゃおかないからな、ダコール? それに、サフィが来たらおさえつけとけ。わかったか？　あいつを戦《たたか》わせるな」

そう言ってポケットからハトの骨《ほね》を出し、二つに折《お》った。折れたところがガラスのようにとがった。片方《かたほう》をソフィーに手わたした。「あいつらがおそってきたら、目をねらえ」マテオがフランス語にもどった。夜にむかってほえるように大声でさけぶと、ガリエに飛《と》びかかっていった。

月が雲にかくれてあたりは暗かったが、ソフィーの目はもう闇《やみ》に慣《な》れていた。アナスタジアがマテオに気づいて助けを呼《よ》んだ。マテオの加勢《かせい》のおかげで、背《せ》がのびたように見える。ガリエの一人がマテオのほうにむきなおると、アナスタジアが別《べつ》のガリエに体当たりした。アナスタジアの戦《たたか》い方《かた》は、決してきれいとはいえない。敵《てき》の首や胸《むね》に爪《つめ》と歯を食いこませている。ソフィーは、ほとんど音がしないことにぞっとした。聞こえるのは低《ひく》いうなり声とつばを吐《は》く音だけ。マテオはアナスタジアが苦戦《くせん》しているのを見ると、屋根からチムニーポットをもぎとって投げつけ、ガリエの後頭部に命中させた。

「知ってて損《そん》はないだろ」マテオの息は荒《あら》かった。「どれがもうすぐ落ちそうか。ジェラール、たのむぞ！」

ソフィーはそのときはじめて、なぜジェラールがファイターと呼《よ》ばれているのかわかった。ノートルダム大聖堂《だいせいどう》の上であんなにたよりなげに見えた足は、力強く危険《きけん》な武器《ぶき》だった。二人のガリエの目をけりつけ、足の指にはさんだかたい石で相手の顔をひっかいた。けれど四対一では勝ち目はない。息が荒《あら》くなって左うでをおさえた。

ジェラールがさけんだ。「マテオ！」

マテオの戦《たたか》い方《かた》は猫《ねこ》のようだった。さっと飛《と》びかかっては身を引き、にぎった骨《ほね》とこぶしでガリエの目や耳やくちびるをねらっている。公園の子ども同士《どうし》のケンカなら、だれもマテオとジェラールにかなうはずがない。でも、ガリエは子どもじゃない。屋根の上の住人で、狂暴《きょうぼう》だ。ジェラールが足をすべらせ、屋根に後頭部を打ちつけた。ガリエが顔にけりを入れようとした。

ソフィーは、あわてて投げつけられるものを探《さが》した。戦《たたか》えるかどうかわからないけど、だまってしゃがんでいるなんてできっこない。ぱっと立ってかけだし、頭からガリエに突《つ》っこんでいった。相手はさけんでよろけたけれど、ソフィーが目に入ったほこりと髪《かみ》をはらう前に体勢《たいせい》を立てなおした。敵《てき》が目の前に立ちふさがると、ソフィーはひざで急所をけった。敵がうめいてたおれこんだ。

ソフィーはその場をはなれて、また煙突《えんとつ》のかげにかくれた。見守っていると、いちばん背《せ》の高いガリエが、ベルトから木の持ち手のついたナイフをぬいた。家でじゃがいもの皮をむくのに使うようなナイフだ。そいつがアナスタジアに近づく。ソフィーののどから、さけびとうなりがまじった声がもれた。屋根からスレートを引きはがすと、ガリエにむかって投げつけた。

スレートに指の関節《かんせつ》を切りさかれ、ガリエがうめいてナイフを落とす。アナスタジアがすかさずナイフをつかんで煙突《えんとつ》にほうりこむ。ガリエがソフィーにむかって走ってきた。ソフィーは息をのんでなぐりかかったけれど、空ぶりになった。敵《てき》がフランス語でなにか言った。ソフィーは、さっとかがんで相手をかわした。

「ちゃんとねらえ、だって」と声がした。

ソフィーはふりむいたけれど、マテオじゃないのはわかっていた。肩《かた》にのった手がソフィーをわきにどけ、サフィのこぶしがガリエの鼻柱にめりこんでいた。屋根に血が飛《と》び散《ち》った。

「なぐれないときは、けるんだよ」とサフィが言った。声は優《やさ》しかったけれど、顔つきはぜんぜんちがった。「けるのは好《す》きじゃないけど」サフィがするどいひざげりを入れ、手のつけ根でガリエの目を打った。「やるときは、ちゃんとねらわなきゃ」ガリエが屋根の上を苦しそうに転げまわり、サフィがその上を跳《と》んでよけた。

「姉《ねえ》さんはどこ？」とサフィが言った。

「こっち」アナスタジアが四つんばいで突進《とっしん》してきた。「ソフィー、左！」

ソフィーは緊張《きんちょう》していると、どっちが右でどっちが左か、いつもわからなくなる。幸運なことに、アナスタジアも同じだった。顔や口にかかる髪《かみ》でなにも見えないまま、ソフィーはとっさに右側《みぎがわ》をけった。と、敵《てき》のむこうずねにあたった。たおれかけたガリエの顔に、サフィがひじ打ちを食らわせた。

立っているガリエは、あと一人。ジェラールがスレートの上にうずくまってせきこみ、マテオがガリエをジェラールのそばから自分のほうへおびきよせている。マテオは真っ青だ。両手に骨《ほね》のかけらを持っていたが、相手はパイプを持っていて、マテオを屋根のはしに追いつめていた。

サフィがポケットから石をとりだし、暗がりに目をこらして、ぱっと投げつけた。石はガリエのこめかみにあたった。ガリエがさけび、さっとむきを変《か》えた。

その視線《しせん》の先には、女の子が三人、夜のなかに堂々《どうどう》と立っていた。足もとには気を失《うしな》ったガリエが二人たおれている。ソフィーがささやいた。「お母さん捜《さが》しをじゃましないで。わたしたちのじゃまをしないで」そして、「子どもだから、女の子だからって見くびらないでよ」と。

ガリエはとなりの屋根に跳《と》びうつり、後ろをふり返ってつばを吐《は》き、闇《やみ》のむこうへ姿《すがた》を消した。

「行こう」マテオがソフィーに声をかけた。すぐ後ろに立っていた。「急げ。こいつらが目をさましたときに、ここにいたくない」

「本気なの？　帰りたかったら帰ってもいいのよ。わたし一人でも行くから」ソフィーは言った。アナスタジアとサフィは月明かりを受けて、いまにもこわれてしまいそうに見えた。まるで陶器《とうき》でできた人形のようだ。「みんな、危《あぶ》なくない？」

でも、陶器《とうき》の人形は髪《かみ》の毛《け》で鼻をふいたりしない。アナスタジアが鼻をふいて、にこっと笑《わら》った。「行こう。明るくなる前に。あたしたちなら平気だよ、ソフィー。屋根の上の仲間《なかま》なんだから」

# 29

エスポワール通りは荒《あ》れはてていた。チャールズが足をふみ鳴らして、アパートが集まる区画の前で待っていた。ソフィーは建物《たてもの》のはしから下をのぞきこんで口笛を吹《ふ》いた。

「思ったより時間がかかったね」とチャールズが言った。それから、血が出ているジェラールのこめかみや、マテオの両手に気づいた。なにも言わず、チェロをしっかり背中《せなか》にしばりなおして、みんなのところまで排水管《はいすいかん》を伝《つた》って登ってきた。

六人は星空の下に座《すわ》っていた。美しい夜だったけれど、あまりに静《しず》かだった。猫《ねこ》の子一匹《ぴき》、よっぱらい一人おらず、ごみのひとかけらも落ちていない。ソフィーが通りを見下ろした。

「みんなどこへ行ったのかしら？」

「コレラが発生したんだよ。四年に三回も」ジェラールが言った。

アナスタジアがつけ加《くわ》えた。「だからガリエのお気に入りなんだ。だれもここに住もうとしないから。みんな、ここが呪《のろ》われてるって思ってる」

マテオが鼻を鳴らした。「みんなまぬけだからな。アパートの区画に入ってみるか？」

「ううん」ソフィーが言った。「みんなで呼《よ》んでみよう」手のひらを丸めて口にあて、そこでちょっと考えた。なんて呼ぼう？　「ママンがいい？」ソフィーは迷った。「お母さん？」

マテオが首をふった。「パリにいる女の人の半分はママンって呼ばれてる」

「ヴィヴィエンヌ？」ソフィーが呼んだ。「みんな一緒《いっしょ》に呼んでみて。三つ数えるから。一、二の、三――」六人全員が声をはりあげた。「ヴィヴィエンヌ！」

答えはなかった。聞こえるのはブリキの太鼓《たいこ》のようなソフィーの心臓《しんぞう》の音だけだ。

チャールズがチェロを手わたした。「ほら。『レクイエム』を弾《ひ》きなさい」

「どうして？　チャールズ、わたし弾けないわ」ソフィーはとまどった。おどろいたことに、ほかのみんなもうなずいていた。

「弾《ひ》いて」サフィが言った。

「でも、どうして？」

アナスタジアが言った。「音楽は、ときどき魔法《まほう》みたいに効《き》くことがあるんだよ」

マテオがうなずいた。「知らないのは、ばかなやつだけだ。弾《ひ》けよ、ソフィー」

ソフィーはこんなに緊張《きんちょう》したことはなかった。心臓《しんぞう》がお腹《なか》まで下がったみたいに苦しくて、弦《げん》にかけた指もうまく動かない。指がふるえていた。**弾《ひ》くのよ、**自分に言いきかせた。**夢《ゆめ》で聞いた曲を思いだして。**出だしの音をまちがえてしまって、ジェラールが顔をしかめた。チャールズは気づいていないようだった。

「いいぞ」チャールズが言った。「もっと速く、ソフィー！」

ソフィーは足もとにつばを吐《は》き、背《せ》すじをのばした。テンポを上げた。

「もっと大きく！」マテオが言った。

アナスタジアが屋根をけって、くるりとまわった。「もっと速く！」とさけんだ。

みんなの声は聞こえなかった。ソフィーは弾《ひ》きつづけ、指にむかってもっと速くと念《ねん》じた。**どうか、**ソフィーは思った。**お願《ねが》い。**

うでが痛《いた》くて動かせなくなるまで弾《ひ》き、弓を止めた。マテオが拍手《はくしゅ》した。チャールズが口笛を吹《ふ》いた。サフィとアナスタジアが歓声《かんせい》を上げた。星は空をめぐるのをやめた。

けれど、曲はまだ続《つづ》いていた。

# 30

「あれって……こだま？」ソフィーがチャールズをふり返った。「こだまなの？」自分の声が痛《いた》いほど耳に響《ひび》く。「聞こえないわ！」声が大きくなる。「止《や》んじゃった？」

止んでいなかった。音が小さくなっただけだ。

「あんなこだまはかつて聞いたことがない」チャールズが言った。「キーを変《か》えるこだまなど」

マテオが動いて、みんな、はっとわれに返った。マテオがソフィーの背中《せなか》の下をぐっとおす。ソフィーは、もう少しでチェロを落とすところだった。「行け！　早く！　ヴィット！急《げ》　もう、聞いてないのか？　行けったら！」

「どっちからだった？」ソフィーが言った。「どっち？　急がなきゃ」

「北西から聞こえてる」アナスタジアが答えた。ソフィーを引っぱって走りだした。「最初《さいしょ》は西にむかって」

「西ってどっち？」ソフィーがさけんだ。「右？　それとも左？」

「左」サフィが言った。「あの、黒い風向計がある屋根。それから風呂屋《ふろや》を伝《つた》って、そのあと跳《と》ぶんだよ」ソフィーは身をひるがえして走りだした。チャールズが雷《かみなり》のような音をたててあとを追った。ソフィーの足の下でスレートがひび割《わ》れた。ほかのみんなの足音が遠くなる。

「ソフィー！」マテオが後ろでさけんだ。「速すぎるって！」

速すぎるとは思わなかった。まだスピードが足りない。音楽はふわりと小さくなって、いまにもとぎれてしまいそうだ。風呂屋《ふろや》の屋根まで五十センチのすきまを跳《と》びこえた。そこからは、とがった屋根が道のようにずっと続《つづ》いていて、ソフィーはそこを、もう背《せ》をかがめもせずに走った。だれかが見上げても、暗くにじんだ足の影しか見えなかっただろう。

「ソフィー！　止まれ！」

ソフィーはぱっと立ち止まった。いまいる建物《たてもの》と次の建物のあいだに横道がある。むこうの屋根は平らだった。でも、ふたつの屋根のあいだは自分の背《せ》丈《たけ》の倍もあった。こんなところで落ちて死んだら、期待外れにもほどがある。

ソフィーは息の激《はげ》しさにのどをつまらせて立っていた。跳《と》びこえようと身がまえたけれど、足が動かない。「跳べないわ」とささやいた。

「跳べるとも」いつの間にか、チャールズが後ろに立っていた。「わたしがきみをむこうへ投げる。体を小さくしなさい」

意味がわからなかった。「え？」

「しゃがむんだ！」まるで軍人《ぐんじん》のような厳《きび》しい声だ。ソフィーはしゃがんだ。チャールズが言った。「必《かなら》ず足と手のひらで着地するんだ。ひざをついてはいけない。ひざの皿は割《わ》れやすいから。ひざはだめだ、わかったね、ソフィー」

ソフィーはうなずいた。「急いで！」音楽が消えかかっている。

「三つ数えるぞ、ソフィー。一、二――」チャールズがソフィーを両うででかかえ、ぐっと後ろに引いた。「三！」

ソフィーは、チャールズがこんなに力持ちだとは知らなかった。いつもはひょろっとした感じに見えるのに、ソフィーを軽々と持ちあげた。顔に強い風があたるのを感じたと思ったら、むこうの屋根にどんと音をたてて着地し、両方の手のひらがすりむけた。

それからまた大きな「三！」という声が聞こえ、マテオがとなりにざっと着地した。

「まあ！　どうやって来たの？」

「追いつけると思ってた。見逃《みのが》してたまるかって」

続《つづ》いて、チャールズが長い足を大きくのばしてジャンプすると、街灯《がいとう》の明かりにシルエットが浮《う》かび上《あ》がった。片《かた》ひざで危《あぶ》なっかしく着地して、まゆ毛のほこりをさっとはらう。そして、ぶっきらぼうに言った。「言っておくがソフィー、このことは教育機関《きかん》の人たちには話してはいけない。子どもを屋根のむこうに投《な》げ飛《と》ばすなど、ひんしゅくものだと思うからね」

ソフィーが目を丸くしてチャールズを見つめた。

「進め！」チャールズがさけんだ。

ソフィーは走りつづけた。荒《あら》い息づかいが音楽に重なって、曲がとだえたと思う瞬間《しゅんかん》があったけれど、まだ続《つづ》いている。テンポはどんどん上がり、ありえないほどに速くなった。

マテオは左足を引きずっていたし、痛《いた》みをこらえてうなるのも聞こえていたけれど、つらそうな顔は見せなかった。

そのとき、あっと言う声に後ろをふり返ると、足をすべらせたマテオの姿《すがた》が目に飛《と》びこんできた。そばにいたチャールズが、すべり落ちるマテオにむかって傘《かさ》を差《さ》しだした。マテオが曲がった持ち手をぱっとつかむ。「しっかりつかんでいなさい」チャールズが言った。腰《こし》をかがめて傘をたぐり、マテオを斜《なな》めの屋根に引っぱり上げた。

「きみは――見た目――より――中身が――つまっているようだ」チャールズがうなった。

チャールズの体をよじのぼるようにして、マテオがやっとのことで立ちあがった。チャールズは、マテオが真っ青なことに気づいたのだろう。ふんばりながらも笑《わら》ってみせたから。「傘《かさ》を持たない英国紳士《えいこくしんし》は半人前以下《いか》だからね」

マテオが立ったとたん、足もとのタイルが一枚《まい》、通りに落ちてくだけちった。だれかが大声を上げてこっちを指さした。チャールズが言った。「ここは急いだほうがいい」

ソフィーは走った。

音楽を追うのがこんなに難《むずか》しいとは思わなかった。でも、さっきよりはっきりしてきたんじゃない？　もうすぐそこで鳴っている。美しい音色が。

それから声が、フランス語で曲にあわせて歌いだした。星は、とソフィーは心のなかで思った。歌ったりはしない。へたくそな詩じゃないんだから。でも、それでも、星々が歌っていると言いたいような声だ。

ソフィーは斜《なな》めの屋根の先をよじ登り、そこで止まった。

むこうの屋根に、ほんのひと跳《と》びのその先に、女の人がいた。ソフィーに背《せ》をむけている。逆《さか》さまにした箱に座《すわ》って、黒っぽいチェロを体で支《ささ》えていた。

暗がりのなかでも、ソフィーには、その人が稲妻色《いなずまいろ》の髪《かみ》をしているのがわかった。

## *31*

ソフィーは、心臓《しんぞう》のふるえを体で感じた。「チャールズ！」とさけんだ。声はひび割《わ》れて、自分の声とは思えない。飢《う》えにあえぐような声が出た。「チャールズ！　あの人？　あの人がそうなの？」

そうじゃなかったらどうしよう？　と思った。気持ちが悪くなった。でも、もし、本当にそうだったら？

「行きなさい、ソフィー」チャールズが、優《やさ》しくそっとソフィーをおしだした。「慎重《しんちょう》に。着地に注意して跳《と》びなさい。わたしたちはここで待っている」

ソフィーは跳んだ。着地のとき左ひざがタイルにあたり、血が足首まで流れた。そんなことはどうでもよかった。

なんて話しかけるか、考えていなかったことに気づいた。そんなところまで想像《そうぞう》したことがなかったから。でも、なにか言わなくちゃ。なんと言えばいいだろう？　こんばんは？　大好《だいす》きです？　それとも、素敵《すてき》なお天気ですね？

心配はいらなかった。長年、チャールズと暮《く》らしてきたソフィーは、風向計のように背《せ》すじをまっすぐにして、猫《ねこ》のように礼儀《れいぎ》正《ただ》しく、チェロ奏者《そうしゃ》の背中にむかって歩いていった。

ソフィーは言った。「すみません」

曲は続《つづ》いている。ソフィーはもう一歩近づいて、ふるえる指を女の人のうでにかけた。「あの」ソフィーは言った。「ええと、ボンソワール。失礼《しつれい》ですが」

曲が止《や》んだ。女の人がふりむいた。

ソフィーが言う。「ハロー」ごくりと息をのむ。「わたし……わたし、狩《か》りをしているんです。

お母さんを捜《さが》す狩りを。もしかしたら、あなたが、わたしの捜していた人じゃないかと思って」

月の光が二人を照《て》らした。その人の目と鼻とくちびるは、ソフィーの目と鼻とくちびると同じだった。その人は、松脂《まつやに》とバラの香《かお》りがした。世界を五十回もめぐったような顔、とソフィーは思った。その目は、夢《ゆめ》の外では絶対《ぜったい》に出会えない色をしていた。

チャールズは、手前の屋根から二人を見つめていた。女の人が声を上げ、腰《こし》をかがめてソフィーを見つめるのが見えた。ソフィーの耳に、目に、額《ひたい》にキスをするのが見えた。それからソフィーを抱《だ》きよせて、ぐるぐるまわし、長いあいだ出会えずにいた二人が、いつしか、ひとつになって笑《わら》っているのが見えた。

チャールズは煙突《えんとつ》にもたれて座《すわ》った。「座りなさい、マテオ」自分のとなりをぽんとたたき、ポケットからパイプをとりだした。火をつけるのにマッチを二本使った——一本目のマッチは、なぜだか鼻を伝《つた》ってきた涙《なみだ》で消えてしまったから。

「ここに来て座《すわ》りたまえ。ほら、わたしのとなりに。一服《いっぷく》どうかね。いらない？　少し二人だけにしてやろう」

曲が止《や》んでいることをチャールズは知っていた。チェロは屋根の上に置《お》かれ、すっかり忘《わす》れられていたから。けれど、どこかでまだ音楽は鳴りつづけているようだった。どこまでも速くなる、二拍子《びょうし》の旋律《せんりつ》が。

# 訳者あとがき

『屋根の上のソフィー』(原題：Rooftoppers)の作者キャサリン・ランデルさんは、イギリスの作家です。子どものころは、お父さんの仕事の関係《かんけい》でアフリカのジンバブエで過《す》ごしました。十代半ばでヨーロッパにもどったときにはカルチャーショックを受け、その体験《たいけん》をもとに書いた"The Girl Savage"で、二〇一一年に作家デビューしています。のちに、この作品を改題《かいだい》してアメリカで出版《しゅっぱん》した"Cartwheeling in Thunderstorms"で、ボストングローブ・ホーンブック賞《しょう》を受賞《じゅしょう》し、二作目である本書"Rooftoppers"で、ウォーターストーンズ児童文学賞《じどうぶんがくしょう》とブルーピーターブック賞をダブル受賞したほか、ガーディアン賞やカーネギー賞の最終候補《さいしゅうこうほ》にもなりました。その後も多くの作品を発表しつづけ、とくに児童書《じどうしょ》の分野で高く評価《ひょうか》されています。

さて、そんなランデルさんの児童書の魅力《みりょく》は、なんといっても、登場する子どもたちがパワフルなこと。子どもたちには、大人や、常識《じょうしき》だらけの世界や、絶体絶命《ぜったいぜつめい》の窮地《きゅうち》や、社会の理不尽《りふじん》さに真っ向から立ちむかうパワーがあって、読んでいるこちらまで元気になります。

でも、『屋根の上のソフィー』の良《よ》さは、それだけではありません。どこかコミカルで可愛《かわい》らしく、おとぎ話のような楽しさもあるのに、不思議《ふしぎ》なリアリティーもある。そのうえ、愛《あい》と勇気《ゆうき》と音楽が、ぎっしりと詰《つ》まっているのです。

ソフィーの物語は、大型客船沈没《おおがたきゃくせんちんぼつ》の場面で幕《まく》を開け、育ての親チャールズとの自由で楽しげな暮《く》らしに続《つづ》いて、チェロの響《ひび》きをBGMに、だれもが目を見張《みは》るような冒険《ぼうけん》へと読者を誘《さそ》いだしてくれます。ファベルジェの卵《たまご》のように美しい夜の綱渡《つなわた》りや、マテオの家でのパーティーのような食事の場面は、たっぷり楽しんでもらいたいところです。わたしは、ここまで読むと、いつもボリューム満点《まんてん》のサンドイッチが食べたくなって台所に立ってしまいます。みなさんもいつか冒険に出るときには、ぜひ、しっかり腹《はら》ごしらえをしておいてください。本書にもあるとおり、幸運というのはたいてい、お腹《なか》がいっぱいのときにやってくるものですから。

物語の登場人物はみなユニークで魅力的《みりょくてき》ですが、なかでも、わたしにとって忘《わす》れがたいのは、ソフィーの育ての親のチャールズです。少々浮世離《うきよばな》れした感のあるチャールズの子育ては、一見、型《かた》破《やぶ》りに見えますが、ソフィーに注《そそ》ぐ愛情《あいじょう》は、子どもへの信頼《しんらい》に裏打《うらう》ちされて、決して揺《ゆ》らぐことがありません。本質《ほんしつ》を見誤《みあやま》ることなく、ありのままを愛《あい》し、その人の本当の幸せだけを祈《いの》る。こうした愛に育まれたソフィーだからこそ、ここぞというときに、向こう見ずなくらい勇敢《ゆうかん》にふるまえたのだと思います。

そう、『屋根の上のソフィー』は、若《わか》い読者のみなさんを夢中《むちゅう》にさせる冒険《ぼうけん》物語であると同時に、子どもの成長《せいちょう》に欠《か》かせないもの——子どもの無限《むげん》の可能性《かのうせい》を信《しん》じ、それを支《ささ》える大きな愛《あい》——の大切さをも示《しめ》してくれているのです。ぜひ、大人の方にも手に取っていただきたい一冊《さつ》です。

ここで、作品の舞台《ぶたい》である十九世紀末《せいきまつ》ごろのロンドンやパリのようすに、目を向けてみましょう。

イギリスはヴィクトリア朝の後期、パリはベル・エポックと呼《よ》ばれるころで、いずれもはなやかな時代ですが、実は、別《べつ》の面もあります。

十八世紀《せいき》半ばにイギリスで始まった産業革命《さんぎょうかくめい》から少し遅《おく》れて、フランスでも技術革新《ぎじゅつかくしん》が進みましたが、これらの大都市に共通《きょうつう》して起こったことのひとつに、地方からの人口流入があります。都市の整備《せいび》は追いつかず、雇用《こよう》が不安定《ふあんてい》な社会の状況《じょうきょう》もあって、苦しい生活を強《し》いられる人々が増《ふ》えました。十九世紀のロンドンで、身寄《みよ》りのない子どもたちが、路上などでたくましく暮《く》らすようすは、ディケンズの『オリバー・ツイスト』などにも描《えが》かれているので、記憶《きおく》されている方もいるかもしれません。

そこから少しだけ時代がくだった『屋根の上のソフィー』にも、たよれる大人がいないなか、自由な暮《く》らしを求《もと》めて施設《しせつ》にも入らず、自らの力で生きる子どもたちが登場します。ソフィーに力を貸《か》す子どもたちが暮らしているのは、パリの街《まち》の屋根や木の上です。そのうちの一人、アナスタジアという少女が、自分にはちゃんと「家」があるから、通りで暮らしている子とは違《ちが》う、と胸《むね》を張《は》る場面もありますが、自由のために手に入れた暮らしは、生やさしいものではありません。

ランデルさんは、そんな子どものたくましさや、子どもが秘《ひ》めた可能性《かのうせい》に強い信頼《しんらい》を寄《よ》せていて、その信念《しんねん》が作品の中心をつらぬき、物語を前に進める原動力になっていると感じます。

それからもうひとつ、この作品を楽しむためのヒントをお伝《つた》えしておきます。ランデルさんは、新聞社のインタビューに答え、ソフィーの仲間《なかま》になる子どもたちのイメージに近いのは、パリの街《まち》でパルクールをする若者《わかもの》たちだと語っているのです。パルクールは、フランス発祥《はっしょう》の身体トレーニングの一種《いっしゅ》で、活動を紹介《しょうかい》する動画は、YouTubeなどにもたくさん上がっています。体にカメラを取りつけて撮影《さつえい》されたものは、本当にスリル満点《まんてん》です。

さあ、闇《やみ》に宝石《ほうせき》をちりばめたようなパリの夜、眠《ねむ》っている人々の頭の上を、パルクールさながらに駆《か》け抜《ぬ》けるソフィーたちと一緒《いっしょ》に、まったく見たことのない冒険《ぼうけん》に出かけてみましょう。ランデルさんの描《えが》く、「向こう見ずなくらい勇敢《ゆうかん》な」子どもたちの物語が、みなさんの背中《せなか》を強くおす、心のエールになるよう願《ねが》っています。

最後《さいご》になりましたが、わたしと同じくらい原作を気に入ってくださった編集者《へんしゅうしゃ》の三輪侑紀子さんをはじめ、この作品を日本の読者に届《とど》けるために力をあわせてくださったたくさんの方々、いまにも音楽が聞こえてきそうなパリの夜を描《えが》いてくださった山口洋佑さんに、心から感謝《かんしゃ》申し上げます。

二〇二五年一月

佐藤志敦

作者●キャサリン・ランデル
1987年英国生まれ。幼少期をジンバブエですごし、その後ロンドンに移る。2008年よりオックスフォード大学オール・ソウルズ・カレッジの研究員となり、2011年に作家デビュー。邦訳された作品に『オオカミを森へ』(小峰書店)、『テオのふしぎなクリスマス』『探検家』(以上、ゴブリン書房)がある。側転が毎朝の日課、屋根の上で過ごすことが好きで、綱渡りが得意。2013年に発表された本書『屋根の上のソフィー』は、デビュー2作目にしてウォーターストーンズ児童文学賞、ブルー・ピーターブック賞、仏ソルシエール賞を受賞し、カーネギー賞の最終候補となった。

訳者●佐藤志敦
北海道釧路市生まれ。大学で植物病理学を学び、博物館の館長職などを経て翻訳者に。訳書に『地図と星座の少女』(キラン・ミルウッド・ハーグレイブ作、岩波書店)がある。

屋根の上のソフィー　　キャサリン・ランデル 作

2025年2月13日　第1刷発行

訳　者　佐藤志敦《さとうしのぶ》

発行者　坂本政謙

発行所　株式会社 岩波書店
〒101-8002 東京都千代田区一ツ橋 2-5-5
電話案内 03-5210-4000
https://www.iwanami.co.jp/

印刷・三秀舎　カバー・半七印刷　製本・牧製本

ISBN 978-4-00-116055-0　　Printed in Japan
NDC 933　286 p.　20 cm

## 岩波書店の児童書

# 地図と星座の少女

**キラン・ミルウッド・ハーグレイブ 作**
**佐藤志敦 訳**

知りたい。この島で何が起きているの？ 森に消えた友だちを追って、地図職人の娘イサベラは旅に出る。

● 四六判・上製　定価 2530 円／小学高学年から

# ぼくの中にある光

**カチャ・ベーレン 作／原田 勝 訳**

嵐のような心を持てあますゾフィア。暗がりや大きな音が苦手なトム。突然「家族」になった二人は、互いを受け入れられなくて……

● 四六判・並製　定価 2420 円／小学高学年から

# コメディ・クイーン

**イェニー・ヤーゲルフェルト 作**
**ヘレンハルメ美穂 訳**

母がうつ病で自死したサーシャは、悲しみを乗り越えるために秘密のリストを作る。12 歳の少女の心の痛みと再生を描いた物語。

● 四六判・並製　定価 2310 円／小学高学年から

---

定価は消費税 10% 込です。2025 年 2 月現在